辛弃疾词

全鉴

〔宋〕辛弃疾◎著

东篱子◎编译

中国纺织出版社有限公司 | 国家一级出版社
全国百佳图书出版单位

内 容 提 要

辛弃疾是我国南宋著名词人,有"词中之龙"之称,与苏轼合称"苏辛"。其词艺术风格多样,以豪放为主,沉雄豪迈又不乏细腻柔媚之处,在我国词史上有重要地位。本书对辛弃疾词作了较详细的题解、注释,并且提供白话译文,以便于读者更好地理解辛弃疾词。

图书在版编目(CIP)数据

辛弃疾词全鉴 /(宋)辛弃疾著;东篱子编译. —北京:中国纺织出版社有限公司,2020.5
ISBN 978-7-5180-7297-2

Ⅰ.①辛… Ⅱ.①辛… ②东… Ⅲ.①宋词—鉴赏
Ⅳ.① I207.23

中国版本图书馆 CIP 数据核字(2020)第 059870 号

责任编辑:段子君　　责任校对:王花妮　　责任印制:储志伟

中国纺织出版社有限公司出版发行
地址:北京市朝阳区百子湾东里A407号楼　邮政编码:100124
销售电话:010—67004422　传真:010—87155801
http://www.c-textilep.com
中国纺织出版社天猫旗舰店
官方微博 http://weibo.com/2119887771
佳兴达印刷(天津)有限公司印刷　各地新华书店经销
2020年5月第1版第1次印刷
开本:710×1000　1/16　印张:20
字数:215千字　定价:48.00元

　　中国是诗词的国度，古典诗词更是中国传统文学的精髓，是中国传统文化中的重要一支。对于传统文化的传承者而言，诗词创作是我们自识字以来就应该学习的人生必修课。

　　词是华美的，以致历经久远，仍被我们反复研学，只因为伟大的词作家浓缩了深邃的体悟，用一生的执着写就。正因如此，以至于词流传千载而不失其味，依旧时时触动我们的心弦。

　　辛弃疾，字幼安，号稼轩，南宋豪放派词人，人称"词中之龙"。与苏轼合称"苏辛"，与李清照并称"济南二安"。辛弃疾现存词约六百多首，强烈的爱国主义思想和战斗精神是他的词的基本内容。他的词艺术风格独特，以豪放为主，而豪迈之中又不乏细腻柔媚之处。其词既题材广阔，又善于化用前人典故入词，抒发力图恢复国家统一的爱国热情，倾诉壮志难酬的悲愤，对当时执政者的屈辱求和颇多谴责，同时也有不少吟咏祖国大好河山的绝世之作。

　　辛弃疾的词内容上具有爱国思想，艺术上具有创新精神，在文学史上产生了巨大影响。与辛弃疾以词唱和的陈亮、刘过等人，都与他的创作风格相近，形成了南宋乃至以后声势浩大的爱国词派。

　　辛弃疾在词史上的一个重大贡献就在于内容的扩大、题材的拓宽。他写政治，写哲理，写朋友之交、恋人之情，写田园风光、民俗人情，写日常生活、读书感受，可以说，凡是当时能写入其他任何文学样式的东西，他都能写入词中，比苏轼的词的范围还要广泛很多。而随着内容、题材的变化和感情基调的变化，辛弃疾词的艺术风格也有各种变化。虽然说他的词主要以雄伟奔放、富有力度为长项，但写起传统婉约风格的词，他也一样得心应手。

本书以编年的体例，从辛弃疾一生所写词作中精选而编辑的。卷一辑录南归初期宦游之词，起于宋孝宗隆兴元年(1163)，迄于宋孝宗淳熙八年(1181)；卷二辑录首次赋闲之词，起于宋孝宗淳熙九年(1182)，迄于宋光宗绍熙三年(1192)；卷三辑录第二次宦游之词，起于宋光宗绍熙三年(1192)，迄于宋光宗绍熙五年(1194)；卷四辑录第二次赋闲之词，起于宋光宗绍熙五年(1194)，迄于宋宁宗嘉泰二年(1202)；卷五辑录第三次宦游之词，起于宋宁宗嘉泰三年(1203)，迄于宋宁宗开禧二年(1207)。

为了便于更好地解读辛弃疾的词作，本书采取了题解、原文、注释、译文的模式，兼顾读者的审美要求，精心选配新颖独特的版式设计，给您带来在身临其境之中尽享阅读古典的乐趣，进而于优美之中启迪心智、陶冶情操。

编译者
2019 年 12 月

目录

卷一

卷 三

卷 四

卷五

卷一

汉宫春·立春日①

【题解】

　　本词作于宋孝宗隆兴元年（1163），作者寓居京口之时。此词以"立春日"为题目，以"春已归来"开篇，描写了民间立春日的习俗，表达了自己对天时人事的感触，抒发了自己怀念故国的深情，以及对南宋君臣苟安江南、不思恢复的不满，同时表达了对时光流逝，英雄无用武之地的无限清愁。全词从风俗民情入手，紧扣立春日所见所感，赋予节物风光以更深的含意，于哀怨之中略带讽喻，使其内涵更加充盈。

【原文】

　　春已归来，看美人头上，袅袅春幡②。无端风雨③，未肯收尽余寒④。年时燕子，料今宵梦到西园⑤。浑未办，黄柑荐酒⑥，更传青韭堆盘⑦？

　　却笑东风，从此便薰梅染柳，更没些闲。闲时又来镜里，转变朱颜。清愁不断，问何人会解连环？生怕见花开花落⑧，朝来塞雁先还⑨。

【注释】

　　①汉宫春：词牌名，又名"汉宫春慢""庆千秋"等。立春日：即立春，农历二十四节气中的第一个节气，自秦代以来，中国就一直以

立春作为孟春时节的开始。②春幡（fān）：中国古时的风俗。古代立春之日，剪有色罗、绢或纸为长条状小幡，戴在头上，以示迎春。③无端：没有来由的；无缘无故地。④未肯：不肯。⑤西园：这里指北宋都城汴京西门外的琼林苑，专供皇帝打猎和游赏。⑥黄柑荐酒：用黄柑酿制的腊酒，立春日用以互相赠送致贺。黄柑，又名玛瑙柑，为橘橙的天然杂交种。⑦更传：更谈不上相互传送。青韭堆盘：《四时宝鉴》谓"立春日，唐人作春饼生菜，号春盘"。又一说，称五辛盘。《本草纲目·菜部》："五辛菜，乃元旦、立春，以葱、蒜、韭、蓼蒿、芥辛嫩之菜和食之，取迎新之意，号五辛盘。故苏拭《立春日小集戏辛端叔》诗云："辛盘得青韭，腊酒是黄柑。"辛词虽本此，但反用其意。⑧生怕：非常害怕；最怕。⑨塞雁：去年由塞北飞来的大雁。

【译文】

　　看到美人发髻上插着袅娜颤动的春幡，就知道春已归来。虽然已是春归日，但没有来由的风雨，仍不肯收尽冬日残余下来的清寒。每年应时回归的燕子尚未回还，料定今夜当梦回西园。我满怀愁绪，浑浑噩噩无心置办应节之物，不能赠送邻里黄柑腊酒，更不用说相互传送堆满青韭等蔬菜的"五辛"餐盘了。

　　可我却嘲笑那东风，自立春日起，便忙于修饰熏染人间花柳，更加没有些许的闲暇。偶尔闲下来又到镜子里，偷偷转变人的青春容颜。如此清愁绵绵不断，试问有谁能来解开这九曲连环般的愁绪？我最怕看见那花开花落，转眼春逝，而去年来自塞北的大雁今朝却比我先回到北方。

满江红·暮春①

【题解】

此词作于辛弃疾在任江阴签判之时。这是一首十分委婉缠绵的伤春恨别的相思词，一缕闲愁，道出了一位空闺女子虽无比思念但又羞涩难言的状态。上阕写江南暮春景色，下阕触景生情油然而发一种怀人之感。擅长于写豪壮沉郁之词的辛弃疾，能以似水柔情写女子的相思怨别，足见他的大家风范。全词意境优美，感情真挚，不愧为词中佳作。

【原文】

家住江南，又过了、清明寒食②。花径里、一番风雨，一番狼籍③。红粉暗随流水去④，园林渐觉清阴密⑤。算年年、落尽刺桐花⑥，寒无力。

庭院静，空相忆。无说处，闲愁极⑦。怕流莺乳燕⑧，得知消息。尺素如今何处也，彩云依旧无踪迹⑨。谩教人、羞去上层楼，平芜碧⑩。

【注释】

①满江红：词牌名，又名"上江虹""满江红慢"等。②清明寒食：这里指清明节和寒食节。③狼籍：乱七八糟的样子；杂乱不堪。④红粉：此处形容红花飘落。⑤清阴：碧绿的树叶茂密。⑥刺桐花：植物，一种落叶乔木，春天开花，有黄红、紫红等色。⑦闲愁：这里指国家之愁。作者在很多场合里，把国家之愁都说成闲愁。

⑧流莺乳燕：这里代指搬弄是非的权奸佞臣。尺素：书信。⑨彩云：这里代指作者想念的人。谩：作空、徒解。羞：没有脸面；不好意思。层楼：指高楼。⑩平芜（wú）：平原。

【译文】

　　我家住在江南，又到了一年一度的清明寒食节。一场风雨过后，一片杂乱不堪的落花，飘散在花丛中的小路上。飘落下来的红粉花瓣，悄无声息地随着流水而去。园林里渐渐地感觉到清凉的树荫越来越茂密了。不难推测出每一年，刺桐花落尽的时候，天气的寒凉也显得无力了。

　　庭院寂静，我知道我只是在毫无结果地思念罢了。没有地方可以去诉说，满怀的闲愁就更加强烈了。因为惧怕那些鼓唇弄舌的流莺乳燕得知这些消息，定会搬弄是非，又要陷害我。如今也不知道我的书信寄到哪里了，我想念的人仍然没有踪迹。空教我多次登上高楼去眺望，现在实在是不好意思再登上高楼去观看了，然而，即使是到了楼上也看不到我想念的人，只能看见楼外的原野上一望无际的碧绿。

清平乐·村居①

【题解】

此词作于辛弃疾闲居带湖期间。由于辛弃疾始终坚持爱国抗金的政治主张，便一直遭受当权投降派的排斥和打压，甚至长期未得任用而闲居田园数十年之久，因此，他写下了大量具有浓厚的生活气息的田园词。本词以白描手法将眼前美好的农家生活描写得有声有色、活灵活现，呈现出一种清新怡情的人文情感，表达了一种对农村和平宁静生活的喜爱与满足。

【原文】

茅檐低小②，溪上青青草。醉里吴音相媚好③，白发谁家翁媪④？

大儿锄豆溪东⑤，中儿正织鸡笼⑥。最喜小儿亡赖⑦，溪头卧剥莲蓬⑧。

【注释】

①清平乐（yuè）：原为唐教坊曲名，后用作词牌名，为宋词常用词牌。②茅檐：茅屋的屋檐。③吴音：吴地的方言。作者当时住在信州（今江西上饶），这一带的方言为吴音。相媚好：相互逗趣，取乐。④翁媪（ǎo）：老翁、老妇。⑤锄豆：锄掉豆田里的草。⑥织：编织，这里指编织鸡笼。⑦亡（wú）赖：亡，通"无"。这里指小孩顽皮、淘气。⑧卧：趴。

【译文】

草屋的茅檐又低又小，溪边长满了碧绿的小草。仿佛含有几分醉意的吴地方言，相互逗趣之中，听起来温柔又美好，那一对满头白发携手漫步的老人是谁家的呢？

大儿子在溪东边的豆田锄草，二儿子正忙于编织鸡笼。最讨人喜爱的是调皮的小儿子，他正横卧在溪头的草丛中，笑呵呵地剥着刚摘下来的莲蓬。

水龙吟·登建康赏心亭①

【题解】

辛弃疾从二十三岁南归之后，一直不受朝廷重视，提出抗金策略也不被采纳。一次，他登上建康的赏心亭，极目远望山川风物，百感交集，慨叹自己满怀壮志难酬，于是写下了这首词。全词通过登高所见，触发了家国之恨和乡关之思，由写景进而抒情，将内心的郁闷淋漓尽致地抒发，揭示了自身空有一腔报国壮志却被无情压抑，难以施展，但失望中仍存有一线希望能被重用，表达了作者始终以天下为己任的爱国情怀。

【原文】

楚天千里清秋，水随天去秋无际。遥岑远目②，献愁供恨，玉簪螺髻③。落日楼头，断鸿声里④，江南游子。把吴钩看了⑤，栏杆拍遍，无人会，登临意。

休说鲈鱼堪脍⑥，尽西风，季鹰归未⑦？求田问舍⑧，怕应羞见，刘郎才气⑨。可惜流年⑩，忧愁风雨⑪，树犹如此！倩何人唤取⑫，红巾翠袖⑬，揾英雄泪⑭！

【注释】

①建康：是南京在六朝时期的名称，是中国在六朝时期的经济、文化、政治、军事中心。②岑（cén）：小而高的山；崖岸。遥岑：远山。③玉簪螺髻：玉做的簪子，像海螺形状的发髻，这里比喻高矮和形状各不相同的山岭。④断鸿：失群的孤雁。⑤吴钩：春秋时期流行的一种弯刀，它以青铜铸成，是冷兵器里的典范，后又被历代文人写入诗篇，成为驰骋疆场，励志报国的精神象征。此处作者以吴钩自喻，比喻自己空有一身才华却得不到重用。⑥鲈鱼堪脍（kuài）：用西晋张翰典。《世说新语·识鉴篇》记载：张翰在洛阳做官，在秋季西风起时，想到家乡莼菜羹和鲈

鱼脍的美味，便立即辞官回乡。后来的文人将思念家乡、弃官归隐称为莼鲈之思。脍：是指细切的肉、鱼。⑦季鹰：这里指张翰，字季鹰。吴郡吴县（今江苏苏州市）人。西晋文学家，张良的后裔。⑧求田问舍：本意是多方购买田地，到处问询房价。比喻没有远大志向。典出《三国志·魏书·陈登传》，许汜(sì)曾向刘备抱怨陈登看不起他，"久不相与语，自上大床卧，使客卧下床"。刘备批评许汜在国家危难之际只知置地买房。⑨刘郎：这里指刘备。⑩流年：流逝的时光。⑪风雨：比喻飘摇的国势。⑫倩（qìng）：请托；请求。⑬红巾翠袖：女子装饰，代指女子。⑭揾（wèn）：擦拭。

【译文】

辽阔的南国遥遥千里，一派凄清秋色，长江之水仿佛随天流去，萧瑟秋色无边无际。极目眺望远山，那崇山峻岭高低各不同，宛如碧玉发簪和女子螺形发髻，起伏之间，却仿佛都在献送国土沦落的忧怨与仇恨。夕阳西下之时，落日斜挂楼头，那失群孤雁的声声悲啼里，充满了江南游子的悲愤压抑。我看着手中吴钩宝刀，狠狠地把楼上的九曲栏杆都拍遍了，也没有人领会我此时登楼远眺的心意。

不要跟我说什么家乡的鲈鱼肉脍是如何精细味美，西风已经吹遍了，但不知那为吃鲈鱼脍而还乡的张季鹰是否已经归来？更不要提及国家危难之际只顾谋私利求田问舍的许汜，那将怕是羞于去见雄才大气的刘备。只可惜时光如流水般一去不复返，不禁担忧风雨中飘摇的国家，树木都已如此！又能请托何人去呼唤回来呢？就让那红巾翠袖的多情歌女，为我擦拭掉英雄失志时的热泪吧。

水调歌头·寿赵漕介庵^①

【题解】

这是一首祝寿词，作于宋孝宗乾道四年（1168），辛弃疾担任建康府通判之时。辛弃疾胸怀统一祖国的壮志，却无机会施展才能，也曾上书皇上陈述自己的政见，但没有结果。赵介庵是当朝皇上的宗室，很有势力和名望。辛弃疾想得到赵介庵的举荐，施展自己的才华。因此借应邀参加赵介庵生日寿筵，即席写下了此词。全词将祝寿与自己的爱国情怀结合在一起，于恭维对方的同时，寄托了对家国复兴的深切期望，同时运用神话和典故来表情达意，达到不同凡响的艺术效果。

【原文】

千里渥洼种^②，名动帝王家。金銮当日奏草^③，落笔万龙蛇^④。带得无边春下，等待江山都老^⑤，教看鬓方鸦^⑥。莫管钱流地^⑦，且拟醉黄花^⑧。

唤双成，歌弄玉，舞绿华。一觞为饮千岁^⑨，江海吸流霞。闻道清都帝所^⑩，要挽银河仙浪，西北洗胡沙^⑪。回首日边去^⑫，云里认飞车。

【注释】

①水调歌头：词牌名，又名"元会曲""水调歌"等。寿：祝寿。漕：漕司，宋代各路设转运使，负责催征赋税，出纳钱粮和水上运输

等事，南宋称漕司。赵介庵：赵彦端，字德庄，号介庵。时任江南东路计度转运副使。②渥洼（wò wā）种：汉武帝时，有骏马生于渥洼（今甘肃省安西县境内）水中，献于朝廷，以为天马。后世常用渥洼形容神马。③奏草：奏章的草稿。④龙蛇：这里比喻书法气势飞动如龙腾蛇舞。⑤江山都老：比喻岁月流逝。⑥鬓方鸦：两鬓头发如乌鸦一样黑，比喻人年轻。⑦钱流地：形容理财得法，钱财充羡。语出自《新唐书·刘晏传》。⑧醉黄花：饮酒赏菊。黄花，指菊花酒。古人在重阳节有饮酒赏菊的习俗，而赵介庵生日又恰在重阳节前一日，故称"醉黄花"，既度佳节又贺生日。⑨觞（shāng）：酒杯。⑩清都帝所：清都紫微，钧天广乐，帝之所居。语出自《列子·周穆王》。⑪西北：这里指被金人占领的北方广大地区。胡沙：指金国。语出自唐李白《永王东巡歌》。⑫日边：指君主身边。

【译文】

　　你就像驰骋千里的渥洼神马，名望声动赵氏宋朝帝王之家。往日金銮殿上你起草奏章，落笔犹如万条龙蛇腾舞，尽情挥洒。你把那无边的春色播洒人间天下，虽然止不住岁月流逝，但待到山水春色都已衰老，看到你时却仍是两鬓黑发。您像唐朝刘晏那样精于理财，使江南富庶，如钱流遍大地山洼，席间姑且把那繁杂的漕运政务放下，今日只管纵情醉酒赏菊花。

席间的歌姬舞女容貌如花，仿佛呼唤来了天宫仙女双成、歌声伴着箫声悠扬如秦穆公之女弄玉、舞姿婀娜如仙姑绿华。这一杯美酒祝您长寿千年，让我们一起倾江倒海般畅饮流霞。近来听说朝廷正在精心谋划出兵北伐，要挽起天河的怒涛激浪，洗净那西北边地金人的尘沙。回头望你时正向日边奔去，看云端的您正驾着飞车向前进发。

千秋岁·为金陵史致道留守寿①

【题解】

此词当作于宋孝宗乾道五年（1169）。时任建康留守、知府兼沿江水军制置使的史致道即将离任，辛弃疾为他祝寿。辛弃疾时任建康通判，对史致道钦佩有加。两人交往甚密，经常探讨富国强民，恢复中原的大计。此词作的思路与寿韩南涧词相近，词的上片写史致道的事功与谈吐，大致是赞颂寿主史致道的非凡才能与功绩，以此寄托词人的爱国情思；词的下片写对史致道的期望与祝愿，继续整顿乾坤，建功立业。全词格调恢宏，语美词工，堪称佳作。

【原文】

塞垣秋草，又报平安好。尊俎上②，英雄表。金汤生气象，珠玉霏谈笑③。春近也，梅花得似人难老。

莫惜金尊倒。凤诏看看到^④。留不住，江东小。从容帷幄去，整顿乾坤了。千百岁，从今尽是中书考^⑤。

【注释】

①千秋岁：词牌名，又名"千秋节"。金陵：今南京。史致道：名正志，江苏扬州人。宋高宗绍兴二十一年进士。时任建康留守、建康知府兼沿江水军制置使。②尊俎（zūn zǔ）：古代盛酒肉的器皿。尊：同"樽"，古代盛酒器；俎，置肉之几。英雄表：英雄气概。③霏（fēi）：散开；飘散。④凤诏：皇帝的诏书。⑤中书：即中书令，官名。汉武帝时以宦官担任中书，称中书令。唐朝初年，唐太宗以中书省、门下省、尚书省三省综理政务，共议国政。中书令、侍中、尚书仆射分别为三省长官，并为宰相。中书考：用唐郭子仪事。

【译文】

塞垣之地的秋草茂盛，再一次报塞垣年年太平安好，这无疑是你戍守的功劳。你有"决胜尊俎之间"的才能，更有不战而屈人之兵的英雄气概。你使金陵城固若金汤，呈现出一派生机盎然新气象，你言如珠玉散落玉盘，潇洒自如谈笑风生。春天越来越临近了，一季梅花面对衰落的时候，怎能像人那样不容易衰老呢？

不要吝惜酒樽倾倒，只需尽情开怀畅饮。皇帝的诏书很快就能看到，你不久便会应诏入朝。你是治国之才，塞垣留不住你，因为在这小小的江东之地，实在难以施展才华。回到朝中得以重任，就可以从容淡定运筹帷幄做决策，整顿乾坤，收复中原地区，辅佐皇上治理国家了。这样你将与唐代中书令郭子仪一样，永为贤相，千古流芳。

满江红·中秋寄远①

【题解】

这是一首中秋怀人的词。中秋朗月当空，自然能引人无限秋思。面对中秋夜月，那怀人之情便愈发浓烈了。于是词人借月写意，传递了一种怨尤与不忍离舍的复杂感情。词中并不注重对月夜美景的具体描写，而只借月亮的圆缺和宴会的气氛来表现自己对远方亲人的怀念之情。本词快言快语，直写眼前事、心中情，现实主义特征较为明显。全词即景生情，借景抒情，大有情景交融之妙。

【原文】

快上西楼，怕天放、浮云遮月。但唤取、玉纤横管②，一声吹裂。谁做冰壶凉世界③，最怜玉斧修时节④。问嫦娥、孤令有愁无⑤？应华发⑥。

云液满⑦，琼杯滑⑧。长袖起，清歌咽⑨。叹十常八九，欲磨还缺。但愿长圆如此夜，人情未必看承别⑩。把从前、离恨总成欢，归时说。

【注释】

①寄远：寄情思与远方的人。②玉纤：洁白纤细，指美人的手。横管：指笛子。③冰壶：盛冰的玉壶，比喻洁白清冷。④怜：喜爱。⑤孤令：同"孤零"，孤零零。⑥华发：花白的头发，形容衰老。⑦云

液：本意是扬州产的一种美酒，后泛指美酒。云液满：斟满美酒。⑧琼杯：指玉杯。⑨清歌咽：清歌悲咽，形容歌声幽怨凄美。⑩看承别：别样看待，看法不同。

【译文】

快快登上西楼赏月吧，恐怕天公就要放出浮云来遮蔽明月。不过一定要呼唤美人一起过来，只要她洁白纤细的手指轻轻点压横笛，一声声清脆激越的曲子就能将其吹散。不知是谁造就了这冰壶般清凉的世界，而最使人怜爱的就是这被玉斧修磨过月亮的中秋好时节。试问月宫里的嫦娥，孤单寂寞的日子，有没有令你无比忧愁呢？想必你应是早就愁得花白了头发。

那筵席之上，美酒不断地斟满，玉杯润滑细腻。歌舞美人挥动长袖翩翩起舞，清泠泠的歌声不免有些幽怨悲咽。可叹人生不如意的事，十常有八九，就像这天上的明月，总想磨圆，却总是缺时多而圆时少。但愿月儿能像今夜一样永远圆满，我想人情也应该别样看待，不一定总是有离别。要把从前的离恨都化成欢乐，等到归来相聚之时，再细细地相互诉说。

夏池清赏

念奴娇·西湖和人韵①

【题解】

此词写作于辛弃疾任司农寺主簿时期。词中上片描写杭州西湖美景，夏日红莲绿荷，满天云霞倒映湖中的画面以及游鱼吹浪，笙歌悠扬的场景，表现出人与自然的和谐美；词的下片缅怀西湖名士，遥想当年，然而如今人已不见，物也不存，表达了词人志向不得伸展、抑郁不平和悲凉幽愤之情。全词把自然美与人物美融合在一起来写，十分生动传神，别有一番韵味。

【原文】

晚风吹雨，战新荷、声乱明珠苍璧。谁把香奁收宝镜②，云锦红涵湖碧。飞鸟翻空，游鱼吹浪，惯趁笙歌席。坐中豪气，看公一饮千石。

遥想处士风流③，鹤随人去，已作飞仙伯。茅舍疏篱今在否，松竹已非畴昔④。欲说当年，望湖楼下，水与云宽窄。醉中休问，断肠桃叶消息⑤。

【注释】

①念奴娇：词牌名。又名"百字令""酹江月""大江东去""大江西上曲""壶中天""无俗念""淮甸春"等。双调一百字，前后阕各四仄韵，一韵到底。②香奁（lián）：古代盛放香粉、镜子等物的匣子。

宝镜：借喻太阳、圆月。③处士：这里指林逋（bū）。字君复，后人称为和靖先生，北宋著名隐逸诗人。林逋隐居西湖孤山，终生不仕不娶，惟喜植梅养鹤，人称"梅妻鹤子"。④畴昔：往日；从前。⑤桃叶：《古乐府》注："王献之爱妾名桃叶，尝渡此，献之作歌送之曰：桃叶复桃叶，渡江不用楫。但渡无所苦，我自迎接汝。"

【译文】

晚风吹动雨丝，雨水拍打新生的荷叶，溅起晶莹的水珠，声音零乱，但可比明珠照苍璧般美丽。明月映入湖中，好像是谁将宝镜收入香奁之中，粉红色的荷花，次第开放在碧蓝的湖水之中，仿佛云锦初织构出一幅浓淡相宜的画卷。飞鸟在空中上下翻飞，鱼儿在水中游来游去吹动浪花，它们似乎早已习惯于趁着宴席上笙歌响起而欢乐地舞蹈。坐在舟船之中，与友人纵情豪饮，突然目光聚集在"一饮千石"的友人身上。

遥想处士林逋隐居西湖孤山终生不仕不娶，只爱植梅养鹤的闲适生活，如今鹤随人去，他已经升仙而去成为飞仙之长。茅舍前疏散的篱笆，如今不知是否还在那里，松竹恐怕也早已没有昔日的风采了。不禁感慨当年，望湖楼下，抬眼可见那水天一色，抑或宽窄有致的美丽景色。沉醉之中休要寻问，当年王献之在此苦等断肠，是否迎接到了爱妾桃叶的消息。

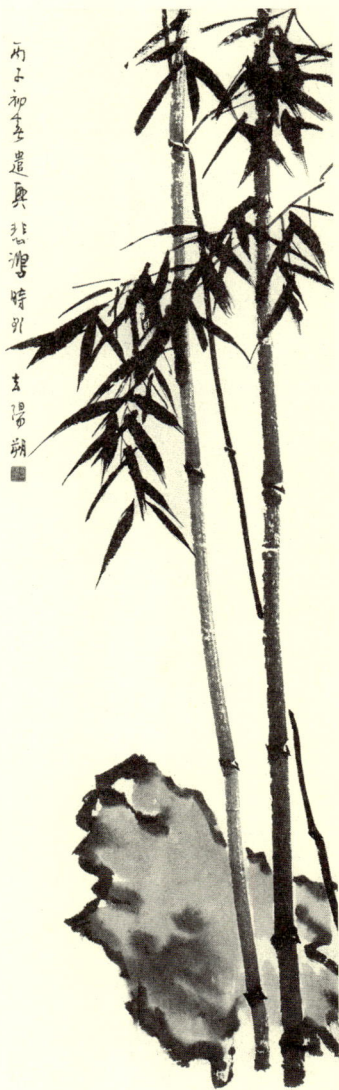

青玉案·元夕①

【题解】

这首词作于南宋淳熙元年（1174）或二年（1175）。当时强敌压境，国土南北分裂，而南宋朝廷却不思恢复，偏安江左，沉湎于歌舞享乐以粉饰太平。辛弃疾焦急万分，一心抗金恢复南宋国土，却恨无路请缨。他满腹的救国激情、壮志难酬的哀伤怨恨，交织成了这幅元夕求索图。全词主要运用了对比、反衬的手法，表达出作者不与世俗同流合污的追求。上片描写花灯耀眼、乐声盈耳的元夕盛况；下片描写一位不慕荣华、甘守寂寞的美人形象。全词堪称构思精妙，含蓄婉转，读来余味无穷，发人深省。

【原文】

东风夜放花千树②，更吹落、星如雨③。宝马雕车香满路④。凤箫声动，玉壶光转，一夜鱼龙舞⑤。

蛾儿雪柳黄金缕⑥，笑语盈盈暗香去⑦。众里寻他千百度⑧，蓦然回首⑨，那人却在，灯火阑珊处⑩。

【注释】

①青玉案：词牌名，又名"西湖路"。元夕：即元宵节。其时间为农历正月十五日，农历里正月为元月，古人称夜晚为宵，而正月十五日又是一年中第一个月圆之夜，所以称正月十五为元宵节。又称为上

元节。②花千树：花灯之多如千树开花。③星：此处指焰火，形容满天的烟花。④宝马雕车：豪华的马车。⑤鱼龙舞：指舞动鱼形、龙形的彩灯。⑥蛾儿、雪柳、黄金缕：以上都是古代妇女元宵节时头上佩戴的各种装饰品。这里指盛装的妇女。⑦盈盈：声音轻盈悦耳，亦指仪态娇美的样子。暗香：本指花香，此处指女性们身上散发出来的香气。⑧千百度：千百遍。⑨蓦然：突然，猛然。⑩阑珊：有凄凉、凄楚、凋零的含义，零落稀疏的样子。

【译文】

　　元宵之夜灯光闪闪，像一夜春风吹来千树繁花盛开一样，更像吹落了天空那繁星点点，如雨般纷纷落下。雕镂披彩的豪华马车香气四溢，留下一路芳香。悠扬的凤箫声在空中回荡，月亮在空中发出玉壶般明亮的荧光，伴着光华流转，一夜鱼龙灯翻腾飞舞，笑语喧哗。

　　妇人们头上都戴着蛾儿、雪柳、黄金缕等各种饰物，一位美人笑语盈盈地随人群走过，身上散发着暗暗浮动的香气。我在茫茫人海中寻找了她千百回，猛然一回头，不经意间却发现，她正站在灯火零落稀疏的地方。

木兰花慢·滁州送范倅①

【题解】

这首词作于公元1172年，辛弃疾送别范昂赴京城临安上任而作。词中上片叹时光飞逝，抒发惜别之情，表现了对友人的深情和祝愿，也抒写了自己至今老大无成，却已经人生迟暮的感叹；下片转到送别主旨上，借送别友人的机会，倾吐自己满腹的忧国深情，在激励友人大展宏图的同时，又宣泄了自己壮志难酬的苦闷与悲凉之情。全篇起伏跌宕，风格沉郁顿挫，抒发离情之中透露着豪放激情。

【原文】

老来情味减②，对别酒，怯流年。况屈指中秋，十分好月，不照人圆。无情水都不管，共西风、只管送归船。秋晚莼鲈江上③，夜深儿女灯前。

征衫便好去朝天④，玉殿正思贤⑤。想夜半承明，留教视草⑥，却遣筹边⑦。长安故人问我，道愁肠殢酒只依然⑧。目断秋霄落雁，醉来时响空弦。

【注释】

①范倅（cuì）：即范昂，滁州（今安徽滁县）通判。倅：副职。
②老来：这里的老来并非是自己老，而是古人常常感叹时光流逝人生易老，针对年少立业而言，现在已过而立之年，而复国大业仍未实现，

所以称"老"。③莼（chún）：指莼菜羹，是一种莼菜、冬笋、榨菜为主要原料制作的一款羹品。鲈：指鲈鱼脍。④朝天：朝见天子。⑤玉殿：处理政事的金銮宝殿，此处代指皇帝。⑥视草：为皇帝起草制诏。⑦筹边：筹划边防军务。⑧嚏（tì）酒：沉湎于酒，醉酒。

【译文】

忽然感到人生衰老，早年的情怀与人生趣味全减弱了，面对送别的酒，不禁感到惧怕起年华流逝。何况屈指计算中秋佳节即将到来，可是那一轮十分美好的圆月，却偏偏不能照尽人间团圆。无情的流水全然不管离别人的眷恋，与西风一起推波助澜，只管送走归去的舟船。愿你在这晚秋的江上，能将莼菜羹、鲈鱼脍尝遍，夜深时已平安回到家，与儿女团聚在灯火前。

旅途的征衫尚未换下来，便赶紧整理好衣冠去朝见天子，因为如今朝廷正思贤访贤。于是就想在深夜留在承明庐值宿，想留下来为皇帝起草制诏，却被派遣去筹划边防军备戍守。倘若长安故友向你问到我，只说我沉湎于酒中依然是愁肠满腹，如此借酒浇愁愁难遣。遥望秋天的云霄里，一只受伤的大雁无所归依，我醉梦醒来时，仿佛听到有谁拉响了空弦。

水调歌头·落日古城角

【题解】

这首词约作于南宋孝宗淳熙元年（1174）冬天，当时辛弃疾为送友人赴临安而作。词的上片充满辛弃疾对友人的不舍之情，暗寓追求功名利禄的道路上充满了艰难险阻，故而对友人此番远行表示担忧；下片表达了辛弃疾对友人的期望，同时联想到了自身的遭遇，告诫友人仕途之路要处处防范，不要像班超一样有家难回。词中故作反语，借以讽刺朝廷明争暗斗的黑暗，反衬仕途之路坎坷，流露出自己至今壮志难酬，不被重用的郁闷与愁苦之情。

【原文】

落日古城角，把酒劝君留。长安路远，何事风雪敝貂裘①。散尽黄金身世，不管秦楼人怨，归计狎沙鸥②。明夜扁舟去，和月载离愁。

功名事，身未老，几时休。诗书万卷，致身须到古伊周③。莫学班超投笔④，纵得封侯万里，憔悴老边州⑤。何处依刘客，寂寞赋登楼。

【注释】

①敝貂裘：破旧的貂皮衣服。②狎（xiá）沙鸥：与沙鸥相近，这里指隐居生涯。③致身：出仕做官。伊周：伊尹和周公，二人分别为商、周两国的开国勋臣。④班超投笔：《后汉书·班超传》东汉班超家

境穷困，在官府做抄写工作，曾经掷笔长叹说，大丈夫应当在边疆为国立功，像傅介子张骞一样，哪能老在笔砚之间讨生活呢！⑤边州：指边疆。

【译文】

夕阳照在古城墙的一角，我端起酒杯劝说你留下来。长安城离这里路途遥远，何必非要穿着破旧的衣服冒着艰难险阻前去呢？我担心你像苏秦一样盘缠用尽，还会遭到妻子的埋怨，不如早点做回归的打算，就能整日与沙鸥亲近，如此隐居山野多好。只可惜你不听劝阻，明天夜里你就要乘着一叶扁舟，和着月色清辉满载一腔的离愁而去了。

追逐功名利禄之事，恐怕是到老了以后才会罢休吧？你饱读诗书，应该像古代的伊尹和周公一样致身朝廷为国事操劳。不要效仿班超投笔从戎到沙场，那样即使能够得以万里封侯，也会长期滞留边疆，憔悴到老才能回来。在哪里才能找到可以依附的人呢？只怕是只能空自孤独寂寞，写写《登楼赋》之类的诗文度日了。

一剪梅·游蒋山呈叶丞相①

【题解】

这首词作于淳熙元年（1174）的春天，作者第二次在建康担任江东安抚使参议官。叶衡也是当时著名的抗金人物，两人之间关系密切。辛弃疾这次在建康任职，也是得于叶衡的推荐。全词通过回忆描写二人曾经同游钟山之事，表达了作者对叶衡的依依惜别之情，接下来表达了离别之后依然是无限的思念，从而借"下自成蹊"巧妙赞美了叶丞相的高尚德操。

【原文】

独立苍茫醉不归。日暮天寒，归去来兮。探梅踏雪几何时。今我来思，杨柳依依。

白石冈头曲岸西。一片闲愁，芳草萋萋②。多情山鸟不须啼。桃李无言，下自成蹊③。

【注释】

①叶丞相：即叶衡，字梦锡，宋朝的宰相。蒋山：即钟山，位于南京市玄武区。②芳草萋萋（qī）：形容草木茂盛的样子。③蹊（xī）：小路。下自成蹊：实至名归之意。比喻为人品德高尚，诚实、正直，用不着自我宣传，就自然受到人们的尊重和敬仰。

【译文】

我独自站在空阔无边的钟山上，沉醉之中不想回去。可是天色已晚，顿觉天气寒凉，看来已经到了该回去的时候了。曾几何时，我们一起踏雪寻梅。如今我故地重游又来到此地，禁不住思绪万千，就连杨柳也都摇曳着一番依依惜别之情。

白石岗头连接长江西岸。山上坡岸草木繁盛，长满了芬芳的花草，引来一片闲愁。人间自有多情在，我对您的思念无须山鸟来表达。就像桃李不会言语，但经往树下的方向自然而然就形成了小路。

新荷叶·和赵德庄韵

【题解】

这首词作于宋孝宗乾道六年（1170）至七年（1171）之间，当时作者仍在临安司农寺任上，赵德庄此前有两首《新荷叶》，稼轩依照原韵和作了两首词。这就是其中一首，也是辛弃疾词中少有的婉约之作。全诗语言清新平淡，委婉深情，描写了友人归来时的所见所思所想，抒发了物是人非、时过境迁的感慨，表达了一种离别相聚后感叹时光流逝的伤怀之情。

【原文】

人已归来，杜鹃欲劝谁归①？绿树如云，等闲借与莺飞②。兔葵燕麦③，问刘郎④、几度沾衣？翠屏幽梦⑤，觉来水绕山围。

有酒重携，小园随意芳菲⑥。往日繁华，而今物是人非⑦。春风半面，记当年、初识崔徽⑧。南云雁少⑨，锦书无个因依⑩。

【注释】

①杜鹃：鸟名。因其啼声凄切，易动人归思，所以也称"思归"鸟、"催归"鸟。②等闲：指轻易；随随便便；寻常；平常。③兔葵燕麦：二者皆为植物名，这里形容景象荒凉。④刘郎：指刘禹锡，字梦得，唐朝文学家、哲学家，有"诗豪"之称。此借指赵德庄。⑤翠屏：卧室内绿色的屏风。借指青翠的峰峦。⑥随意：任意。芳菲：（花草）芳香而艳丽。⑦物是人非：东西还是原来的东西，可人已不是原来的人了。多用于表达事过境迁，因而怀念故人。⑧崔徽：苏轼《章质夫寄惠崔徽真》，宋援注："崔徽，河中倡妇也，裴敬中以兴元幕使河中，与徽相从者数月。敬中使罢，还，徽不能从，情怀怨抑。后数月，东川幕白知退将自河中归，徽乃托人写真，因捧书谓知退曰：'为妾谓敬中：崔徽一旦不及卷中人，徽且为卿死矣。'元稹为作《崔徽歌》。"⑨南云：南飞之云，常以此寄托思亲、怀乡之情。⑩锦书：锦字书，多用以指妻子给丈夫的表达思念之情的书信，有时也指丈夫写给妻子的表达思念的情书；

亦指华美的文书。因依：托付。

【译文】

离人已归来，可是枝头上杜鹃那一声声的"不如归去"又是想要劝何人早归呢？烟花三月，树荫浓密如绿云，随随便便就借给了莺鸟在其间任意栖落与起飞。但见荒野之上兔葵燕麦随风飞扬，禁不住想问刘郎一句，泪水又几度沾上了他的长衫？一路行来，有如翠屏叠嶂幽梦一场，醒来时，只觉得往昔仿佛都在那水绕山围之间，几度浮沉。

有美酒不忘重携一壶，来一场旧地重游，只见那满园芳菲依然开得这般随意。不禁让人忆起了往日那些繁华，只是如今早已物是人非，故人不知何处去了。尽管多年未归，但我依然记得当年，与君初识的情景，彼此心中满是喜悦，面上却只半露春风。满怀思念的我，魂牵梦萦之余，遥遥望去，南飞之云中却少有南来的大雁，我想要相寄锦书一封，怎奈却没有一处可以托付。

菩萨蛮·金陵赏心亭为叶丞相赋

【题解】

这首词是辛弃疾在公元1174年初春所作。当时叶衡在建康任江东安抚使，作者任江东安抚司参议官。上阕写赏心亭的所见所感，由写山到写人，紧紧扣住了题目。随后话锋一转，暗示着自己虽有才却不得施展，怀才不遇，壮志难酬，报国无门；下阕，由眺望青山之怅惘陡转而为揶揄沙鸥之诙谐，脉络清晰，着笔轻快，但也将自己为国忧愁之意暗寓其中。不过最后拍手一笑，令人在诙谐洒脱之中，感到强自解愁而又不能解的痛苦。读后不禁轻叹，好一种词人忧国之愁，英雄壮志难展之泪啊！

【原文】

青山欲共高人语①，联翩万马来无数②。烟雨却低回③，望来终不来。

人言头上发，总向愁中白。拍手笑沙鸥④，一身都是愁。

【注释】

①青山欲共高人语：语出苏轼《越州张中舍寿乐堂》："青山偃塞如高人，常时不肯入官府。高人自与山有素，不待招邀满庭户。"欲：想要。②联翩：接连不断。③低回：徘徊不进。④沙鸥：栖息在沙滩或沙洲上的鸥一类的鸟。

【译文】

青山似乎是想同高雅之人交谈，像万马奔腾一样联翩而来，数不胜数。然而每当烟雨来临时却只能低头徘徊，远远望着奔来却迟迟不能到来。

人们都说头上的白发，都是因为身在哀愁之中才会变白。如果真是这样的话，那么我不禁要拍手嘲笑那些浑身白色的沙鸥了，它们一定是浑身都充满了哀愁。

太常引·建康中秋夜为吕叔潜赋^①

【题解】

此词当作于宋孝宗淳熙元年（1174）的中秋夜。当时辛弃疾任江东安抚司参议官。当时他南归已有十余年了，期间为了收复失地，曾多次上书主张抗金复国，但始终不被采纳。在阴暗的政治斗争与排挤打压下，作者只能以诗词来抒发自己的心愿。本词通过古代神话传说，表达了自己反对委屈求和、立志收复国家失地的政治理想。全词通过奇思妙想，巧妙地把现实中的思想矛盾升华，体现了一种浓郁的浪漫主义词风。

【原文】

一轮秋影转金波^②，飞镜又重磨^③。把酒问姮娥^④：被白发、欺人奈何？

乘风好去，长空万里，直下看山河。斫去桂婆娑^⑤，人道是、清光更多。

【注释】

①太常引：词牌名，又名"太清引""腊前梅"等。吕叔潜：名大虬，生平事迹不详，为作者的朋友。②金波：形容月光浮动，如同金色的流波。③飞镜：这里指月亮。④姮娥：即嫦娥，传说中的月中仙女。《淮南子·览冥训》："羿请不死之药于西王母，姮娥窃以奔月"。

高诱注说，她后来"得仙，奔入月中为月精。"⑤斫（zhuó）：砍。桂：桂树。婆娑：树影摇曳的样子。

【译文】

　　一轮秋月缓缓移动身影，一路洒下万里金波，那仿佛飞天之镜的圆月，就像刚刚被磨亮以后重新又飞上了天廓。我举起酒杯问那月中的嫦娥：嫦娥啊嫦娥，我正遭受白发侵袭，它们好像故意欺负我，我该怎么办呢？

　　我要乘风飞上万里长空而去，俯视祖国的大好山河。我还要砍去月中摇曳的桂树，人们都会拍手称道，因为这将会使月亮洒向人间的光辉变得更多。

菩萨蛮·书江西造口壁①

【题解】

　　这首词是辛弃疾任江西提点刑狱驻节赣江途经造口时所作。词中描写了他登上郁孤台，俯瞰不分昼夜流逝而去的滔滔江水，不禁感慨万千。上片由眼前景物引出了历史回忆，抒发了对家国沦陷之痛以及收复无望的悲愤；下片借景抒情，抒发了心中愁苦与愤恨。全词对朝廷一味妥协的不满和自己壮志难酬的苦闷徐徐道来，并以极其高明的比兴手法，以眼前景道出心中事，表达了一种深沉的爱国情怀。

【原文】

郁孤台下清江水②，中间多少行人泪。西北望长安③，可怜无数山。

青山遮不住，毕竟东流去。江晚正愁余④，山深闻鹧鸪⑤。

【注释】

①菩萨蛮：词牌名。本是唐教坊曲，后用为词牌，也用作曲牌。造口：地名，在今江西省万安县。②郁孤台：今江西省赣州市城区西北部贺兰山顶，又称望阙台，因坐落于山顶，以山势高阜、郁然孤峙得名。清江：赣江与袁江合流处旧称清江。③长安：今陕西省西安市，为唐朝故都。此处代指宋代都城汴京。④愁余：使我发愁之意。⑤鹧鸪：鸟名。传说其叫声如云"行不得也哥哥"，啼声凄苦。

【译文】

郁孤台下清江之水滚滚而去，不知这水中藏有多少行人的眼泪。我举头遥望西北的长安，可惜只看到那无数高山耸立。

但青山怎能把涛涛江水挡住？江水毕竟还会滚滚向东流去。夕阳西下之时，我正满怀愁绪，忽然听到深山里传来阵阵鹧鸪鸟的鸣叫声，声声凄厉。

满江红·汉水东流^①

【题解】

淳熙四年（1177），辛弃疾由京西路转运判官改江陵知府兼湖北安抚使，这首词应为送一位李姓朋友去汉中任军职而作。这是一首送别之作，因为友人升迁是一件大好事，可以为国家统一建功立业，所以词中全无哀婉伤感的离别之情，而是对友人的赞扬与鼓励。他真心希望作为名将后代的友人能像祖先一样大有所为，抗击金兵入侵，收复失地。作者借此表达了自己始终如一的爱国情怀。

【原文】

汉水东流，都洗尽，髭胡膏血^②。人尽说，君家飞将^③，旧时英烈。破敌金城雷过耳^④，谈兵玉帐冰生颊^⑤。想王郎^⑥，结发赋从戎，传遗业。

腰间剑，聊弹铗^⑦。尊中酒，堪为别。况故人新拥，汉坛旌节^⑧。马革裹尸当自誓^⑨，蛾眉伐性休重说^⑩。但从今，记取楚台风，庾楼月^⑪。

【注释】

①汉水：即汉江，又称汉水，汉江河，为长江最大的支流。②髭（zī）胡：代指入侵的金兵。膏血：指人的脂血。③飞将：这里指西汉名将李广。李广善于用兵，作战英勇，屡败匈奴，被匈奴誉为"飞将军"。

④金城：坚硬的城池。雷过耳：即如雷贯耳，极言声名大震。⑤玉帐：主帅军帐的美称。⑥王郎：典出《三国志·魏书·王粲传》："年十七，司徒辟，诏除黄门侍郎，以西京扰乱，皆不就。乃之荆州依刘表。……魏国既建，拜侍中。曹操于建安二十年三月西征张鲁于汉中，张鲁降。是行也，侍中王粲作《从军行》五首以美其事。"结发：即束发。古代男子二十岁束发，表示成年。从戎：指投身军旅。⑦弹铗（tán jiá）：敲击剑柄。⑧汉坛旌（jīng）节：暗用刘邦筑坛拜韩信为大将事。《汉书·高帝纪》："于是汉王斋戒，设坛场，拜信为大将军。"旌节：古代使者所持的节，以为凭信，也借以泛指信符。旌与节，指军权。⑨马革裹尸：用马皮裹卷尸体。多指军人战死于沙场。形容为国作战，决心为国捐躯的意志。⑩蛾眉：本义是女子修长而美丽的眉毛，此处代指美女。⑪庾（yǔ）楼：一称南楼，在今湖北省武汉市。

【译文】

汉水滔滔，滚滚向东流去，顺势将大胡子金军沾染的膏血通通冲洗干净。人们都说，当年你家的飞将李广，那是过去时光里真正的

英雄烈士。攻破敌军固若金汤的城池时，就像迅雷过耳那么迅速勇猛，在玉帐里谈论兵法战术的时候，慷慨激昂，寒冷中两颊结了冰霜都不去顾及。回想当年的王郎，才到结发的青壮年龄，就曾被皇帝命令授予黄门侍郎的官职，从军走上了戎马生涯后又作赋《从军行》，继承着先人遗留下来的伟大事业。

我腰里悬挂的宝剑很久没有用武之地了，只有在无聊的时候，把它当作乐器，弹着剑柄唱唱歌。今天举起这杯中酒，却不足以为你送别。况且这是我的好友你，重新被任用为官，就像当年汉高祖刘邦筑坛拜韩信为将一样，你受封为手握兵权的大将军。你是人中大丈夫，应该把马革裹尸一样的决心为国捐躯来当作自己的誓言，为了消灭敌人，不惜战死于沙场，而有些人，迷恋女色贪图安乐，却不知如此正在自伐生命，不知引以为戒，就不要再提起他们了。但从今以后，只需牢牢记住咱们在楚台、庾楼吟风赏月的这段友情。

念奴娇·书东流村壁①

【题解】

这首词是作者在江西任大理少卿时所作。辛弃疾年轻时路过池州东流县，结识了一位歌女。该词上片述说自己故地重游，回忆当年曾与歌女在这里分别时的情景，感伤此时不得复见，隐隐含悲；下片用夸张的手法、贴切的比喻，承接上片回忆之感伤，脉脉含情，落笔却清雅脱俗。因此，这首艳情之作写得缠绵婉曲，哀而不伤，用健笔写柔情，仿佛一幅一挥而就的写意画，的确与众不同。

【原文】

野棠花落②，又匆匆过了，清明时节。划地东风欺客梦③，一枕云屏寒怯④。曲岸持觞⑤，垂杨系马⑥，此地曾轻别。楼空人去，旧游飞燕能说。

闻道绮陌东头⑦，行人曾见，帘底纤纤月⑧。旧恨春江流不断，新恨云山千叠。料得明朝⑨，尊前重见⑩，镜里花难折。也应惊问：近来多少华发⑪？

【注释】

①东流：即东流县，在今安徽省东至县东流镇。②野棠：野生的棠梨，棠梨是一种野梨。③划（chǎn）地：宋元词曲习用语，无端，平白无故地。④云屏：云母镶制的屏风。寒怯：形容才气或才力不足。⑤觞（shāng）：中国古代的一种盛酒器具，器具外形椭圆、浅腹、平底，两侧有半月形双耳，有时也有饼形足或高足，也称其为耳杯。⑥系（jì）马：拴马。⑦绮陌（qǐ mò）：繁华的街道。宋人多用以指花街柳巷。⑧纤纤月：形容美人的脚纤细。⑨明朝（zhāo）：以后，将来。⑩尊：同"樽"，古指酒器。重见：重新相见。⑪华发：花白的头发。

【译文】

野棠花儿纷纷飘落，匆匆之间又过了清明时节。东风仿佛欺凌着路上的行人过客，平白无故地把我的短梦惊醒了，忽然一阵凉气越过屏风，向我的孤枕袭来，使人感到丝丝寒意，不禁有些气力不足。在那弯弯曲曲的河岸边，我曾与佳人举杯畅饮，将老马拴在垂杨柳下，在此地与佳人回忆曾经的岁月，然后依依离别。如今人去楼空，只有往日的燕子还栖息在这里，那时的欢乐，只有它们能作见证。

听说在繁华街道的东头，行人曾在轿车帘下见过她纤细如月的美足。旧日的情事如东流的春江水源源不断，一去不回，新的遗憾又像云山一样一层层叠加而来。我时常料想，假如将来有那么一天，我们在酒宴之上再相遇合，佳人她就会像镜里的鲜花一样，令我可以看见却无法去折取。她应当也会惊讶地发问：近年来你又增添了多少白发？

满江红·题冷泉亭①

【题解】

这是一首咏冷泉亭的写景抒情词。辛弃疾在南归之后、隐居带湖之前，曾三度短期在临安做官。这首词写作之时大概是其中一次，在某个秋日游览了飞来峰下冷泉亭，看到眼前美不胜收的风景，不禁联想到了家乡，顿生感慨。上片主要运用拟人手法描写冷泉亭的美丽景致，又以神话传说点明亭前山峰的由来，增添神韵；下片写登临冷泉亭后的所见与感想，寄托了作者渴望收复国土、重返故乡的一往深情。

【原文】

直节堂堂②，看夹道、冠缨拱立③。渐翠谷、群仙东下，佩环声急④。谁信天峰飞堕地，傍湖千丈开青壁。是当年、玉斧削方壶⑤，无人识。

山木润，琅玕湿⑥。秋露下，琼珠滴⑦。向危亭横跨⑧，玉渊澄碧⑨。醉舞且摇鸾凤影⑩，浩歌莫遣鱼龙泣。恨此中、风物本吾家⑪，今为客。

【注释】

①冷泉亭：亭在西湖灵隐寺西南飞来峰下的深水潭中，为西湖名胜之一。②直节：劲直挺拔的样子。③冠缨（yīng）：本意是帽子与帽带，这里代指衣冠楚楚的士大夫。④佩环：玉制的饰物。⑤方壶：神话传说中的仙山。⑥琅玕（láng gān）：本意是中国神话传说中的仙树，此处指绿竹。⑦琼珠：露珠。⑧危亭：很高的亭阁，此指冷泉亭。⑨玉渊澄碧：潭水深绿清澈。玉渊：泛指深潭。⑩鸾（luán）凤：鸾鸟和凤凰，古代传说中的两种神鸟。常比喻贤良、俊美的人。⑪风物：指风景和物品；一个地方特有的景物。

【译文】

亭前的古杉多么挺拔昂扬，看上去就像衣冠楚楚的官员拱手站立在道路两旁。

渐渐地，我听到青翠的山谷里传来泉水奔流声，有如群仙从东方翩然而来，不过身上的佩环响声略显急促。谁能相信这奇峰是从天竺国飞来坠落在地面之上，同时又将千丈青壁劈开罗列在西湖岸？其实这是当年神仙用玉斧削下方壶山而成，现在它的来历却无人能知端详。

　　山上草木都因水分充足的滋润而茂密茁壮，绿玉般的竹林更显得湿滑润泽。冷泉的流水就像秋天的白露落下，又好似琼珠滴落汇成了波浪。我驾乘的小舟横渡这清澈碧绿的潭水，到达了对岸高耸的冷泉亭。我醉醺醺地借着酒兴拂袖起舞，身影如同鸾鸟与凤凰交舞的模样，浩大的歌声千万不要让水底的鱼龙悲泣。这里的风土景物本来应该是我家乡特有的，可恨的是，如今我却流落江南，客居他乡！

水调歌头·舟次扬州和人韵①

【题解】

　　此词作于淳熙五年（1178）。作者南归之前，曾在山东、河北等地从事抗金活动，后来调任为湖北转运副使。此次溯江西行，船只停泊在扬州时，辛弃疾与友人杨济翁、周显先往来唱和了这抚今追昔的词作。此词上片气势恢弘豪放，表现了少年时期抗敌报国、建立功业的英雄气概，情绪激昂又不失悲怆；下片则以"今老矣"抒发了理想不能实现的悲愤。通篇行文巧妙，用意含蓄，巧妙运用反语，更加强化了忧愤与失望的心情。

【原文】

落日塞尘起^②，胡骑猎清秋^③。汉家组练十万^④，列舰耸层楼。谁道投鞭飞渡^⑤，忆昔鸣髇血污，风雨佛狸愁^⑥。季子正年少，匹马黑貂裘^⑦。

今老矣，搔白首，过扬州。倦游欲去江上^⑧，手种橘千头。二客东南名胜，万卷诗书事业，尝试与君谋。莫射南山虎，直觅富民侯。

【注释】

①次：指出外远行时停留的处所。人：指杨济翁（即杨炎正，诗人杨万里的族弟）、周显先（东南一带名士）。②塞尘起：边疆发生了战事。③胡骑猎清秋：古代北方的敌人经常于秋高马肥之时南犯。胡骑：此指金兵。猎：借指发动战争。④组练：组甲练袍，指装备精良的军队。⑤投鞭飞渡：用投鞭断流事。前秦符坚举兵南侵东晋，号称九十万大军，他曾自夸说："以吾之众，投鞭于江，足断其流。"（《晋书·符坚载记》）结果淝水一战，大败而归。此处比喻完颜亮南侵时的嚣张气焰，并暗示其最终败绩。⑥"忆昔"二句：指绍兴三十一年（1161）金主完颜亮南侵失败为其部下所杀之事。鸣髇（xiāo）：即鸣镝，是一种响箭，射时发声。血污：血在身体或衣物上形成的污痕。此指死于非命。《史记·匈奴列传》谓匈奴头曼单于之太子冒顿作鸣镝，令左右曰："鸣镝所射而不悉射者斩之。"后从其父头曼猎，以鸣镝射头曼，其左右亦随鸣镝而射头曼。佛（bì）狸：后魏太武帝拓跋焘小字佛狸，曾率师南侵，此借指金主完颜亮。⑦"季子"二句：苏秦字季子，战国时的策士，以合纵策游说诸侯佩六国相印。《战国策·赵策》：李兑送苏秦明月之珠，和氏之璧，黑貂之裘，黄金百镒。苏秦得以为用，西入于秦。这里指自己当年如季子年少时一样有一股锐气，寻求建立功业，到处奔跑，身披貂裘积满灰尘。⑧倦游：倦于宦游。即厌于做官，有心退隐之意。

【译文】

　　落日余晖笼罩的边塞，战争的烟尘涌起，如此秋高马肥之时，却成了金兵大举进犯我中原领地之际。看我汉家装备精良的十万大军奋勇迎敌，排列在江面上的战舰如高楼耸立。谁说符坚的士兵投鞭就能截断江流飞身而渡，想当年单于太子昌顿发射响箭谋杀其生父，不惜响箭上染满血迹。后魏太武帝佛狸南侵时，在风雨中节节败退，令人忧伤的是最终他也死在了自己亲信的手里。年轻时我像苏秦一样英姿飒爽，身披黑貂裘，只身骑跨战马为国奔走效力。

　　如今我一事无成而人却已日渐衰老了，搔着满头白发，没料想此生再一次路过这扬州故地。我已经厌倦了官宦生涯，真想隐居江上，或者栖居山野亲手种橘千株借以消愁。你们二位都是东南的名流，胸藏万卷诗书，成就事业前程无比，不过还是让我尝试着为你们谋划一番前景吧：不要学李广在南山闲居射虎，直接去当个"富民侯"才最为相宜。

满江红·江行简杨济翁、周显先

【题解】

这首词作于淳熙五年（1178），是一篇触物抒怀之作。当时辛弃疾从临安前往湖北，一路之上以词代简，写下此词赠与南宋著名词人杨济翁和周显先。全词因江行所感而作，却没有写景，而是将当下政治感慨与怀古之情巧妙结合，通过对往昔英雄人物的追忆与对今朝他们"了无陈迹"的哀叹，表达了作者一方面渴望能如古代英雄一样建立伟业，但另一方面又表现出倦于宦游的失意矛盾之情，转而又借此劝慰朋友，无论升迁贬谪，个人得失都没有必要去计较。

【原文】

过眼溪山，怪都似、旧时相识。还记得、梦中行遍，江南江北。佳处径须携杖去①，能消几緉平生屐②。笑尘劳、三十九年非，长为客。

吴楚地，东南坼③。英雄事，曹刘敌④。被西风吹尽，了无尘迹。楼观才成人已去，旌旗未卷头先白⑤。叹人间、哀乐转相寻，今犹昔。

【注释】

①佳处：就是自己的人生理想，为了自己的理想，宁愿"消几緉平生屐"。②緉（liǎng）：古代计算鞋的单位，相当于"双"。屐（jī）：用木头做鞋底的鞋，唐以前是旅游用的鞋，在宋代以后基本上就是专门

的雨鞋了。③坼（chè）：裂开。④敌：匹敌。⑤旌旗：指战旗。旌旗未卷：指战事未休。

【译文】

从眼前一闪而过的山川溪流，令人惊异的是全都似曾相识。依稀还记得，就像在梦中一样将万里江山走遍。人生无多，理应游赏那些风景名胜，只需要携带一根手杖就可抬脚而去，难道还能耗损几双木屐？可笑我一生为尘事忙碌操劳，人到四十，却有三十九年的过失，甚至长期身为来去匆匆的过客。

昔日的吴楚之地，如今却被分裂成江南江北，不禁想起当年立足东南，北拒强敌的孙权。若论当时的英雄，只有曹操与刘备相匹敌。只可惜那些英雄豪杰，都已成了陈年旧事，仿佛被西风吹尽，如今已没有一丝痕迹。楼阁刚刚建成，孙权却抛下吴国基业而匆匆离开人间，正如此时，旌旗招展壮志未酬，而我却已满头白发。可叹这人世间，不过是在悲哀与欢乐之间，循环往复相互追寻，从古至今犹是如此。

南歌子·万万千千恨①

【题解】

淳熙五年（1178）的秋天，作者由大理少卿转任湖北转运副使，从临安赴湖北任职的路途中作此词。该词写相思爱情，栩栩如生地刻画了一个痴情人挂念心上人的形象。上片极言相离相思之苦；下片以幻想对方现在的状态下笔，运用心理描画，设想虚拟之辞。全词以"恨"字贯穿词意，下片三问，依次推进，凸显恋情之深与分离之苦，隐寓今后见面之难的万般痴绝情意。

【原文】

万万千千恨，前前后后山。傍人道我轿儿宽②。不道被他遮得、望伊难③。

今夜江头树，船儿系那边④。知他热后甚时眠。万万不成眠后、有谁扇。

【注释】

①南歌子：原是唐教坊曲名，后用为词牌名。②轿儿宽：轿子大。③不道：不想，不料。他：指轿儿。伊：第三人称代词，今多指女性，常指"那个人"；有时也指意中人。④那边：哪边。

【译文】

我的心中有千千万万惆怅幽怨，眼前却是重重叠叠的山冈。旁人都说我所乘坐的轿子宽敞。却不知被它挡住了我的视线，想眺望心上人都很难。

今夜夜色阑珊，江岸边那一排树依稀可见，不知他

的船停泊在哪边。天气这么炎热，不知他什么时候才能进入梦乡。假如他翻来覆去也睡不着的话，不知又有谁能为他将扇子扇。

木兰花慢·席上送张仲固帅兴元

【题解】

此词是孝宗淳熙八年（1181）的秋天，作者在江西安抚使任上，为原江西路转运判官张仲固奉调兴元知府设宴饯行时有感而作。词中写的不是一般的祝贺和惜别，而是立于国家兴亡的层面，运用大量典故，突出重用人才对于一个国家兴衰的重要性，并且运用借古讽今的手法，抨击南宋朝廷妥协求和的错误做法，抒发了作者追求国家统一的爱国情怀。

【原文】

汉中开汉业，问此地，是耶非？想剑指三秦^①，君王得意，一战东归。追亡事，今不见，但山川满目泪沾衣。落日胡尘未断^②，西风塞马空肥^③。

一编书是帝王师，小试去征西^④。更草草离筵^⑤，匆匆去路，愁满旌旗。君思我，回首处，正江涵秋影雁初飞^⑥。安得车轮四角，不堪带减腰围。

【注释】

①剑指三秦：指刘邦占领关中事。三秦，项羽三分关中，立秦降将章邯、司马欣、董翳为三王，称"三秦"。②胡尘：金人的军马扬起的尘土。③西风：秋风。塞马：边疆的战马。④小试：略试才能。⑤草草离筵（yán）：筵，酒席。此处表示酒席不丰盛。⑥涵：沉浸。

【译文】

汉高祖刘邦以汉中为根基开创了汉王朝帝业，你若问这个地方，是否还是当年的汉中吗？我只想告诉你，想当年，高祖刘邦占领关中后攻占三秦土地获胜，随后乘胜东进，与项羽争夺天下而一决雌雄。追回败北逃亡的韩信并拜他为大将这样尊重人才的事，现在难以再见到；只能看见那满目破碎的山河，实在是令人忍不住泪水沾湿衣衫。落日余晖之中，任凭胡人的军马扬起飞尘侵扰不断，以至于秋天来临之时，边塞的战马白白地膘肥体壮。

您就像那一经获得兵书就可以成为帝王老师的张良，如今被朝廷

派去西方兴元不过是小试身手。天没放亮我就开始备下这简单的饯行酒，匆忙之中你就要踏上去向远方的路，此刻满腹离愁浸透了仪仗队的旌旗。你想念我的时候，回头所能看到的地方，正是秋江之上天光水影，大雁唧啾刚刚起飞之时。怎么能够让车轮长出四只角而把行人强留，禁不起这难以忍受的相思别恨，只觉得衣带渐宽人消瘦。

阮郎归·耒阳道中为张处父推官赋①

【题解】

淳熙六年（1179）至七年（1180），辛弃疾正在湖南安抚使任上。一次，在湖南耒阳道上，辛弃疾遇到了故友张处父，写下了这首词。词的上片写景，描写他乡遇故人时所见到的山村景致，暗寓作者的凄凉处境和忧愤心情；词的下片写情，描写他在故友面前倾吐，表现了他的内心矛盾和痛苦。可谓词短情长，真挚朴实。

【原文】

山前灯火欲黄昏，山头来去云。鹧鸪声里数家村②，潇湘逢故人③。

挥羽扇，整纶巾④，少年鞍马尘⑤。如今憔悴赋《招魂》，儒冠多误身⑥。

【注释】

①阮郎归：词牌名，又名"碧桃春""宴桃源""濯缨曲"等。耒

（lěi）阳：地名，在湖南省衡阳市。推官：州郡所属的助理官员，常主军事。②数家村：只有几户人家的村落。③潇湘：湖南省的潇水和湘江，这里指湖南。④纶（guān）巾：头巾的一种，以丝带编成，一般为青色。⑤鞍马尘：指驰骋的战马激起尘土。⑥儒冠：读书人戴的帽子，此处指代书生。身：指自己

【译文】

远看山前依稀有灯火闪烁，将要黄昏时分，山头上飘来飘去的是朵朵浮云。那个稀疏住着几户人家的山村里，传来阵阵鹧鸪鸟的鸣叫声，我在这冷清的潇湘道上喜逢久别的故人。

遥想过去，也曾效仿诸葛亮手执羽扇轻摇，头戴方正的纶巾，也曾翩翩少年驰骋疆场指挥千军万马与敌鏖战。如今已然憔悴落魄，只能像宋玉那样作《招魂》招回失去的灵魂，自古以来书生多是无用之辈，读书多反而误了自身。

沁园春·带湖新居将成①

【题解】

此词写于宋孝宗淳熙八年（1181），辛弃疾带湖新居即将落成之时。他南下约有二十年时间，不论职务的升降，他都以满腔的爱国热忱，为恢复宋朝江山而日夜操劳。但他越来越察觉到统治者们的苟安腐败，险恶黑暗，使他产生了退隐之心，同时也可能听到有陷害他的

风声，因而就选中了他所熟悉的上饶带湖，修建了新居，作为将来退隐居所，名为"稼轩"，并自号为"稼轩居士"，以示去官务农之志。全词层次分明，文字简明凝炼，寓情于景，不愧为上佳词作。

【原文】

三径初成②，鹤怨猿惊③，稼轩未来④。甚云山自许，平生意气；衣冠人笑⑤，抵死尘埃⑥。意倦须还⑦，身闲贵早，岂为莼羹鲈脍哉⑧。秋江上，看惊弦雁避，骇浪船回。

东冈更葺茅斋⑨。好都把轩窗临水开。要小舟行钓，先应种柳；疏篱护竹，莫碍观梅。秋菊堪餐，春兰可佩，留待先生手自栽⑩。沉吟久，怕君恩未许，此意徘徊。

【注释】

①带湖：湖名，在今江西省上饶市城外，为宋代文学家辛弃疾长期落职闲居之所。②三径：意为归隐者的家园或是院子里的小路。③鹤怨猿惊：表达出自己急切归隐的心情。化用南朝孔稚珪《北山移文》："至于还飚入幕，写雾出楹，蕙帐空兮夜鹤怨，山人去兮晓猿

惊"。④稼轩：辛弃疾，号稼轩。⑤衣冠人：上层或高贵的人物。⑥抵死：终究，毕竟。⑦意倦须还：此指退隐回家。⑧莼羹鲈脍（chún gēng lú kuài）：味道鲜美的莼菜羹、鲈鱼脍，比喻为思乡的心情。⑨葺（qì）：用茅草修缮房子。⑩先生：是下人对辛弃疾的称呼。

【译文】

归隐的居所刚刚建成规模，白鹤猿猴都在惊怪，主人还没有归来。归隐山林正是我许下的平生志趣；为什么要甘为权贵士人所嘲笑，终究总是混迹尘埃。厌倦了官场就该急流勇退，求得身心清闲贵在愈早愈好，岂止是为了像西晋张翰那样返还故乡享受莼羹鲈脍呢？你看那秋江之上，听到弓弦响，受惊的大雁急忙躲闪，行船急转回头，是因为骇浪扑来。

东冈上搭建起的茅屋书斋还需要再修缮一番。最好是把门窗面临湖水打开。如果想邀友人划船垂钓，就应该先种下杨柳一排排；插上稀疏的篱笆保护翠竹，但不要妨碍赏梅。秋菊可以佐餐饮用，春兰能佩戴，这两种花就留给我归来时亲手栽培。我沉思低吟许久，只怕当今圣上不恩准我离开，归隐之意仍在犹豫徘徊。

菩萨蛮·稼轩日向儿童说①

【题解】

此词作于淳熙八年（1181），辛弃疾在江西安抚使任上，当时他遭遇朝廷弹劾有被罢官之危，自己也有所预感，因此，他在上饶带湖建了新居，对罢归有所准备。此词当作于他的带湖宅第将成而人未归去之际。全词写他迁入带湖新居前的心境，用家常语说明宅第环境幽雅宁静，依山傍水。此情此景，忽然觉得追求功名是错，不免显露壮志难酬的忧愤，体现了有意置身山水、自我开脱的情怀。

【原文】

稼轩日向儿童说。带湖买得新风月②。头白早归来，种花花已开。

功名浑是错③。更莫思量着。见说小楼东④，好山千万重。

【注释】

①日：时常；每天。②风月：清风和

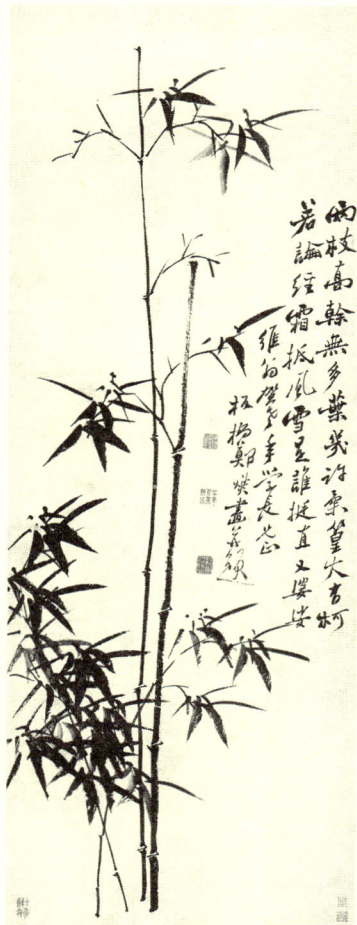

明月。泛指美好的景色。③浑：全。④小楼：指带湖新宅的集山楼。

【译文】

我时常对儿辈们诉说心事。在带湖新居可以欣赏清风明月，置身美好风景之中。头发都已经斑白，盼望早点归来，新居里种植的花儿都已经盛开了。

追求仕途功名浑然都是错误。再也不要去思索考量它了。现在听说带湖宅第集山楼东边，好山好水千千万，重峦叠嶂，无限美好。

祝英台近·晚春①

【题解】

这是一首抒写别情的闺怨词。词中上片写主人公与情人分手后春光流逝，春愁难止；下片写日夜盼郎归来，并化用成句抒写凄婉别愁。此词章法绵密，抒发了闺中少妇惜春怀人的缠绵悱恻之情，这与辛弃疾以往纵横豪放的风格迥然不同，转折迂回之中，充分显示了缠绵宛转的艺术风格。

【原文】

宝钗分②，桃叶渡③，烟柳暗南浦④。怕上层楼，十日九风雨。断肠片片飞红⑤，都无人管，更谁劝、啼莺声住？

鬓边觑⑥，试把花卜归期⑦，才簪又重数。罗帐灯昏⑧，哽咽梦中语：是他春带愁来，春归何处？却不解、带将愁去。

【注释】

①祝英台近：词牌名，又名"宝钗分"。双调七十七字，前段八句四仄韵，后段八句五仄韵。②宝钗分：古代男女分别，有分钗赠别的习俗，即夫妇离别之意，南宋犹盛此风俗。③桃叶渡：秦淮河上的一个古渡，位于南京秦淮河与古青溪水道合流处附近，是晋王献之送别爱妾桃叶之处。后泛指男女送别之处。④南浦：南面的水边。后泛指水边送别的地方。⑤断肠：多用以形容悲伤到极点。飞红：飘落的花瓣。⑥鬓边觑（qù）：斜视鬓边所插之花。⑦把花卜归期：用花瓣的数目，占卜丈夫归来的日期。⑧罗帐：床上的纱幔。

【译文】

桃叶渡口，我与郎君分钗就此别离，送别的河岸边烟雾茫茫，柳荫幽暗。分别后，我害怕登上高楼凭倚，十日里常常是九天风雨凄凄。

看到那片片飘落的花瓣令我肝肠欲断，却全然没有人管，更有谁能劝住黄莺那一声声催促芳春归去的鸣啼。

对着铜镜斜视我鬓边所插的花朵，尝试着细数花瓣把郎君的归期占卜，才把花儿插上鬓发，又急忙摘下来重新再细细数。残灯闪着昏暗的光芒，映照着寂寞清冷的罗帐，帐中的我独自哽咽梦中呓语：是春天将哀愁带来，如今这春又归向哪里？为何却不懂得把哀愁带去。

南乡子·好个主人家①

【题解】

宋孝宗淳熙年间，辛弃疾担任过许多闲散官职，此词很可能是他在闲时拜访一名歌妓时所作。从词的内容和语气可知，作者可能欣赏过这一歌妓弹唱的曲子，并与她相熟。词的上片写其抛弃旧主人，另寻新欢；下片是作者对这名女子的赠言。这首词通俗似曲，并且运用了大量的宋元时代的方言俗语，使语气更加诙谐有趣，但也略带嘲讽。

【原文】

好个主人家。不问因由便去嗏②。病得那人妆晃子③，巴巴④。系上裙儿稳也哪。

别泪没些些⑤。海誓山盟总是赊。今日新欢须记取，孩儿⑥，更过十年也似他。

【注释】

①南乡子：词牌名。又名"好离乡""蕉叶怨"等。②嗏（chā）：语气助词，表示提醒或应答等。③妆晃：这里形容样子难看。④巴巴：可怜巴巴。⑤些些：少许，一点儿。⑥孩儿：上对下的通称。

【译文】

好一个主人家。你不问因由便离他而去了。主人病得不轻，而且面目憔悴得样子难看了，如此可怜巴巴的，你却系上裙儿表面应承稳住他。

离别之时没有流下一点儿眼泪。看来之前的海誓山盟总归是渺茫的。如今你另寻新欢，但你一定要记得，孩儿啊，再过十年你也会变成他那样衰老不堪。

鹧鸪天·代人赋①

【题解】

此为歌咏江南山村美好景色的词。淳熙八年（1181）的冬天，辛弃疾遭遇弹劾，隐居上饶带湖。此词或许是他替人代作。当时作者已经习惯了乡居生活的恬淡，渐渐把自己融入到淳朴的农人之中，同时更加感到官场生涯的纷扰和混乱。词中上阕写陌上桑树，东邻幼蚕，平冈牛犊，斜阳寒鸦；下阕写山野远景，如此借景抒情，流露出作者厌弃京城繁华，热爱乡野生活的情趣。词人为人们描绘出一幅清新、美丽的山野风景画，反映了他陶醉于乡村闲适生活的愉悦心情。

【原文】

陌上柔桑破嫩芽②，东邻蚕种已生些③。平冈细草鸣黄犊④，斜日寒林点暮鸦。

山远近，路横斜，青旗沽酒有人家⑤。城中桃李愁风雨，春在溪头荠菜花⑥。

【注释】

①鹧鸪天：词牌名。又名"思佳客""半死桐""思越人""醉梅花"等。②陌上柔桑：小路旁柔弱的桑树。破：长出。③已生些：指已孵出了小蚕。些：《楚辞》中用于句末助词。④平冈：平坦的小山坡。⑤青旗：青布做的酒幌，酒店作招牌用。沽酒：卖酒。⑥荠（jì）菜：一种人们喜爱的可食用野菜。

【译文】

田间路旁，桑树柔软的新枝上绽出了嫩芽，东边邻居家的蚕种已孵出了小蚕。平坦的山脊上长满了细软的青草，那里有小黄牛在哞哞地欢叫，夕阳斜照着春寒时节的林木，树上点缀着几只傍晚归来栖息的乌鸦。

层叠起伏的青山由远及近，小路纵横交错，飘着青布酒幌子的地方便有卖酒的店家。京城中的桃花李花虽然艳丽，但害怕风雨吹打而未开放，此时的春天我却看到溪水边遍地盛开的荠菜花。

摸鱼儿·更能消几番风雨①

【题解】

宋孝宗淳熙六年（1179），辛弃疾南渡之后再次由湖北转运副使改调湖南转运副使。辛弃疾在此前两三年内，转徙频繁，均未能久于其任。而此次调任，更是与他恢复失地的志愿相去愈来愈远了。临行前，同僚王正之在山亭摆下酒席为他送别，他感慨万千，写下了这篇忧时感世之作。词中上片描写对春光的无限留恋和珍惜之情；下片描写景致之中透着一缕婉转凄恻，柔中寓刚，借此抒发自己壮志难酬的愤慨和对国家命运的关切之情。全词托物起兴，借古伤今，融身世之悲和家国之痛于一炉，沉郁顿挫，寄托深远。

【原文】

淳熙己亥②，自湖北漕移湖南③，同官王正之置酒小山亭④，为赋。

更能消⑤、几番风雨，匆匆春又归去。惜春长怕花开早⑥，何况落红无数。春且住，见说道、天涯芳草无归路⑦。怨春不语。算只有殷勤，画檐蛛网⑧，尽日惹飞絮。

长门事⑨，准拟佳期又误。蛾眉曾有人妒。千金纵买相如赋⑩，脉脉此情谁诉？君莫舞，君不见、玉环飞燕皆尘土！闲愁最苦！休去倚危栏⑪，斜阳正在，烟柳断肠处。

【注释】

①摸鱼儿：词牌名。一名"摸鱼子"，又名"买陂塘""迈陂塘"等。②淳熙己亥：淳熙是宋孝宗的年号，己亥是干支之一。淳熙己亥对应公元1179年。③漕：漕司的简称，指转运使。转运使是中国唐代以后各王朝主管运输事务的中央或地方官职。④同官王正之：作者调离湖北转运副使后，由王正之接任原来职务，故称"同官"。王正之：名正己，是辛弃疾的故交。⑤消：经受。⑥怕：一作"恨"。⑦见说道：听说是。⑧画檐：有画饰的屋檐。⑨长门：汉代宫殿名，汉武帝皇后失宠后被闭禁于此。典出司马相如《长门赋》序。⑩相如赋：即司马相如的《长门赋》。⑪危栏：高处的栏杆。

【译文】

宋孝宗淳熙六年，我从湖北转运副使的职位调离到湖南上任，同僚王正之在小山亭摆下酒席为我送行，为此特赋词留念。

不知还能经得起几回风雨，春天又将匆匆归去。只因爱惜春天，我常怕花开得过早，更何况春去时会迎来零落的花瓣无数。春天啊，请你暂且留步，难道此时你没看见有人正在谈论，连天的芳草已阻断了你的归路？真让人无比怨恨春天你就这样默默无语。算起来，世间那殷勤多情的，也只有雕梁画栋间的蛛网，为留住春天而整天沾染飘飞的柳絮。

长门宫内的陈皇后盼望重被召幸，岂料约定了佳期却一再延误。只因她太美丽而曾惹人嫉妒。纵然最终用千金买了司马相如的《长门赋》而重新获得皇上宠幸，这曾经的脉脉深情向谁倾诉？奉劝得宠的人们不要得意忘形欢欣狂舞，难道你没看见杨玉环、赵飞燕都已化作了尘土！要知道，闲愁折磨人最苦。不要去攀登高楼而倚靠高处的围栏眺望，因为一轮夕阳正在那令人断肠的烟柳迷蒙之处徐徐下沉。

水龙吟·甲辰岁寿韩南涧尚书^①

【题解】

此为辛弃疾的一首祝寿词。宋孝宗淳熙八年（1181），辛弃疾被弹劾，退隐于上饶之带湖，曾任吏部尚书的韩元吉致仕后也寓居此地。由于他们都有抗金雪耻的雄心壮志，可谓志同道合，交往颇深。当时南宋朝廷文恬武嬉，国事衰微，辛弃疾虽满怀壮志却难以施展。正逢韩元吉六十七岁寿辰之时，辛弃疾作了此词。此词虽然是为祝寿而作，但词中却暗含了迫切报国的热情，同时也有报国无门的悲愤，表现出一种悲壮苍凉的风格。

【原文】

渡江天马南来，几人真是经纶手^②？长安父老，新亭风景，可怜依旧。夷甫诸人^③，神州沉陆^④，几曾回首！算平戎万里^⑤，功名本是，真儒事，公知否^⑥？况有文章山斗^⑦，对桐阴^⑧、满庭清昼。当年堕地，而今试看，风云奔走。绿野风烟，平泉林木^⑨，东山歌酒。待他年，整顿乾坤事了，为先生寿。

【注释】

①韩南涧：即韩元吉，南宋词人，韩元吉与辛弃疾是邻居，所以经常往来唱和。②经纶：原意为整理乱丝，这里引伸为处理政事，治理国家。③夷甫：西晋宰相王衍的字。他崇尚清谈，不论政事，最终

导致西晋亡国。④沉陆：也说陆沉，指中原沦丧。典出《晋书·桓温传》。⑤平戎万里：平定中原，统一国家。戎，指金兵。⑥公知否：一作"君知否"。⑦山斗：泰山、北斗。⑧桐阴：北宋有两韩氏并盛，一为相州韩氏，一为颍川韩氏。颍川韩氏京师府第门前多植桐树，故世称"桐木韩家"，以别于相州韩琦。这里借喻其家世显赫。⑨平泉：唐宰相李德裕在洛阳所建造的平泉庄。

【译文】

自从高宗皇帝率天兵天将指挥军马南渡以来，又有几个人能真正称得上是治国的行家里手？中原沦陷区域内的父老乡亲翘首以望，期盼北伐，然而，南渡的士大夫们却毫无北伐的斗志，依旧苟且偷安。而那些一如西晋王夷甫那般不论政事的清谈家们，面对神州大地国土丧失，又何曾回望历史，把收复失地、挽救危局、统一国家大事放在心上呢？算起来，为平定中原驱逐金兵，戎马生涯，征战万里之遥，如此横枪立马建功立业，报效祖国，留名青史，这才是真正读书人所追求的事业，不知你是否明白我的心境呢？

　　况且你的文章被人视为泰山、北斗，你的家世尊贵显赫，如同当年盛名的"桐木韩家"一样庭前梧桐成荫，浓密清幽，白昼里定会招来金凤凰。你生来就志在四方，而如今请看，若生逢其时，遭遇明主，你就会叱咤风云，显露头脚，大展身手。现在你虽然辞官在家，寄情于绿野堂的景色与平泉庄的草木之中，如同晋代谢安寓居会稽一样纵情于东山的歌舞诗酒，但古代名相的志趣并未丢，为国捐躯的壮志也并未减少。等到未来年月，有朝一日，你再出山重整江山社稷之事，收复中原，完成祖国统一大业之后，我再来为你举杯祝寿。

念奴娇·登建康赏心亭呈史留守致道①

【题解】

　　宋孝宗乾道四年（1168），辛弃疾任建康通判，当时他南归已经七个年头，而他向往的抗金救国事业，却毫无进展，而且还遭到朝中议和派的打击。词人在一次登建康赏心亭时，触景生情，感慨万千，便写了此作。这是一篇登览怀古之作，词的上片写眼前之景，引起对六朝兴衰的感叹，暗示朝廷苟且偷安，无心完成统一祖国大业。下片以追忆谢安的不幸处境，表现了自己受朝廷排挤、不能实现北伐抗金抱负的苦闷之情。全词采用吊古伤今的手法来表现对国家前途的忧虑，对议和派排斥爱国志士的激愤之情。此词写作方法独特，寓情于景，笔调极为深沉悲凉。

【原文】

我来吊古②，上危楼③，赢得闲愁千斛。虎踞龙蟠何处是？只有兴亡满目④。柳外斜阳，水边归鸟，陇上吹乔木⑤。片帆西去⑥，一声谁喷霜竹⑦？

却忆安石风流⑧，东山岁晚，泪落哀筝曲。儿辈功名都付与，长日惟消棋局。宝镜难寻，碧云将暮⑨，谁劝杯中绿？江头风怒，朝来波浪翻屋。

【注释】

①赏心亭：位于南京市秦淮区，在建康下水门之上，下临秦淮河，是当时的游览名胜。②吊古：凭吊古迹。③危楼：高楼，此处代指赏心亭。④兴亡：指六朝兴亡的古迹。⑤陇：田埂，此泛指田野。乔木：高大的树木。⑥片帆：孤舟。⑦喷霜竹：吹笛子。喷，吹奏。霜竹的竹皮白如霜，大者为篪，细者为笛。故通常借指笛。⑧安石：即谢安，字安石，东晋著名的政治家。⑨碧云将暮：天色将晚，比喻岁月消逝，人生易老。

【译文】

我来凭吊古人的陈迹，而登上高楼，却落得愁闷无穷。当年如同虎踞龙蟠一般坚固的帝王之都，如今都在哪里？满目所见的只有千古兴亡的遗踪。夕阳斜照在迷茫的柳树之外，水边觅食的鸟儿急促地飞回巢穴之中，风儿吹拂着高树，掠过荒凉的丘垄。一只孤独的船儿在秦淮河中匆匆扬帆西去，一曲笛声传来，不知是何人把寒笛吹弄？

此时却不禁回忆起当年那功业显赫的风流人士谢安，晚年被迫在东山闲居，竟被悲哀的筝曲引起悲恸泪流。建功扬名的希望只能都寄托在儿辈身上了，漫长的白日只有消磨在棋局之中。能表明心迹的宝镜已难以寻觅，岁月像日暮碧空中的白云一样无情逝去，谁能安慰我的情怀共饮杯酒？伫立赏心亭上，但见江上狂风怒号，早晨汹涌而来的波浪仿佛要翻倒房屋，真是令人忧悚。

鹧鸪天·代人赋

【题解】

宋孝宗淳熙八年（1181）的冬天，辛弃疾遭遇弹劾，隐居上饶。这首词写于作者被弹劾罢官后，是他在带湖闲居时的作品。这首词是代一位内心充满"离恨"与"相思"的女性抒写相思离情而作，表面是在写美人相思的苦闷，实则寄托的是词人无法实现的政治理想。它在行文风格上也比较独特，是豪放派词人辛弃疾的一首优美的婉约词之一。

【原文】

晚日寒鸦一片愁①。柳塘新绿却温柔②。若教眼底无离恨③，不信人间有白头。

肠已断，泪难收。相思重上小红楼。情知已被山遮断，频倚阑干不自由④。

【注释】

①晚日：夕阳。②新绿：初春草木显现的嫩绿色。③眼底：眼前。④阑干：栏杆。

【译文】

傍晚落日余晖中，看见寒鸦归巢竟勾起我一片思愁。池塘边的柳树发出嫩绿的新芽却显得格外温柔。如果不是眼下亲自遭遇离愁别恨的折磨，根本就不会相信这世上真会有人因为伤心而白了头。

愁肠已经寸断，泪水却难收住。怀着相思之情，再一次登上小红楼。明明知道情人离去的身影已经被群山遮住，可还是不由自主地一次又一次依靠在栏杆上，一直凝望远方而不能罢休。

鹧鸪天·东阳道中①

【题解】

这首词的开头由所见景物写出旅程之辛劳；紧接着是穿过树林后的感受；一路之上曲折绕路而行，却意外发现路边小山村的秀丽景色，不禁豁然开朗。从作品的内容和情调来看，洋溢着喜悦欢畅的情绪，这在辛弃疾的词中是不多见的。而且此词极其富有诗情画意，五彩缤纷，呈现出一派生气勃勃的景象。读完此作，就好像随同词人进行了一次春天旅游，令人耳目一新。

【原文】

扑面征尘去路遥②，香篝渐觉水沉销③。山无重数周遭碧④，花不知名分外娇。

人历历⑤，马萧萧⑥，旌旗又过小红桥。愁边剩有相思句，摇断吟鞭碧玉梢⑦。

【注释】

①东阳：即今浙江东阳县。②征尘：指旅途中扬起的尘土；形容

旅途奔波，忙碌劳累。③香篝（gōu）：一种燃香料的笼子。水沉：即沉香，一种乔木，老茎受伤后所积得的树脂，俗称沉香，可作香料原料。沉香被视作一种名贵香料和中药材，在宋代有"一两沉香一两金"的说法。销：消退。④周遭：周围。⑤历历：（物体或景象）一个一个清清楚楚的。⑥萧萧：马的鸣叫声。⑦碧玉梢：指马鞭用碧玉宝石饰成，比喻马鞭的华贵。

【译文】

一路征程尘土飞扬扑面而来，然而举目远望，去路迢迢，香笼里燃烧的沉香气息越来越淡薄了。周围是数不清的层层山峦，全被碧绿的树木和野草覆盖着，路旁山野中长满了各种各样不知名的花儿，一朵朵格外娇艳动人。

道路上的行人历历在目，清晰可见，奔驰的骏马萧萧嘶鸣，威武雄壮的仪仗队又一次经过前面的小红桥。满怀的离愁别恨，此时此刻都化作无尽相思的词句，于青山绿水之间，一边吟咏，一边快马加鞭地向东阳进发，差点儿摇断马鞭上的碧玉梢儿。

丑奴儿近·博山道中效李易安体①

【题解】

宋孝宗淳熙八年（1181）时，作者被弹劾罢官，次年在江西上饶地区的带湖卜筑闲居，直至光宗绍熙三年（1192）再度起用为止，其间长达十年之久，本词正是此间所作。词中描写了大雨过后傍晚的山光水色，上片首写起云，次写骤雨，再次写放晴，描写夏天山村的天气变化无常；下片描写闲居山野田园的生活环境。全词浅显明快，恬淡清新，反映了作者退居上饶后，寄情山林的愉悦心情，大有李清照之词风。

【原文】

千峰云起，骤雨一霎儿价②。更远树斜阳，风景怎生图画③？青旗卖酒④，山那畔别有人家。只消山水光中，无事过这一夏。

午醉醒时，松窗竹户，万千潇洒。野鸟飞来，又是一般闲暇。却怪白鸥⑤，觑着人欲下未下。旧盟都在，新来莫是，别有说话？

【注释】

①博山：地名，在今江西广丰县西南。李易安：即李清照，自号易安居士。②一霎儿价：一会儿的工夫。③怎生：怎么。④青旗：此指酒旗。⑤白鸥：一种水鸟。

【译文】

乌云笼罩着层叠起伏的群山，忽然下起一阵大雨，马上雨又停了，天也晴了。再向远处望去，斜阳照在翠绿的树上，风景美丽动人，怎么竟像描绘的一幅图画？酒家的门上悬挂着卖

酒的青旗，可想而知，在山的那边，一定是另有人家居住。只要在这山光水色的地方，如果没有什么事情干扰，我宁愿在这里平静地度过整个夏天。

午间酌饮小醉睡醒之时，只见窗外的苍松翠竹掩映，郁郁葱葱，多么清静幽闲，心神万分舒畅自然。野鸟翩翩飞来，忽而又飞去，如此又是别有一番自由自在的情趣。但是令我奇怪的是，白鸥盘旋在天空向下斜着眼睛看人，想要下来却又不落下来，猜不出这是为什么。咱们过去所订的盟约还在，我依然遵守，莫非你近来又有了别的想法。

生查子·独游西岩①

【题解】

宋孝宗淳熙八年（1181）的冬天，辛弃疾被诬陷罢官，此后他长期闲居在上饶城北带湖边上，而西岩是上饶城南风景优美的地方。这是辛弃疾闲居游西岩时之作。词中上片借青山来自表，而且将山品与人品相融；下片借明月来自述，并以此来抒怀。全文巧借明月、青山来表达自己难解的孤寂、郁愤之情。通篇抒情含蓄，意蕴曲折，堪称词中佳品。

【原文】

青山招不来，偃蹇谁怜汝②？岁晚太寒生③，唤我溪边住。
山头明月来，本在天高处。夜夜入青溪，听读《离骚》去④。

【注释】

①生查（zhā）子：原为唐教坊曲名，后用为词牌名。②偃蹇（yǎn jiǎn）：本意是骄横，傲慢，盛气凌人。怜：爱怜，喜欢。③岁晚：一年中最后的月份，指寒冬腊月。太寒生：非常寒冷。④《离骚》：《离骚》是中国战国时期诗人屈原创作的诗篇，是中国古代最长的抒情诗。

【译文】

耸立的青山啊，你孤傲骄横，向你招手你也不走过来，如此还会有谁欣赏又怜爱你呢？岁末寒冬，天气太过寒冷，却召唤我来到这山林溪水边居住。

山头有一轮明月悄悄升起来，其实它原本早已从地平线升起，此刻已是高悬中天，遍洒银辉照耀大地。明月，山峦，每一天夜里都会轻轻坠入清澈的小溪，然后静静地听我吟诵《离骚》之后悄悄离去。

丑奴儿·书博山道中壁①

【题解】

此词作于宋孝宗淳熙八年（1181）至宋光宗绍熙三年（1192）间，是辛弃疾被弹劾去职、闲居带湖时所作。辛弃疾在带湖居住时，常到博山游览，虽然风景优美，他却无心赏玩。眼看国事衰微，自己无能为力，一腔愁绪无法排遣，于是在博山道中一石壁上题了这首词。

词中上片描绘了少年涉世未深却故作深沉的情态；下片写出满腹愁苦却无处倾诉的抑郁，全篇通过"少年"时与"而今"的对比，表达了作者受压抑、遭排挤、报国无门的痛苦之情，同时以"愁"字为贯穿全篇的线索，构思精巧，感情充沛而委婉，言浅意深，令人回味无穷。

【原文】

少年不识愁滋味，爱上层楼。爱上层楼，为赋新词强说愁②。

而今识尽愁滋味③，欲说还休④。欲说还休，却道天凉好个秋。

【注释】

①丑奴儿：词牌名。又名"采桑子""丑奴儿令"等。博山：在今江西省广丰县西南。淳熙八年辛弃疾罢职退居上饶，经常路过博山。②强（qiǎng）：勉强地，硬要。③识尽：深深懂得。④欲说还（huán）休：表达难于启齿的感情或者内心有所顾虑而不敢表达，想说却又马上停下没有说。休：停止。

【译文】

年少时不知道忧愁的滋味，喜欢登高远望。喜欢登高远望，却为写一首新词，本无愁而硬要说愁。

然而到如今尝尽了忧愁的滋味，想说可又停下来说不出口。想说可又停下来说不出口，却只说出一句，天气凉爽，好一个怡人的秋天啊！

满江红·点火樱桃①

【题解】

根据词中所写，作者的居处似乎面向一望无际的大江，这条大江隔断了南北往来，使作者归乡的愿望永远成了无法实现的梦想。词的上片触景生情，感伤春日的美好和短暂；下片通过具体而细致的描写，表达出词人的春愁和春恨。全词以春景为媒介，充分抒发了他对国破家亡境遇的悲哀感伤，以及坚持收复失地、统一祖国的崇高追求与此时复杂的思想感情。

【原文】

点火樱桃，照一架、荼蘼如雪②。春正好，见龙孙穿破③，紫苔苍壁。乳燕引雏飞力弱，流莺唤友娇声怯④。问春归、不肯带愁归，肠千结。

层楼望，春山叠。家何在？烟波隔。把古今遗恨⑤，向他谁说？

蝴蝶不传千里梦，子规叫断三更月⑥。听声声、枕上劝人归，归难得。

【注释】

①点火樱桃：形容樱桃红得像着了火。②荼蘼（tú mí）：花名，荼蘼花又名悬钩子蔷薇，一般在春季结束时开放。③龙孙：竹笋的别名。苍壁：碧绿的崖壁。④流莺唤友：黄莺呼叫伴侣。流莺：指黄莺。⑤古今遗恨：从古至今遗留的恨事。⑥"蝴蝶"句：典出《庄子·齐物论》："昔者庄周梦为胡蝶，栩栩然胡蝶也；自喻适志与，不知周也。俄然觉，则蘧蘧然周也。不知周之梦为胡蝶与，胡蝶之梦为周与？"这里借指做梦。千里梦：指自己的想念家乡之梦。子规：杜鹃鸟的别名。杜鹃鸟总是朝着北方鸣叫，昼夜不止，发出的声音极其哀切。

【译文】

樱桃红得就像点着的火焰，映照满架的荼蘼花宛如一片白雪。此时正是春意最浓的美好时刻，能看见竹笋穿破了长满青苔的碧绿崖壁。母燕招引着小燕子缓缓地飞翔，看起来气力很弱，黄莺声声呼唤伴侣，娇滴滴似乎略显胆怯。试问匆匆来去的春天、如

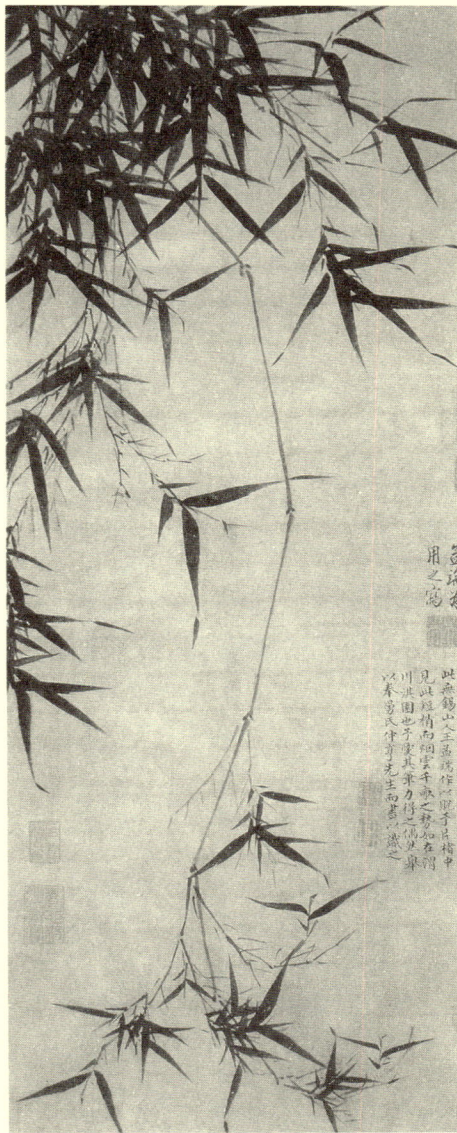

今你又要离我而去，为何不肯把愁烦一道带走，却偏偏让我愁肠千结。

登上高楼远望，只见春山万重，层层叠叠。我的家乡在哪里啊？此时全被烟波阻隔。我把这古往今来山河破碎的恨事，即便是转身面向他人，又能向谁去述说？就算梦中变成蝴蝶也飞不到千里之外的故乡，只听那杜鹃哀鸣声声叫断了三更的冷月。躺在枕上难以入眠，只听它声声劝我"不如归"，可它哪里知道，我是有家难以回归啊！

南乡子·舟中记梦

【题解】

此词当作于宋孝宗淳熙五年（1178）的秋天。当时辛弃疾由临安赴任湖北转运副使之职，舟行江上，记梦而作。这首词按照梦前、梦中、梦后的情境依次写来。他由酣醉入梦，到梦中笙歌花丛，翠袖盈盈，之后不写梦后相思，而是反过来倒叙梦中情境。可谓妙笔脱俗，风格清丽爽畅，令人拍手叫绝。

【原文】

欹枕橹声边①，贪听咿哑聒醉眠②。梦里笙歌花底去，依然，翠袖盈盈在眼前。

别后两眉尖③，欲说还休梦已阑。只记埋冤前夜月④，相看，不管人愁独自圆。

【注释】

①敧（qī）枕：斜倚着枕头。橹：拨水使船前进的工具，置于船边，用于摇动船只。②聒（guō）：声音嘈杂。③两眉尖：形容紧皱双眉。④埋冤：埋怨。

【译文】

船行江上，我斜倚着枕头，在咿哑嘈杂的摇橹声中醉眼朦胧地渐渐入睡了。梦中笙箫歌舞，我与意中人花下相会，她依然可人的情态，舞动翩翩翠袖，盈盈顾盼的仪态出现在我的眼前。

一想到就要分别以后，我们双双不禁紧皱双眉难舍难离，正在想说，可又停下来说不出口的时候，却已然梦断人醒。只记得埋怨前夜月色里相聚短暂，分别时我们相视不语，试问如此圆月中天，为何你不管人间愁怨而只顾独自月圆呢。

声声慢·滁州旅次登奠枕楼作和李清宇韵

【题解】

此词作于乾道八年（1172），辛弃疾在知滁州任上。在此以前，滁州经常受到金人的袭扰与破坏，人民流散，田园荒芜。辛弃疾到滁州后，采取了一系列的有力措施，很快各方面都有所好转，人民安乐。他怀着喜悦的心情，与友人李清宇同游登楼远眺，并以词相和。全词抒发登楼之感，表达自己胸怀天下，所不能忘怀的仍然是沦陷于金人手中的中原大地，同时仍对未来充满希望，表达了作者忧国忧民，报效祖国的爱国情怀。

【原文】

征埃成阵，行客相逢，都道幻出层楼。指点檐牙高处①，浪涌云浮。今年太平万里，罢长淮②、千骑临秋③。凭栏望，有东南佳气④，西北神州。

千古怀嵩人去⑤，还笑我、身在楚尾吴头⑥。看取弓刀，陌上车马如流⑦。从今赏心乐事，剩安排、酒令诗筹。华胥梦⑧，愿年年、人似旧游。

【注释】

①檐牙：古代建筑屋檐上翘的叫飞檐，沿着屋檐的边沿下垂的叫檐牙。②长淮：指淮河之长。金兵侵略时，宋室南逃，双方议定，以

淮河为界。"罢长淮"，就是不承认以淮河为界。③千骑：辛弃疾在滁州建立了一支地方武装。农忙时生产，闲时训练，战时打仗。④佳气：吉祥的气象。⑤怀嵩：怀嵩楼，唐李德裕建，原名赞皇楼。⑥楚尾吴头：滁州为古代楚吴交界之地。故可称"楚尾吴头"。⑦陌上：田野小道。⑧华胥（xū）梦：《列子·黄帝篇》："黄帝昼寝，而梦游于华胥氏之国。"后指梦境或无所管束的境地。

【译文】

征程万里，踏起阵阵尘埃，行客相逢的时候，都交口称赞这座高楼仿佛幻觉中出现的奇景。他们指点着最高处的檐牙，惊叹那建筑的奇异雄伟，就像是波浪翻涌，浮云游动。今年这一带有万里之遥没有被金兵侵犯，因此人们过上了太平的日子。但我们还要废除长淮的界限，恢复原来宋朝的版图，我在此建立一支有千骑的军队，用以保卫地方上的安宁。登上高楼，倚靠栏干远望，东南临安的上空，有一股吉祥的气象，这可能是皇帝下决心要发兵打过长淮，收复西北的神州大地。

建造怀嵩楼那位名垂千古的人早已去世了，有人嘲笑我，竟然还留在这个楚尾吴头的地方不走。看吧！我们都拿起刀剑弓弩，就连乡间的小道上，往来的车马也像流水似的连绵不断。从现在起，我们要尽情地享受这赏心的快乐之事，余下的时间尽快安排酒令诗筹，以供应人们来这里饮酒赋诗的时候用。我们的梦想是把国家建成华胥国一样的国度，但愿人们年年都能来到这里，就像旧地重游一样悠闲自在。

清平乐·题上卢桥①

【题解】

宋淳熙八年（1181）的冬天，辛弃疾由于王蔺等人的弹劾而被罢官，归居上饶。此词当作于词人闲居上饶时期，内容主要写上卢桥一带的景致，借以提醒时人应以当世的兴亡为念。词的上片着笔写景，景中含情；下片借景兴叹说理。全词巧妙地把对人间兴亡和自然变化的感叹表现出来，而且令人信服，体现出抒情、写景、寓理三者高度统一的艺术魅力。

【原文】

清泉奔快②，不管青山碍。千里盘盘平世界，更着溪山襟带③。

古今陵谷茫茫④，市朝往往耕桑⑤。此地居然形胜⑥，似曾小小兴亡。

【注释】

①清平乐：词牌名，又名"清平乐令""醉东风"，为宋词常用词牌。上卢桥：在江西上饶境内。②奔：本意奔跑，这里形容溪水奔流而出。③襟带：衣襟和腰带。④陵谷：高山深谷。⑤市朝：人口聚集的都市。耕桑：田地。⑥形胜：地理位置优越。

【译文】

清澈的泉水欢快地奔流而出，不管青山的重重障碍，依然奔流而过。方圆千里曲折盘绕，终归要汇成平阔的大千世界，更美妙的是，溪流环抱青山，宛如佩戴了飘飘襟带。

从古到今，茫茫高山深谷曾经发生过多少次沧桑变迁，许多昔日繁华兴旺的集市，到后来往往都变成了种植庄稼的田野桑田。然而这地方的山川地势竟然不比寻常地优越，仿佛曾经经历过某种小小的盛衰兴亡。

满江红·倦客新丰

【题解】

此词大约是辛弃疾闲居上饶时所作。辛弃疾始终反对偏安江左，渴望用世立功，但最终却被迫退隐田园。因为当时南宋朝廷不以国家利益为重，坚持与金人求和，排挤打压爱国志士，使他们请缨无路，报国无门，最终只得解甲归田，终老山林，整日借酒浇愁。该词语言辛辣锋利，既表达了自己忧国伤时的激愤之情，又抒发了饱受劳碌奔波而最终壮志难酬的愤慨。

【原文】

倦客新丰①，貂裘敝②，征尘满目。弹短铗③，青蛇三尺④，浩歌谁续？不念英雄江左老，用之可以尊中国。叹诗书、万卷致君人，翻沉陆⑤。

休感慨，浇醽醁⑥。人易老，欢难足。有玉人怜我，为簪黄菊⑦。且置请缨封万户⑧，竟须卖剑酬黄犊⑨。甚当年、寂寞贾长沙⑩，伤时哭。

【注释】

①倦（juàn）客新丰：据《新唐书·马周传》记载，马周失意时，

"舍新丰，逆旅主人不之顾，周命酒一斗八升，悠然独酌，众异之。至长安，舍中郎将常何家"。倦客：倦于宦游的人。此为作者自喻。新丰：地名。位于长安东面。②貂裘敝：衣服破烂不堪。③弹短铗（jiá）：《战国策·秦策四》记载，孟尝君的门客冯谖，最初不受孟尝君重用，自己弹剑铗而歌曰："长铗归来乎，食无鱼。"后来终被重用。作者以冯谖不得志时弹剑而歌自喻。铗（jiá）：这里指剑。④青蛇：指剑。⑤沉陆：即陆沉。陆地无水而自沉，借指隐居。⑥醽醁（líng lù）：古代的一种美酒，呈绿色。⑦簪（zān）：插，戴。⑧请缨：请求给他一根长缨，比喻主动请求担当重任。万户：万户侯，封地食邑有万户人家的封爵。⑨卖剑酬（chóu）黄犊（dú）：语出自《汉书·龚遂传》，龚遂为太守，劝民卖刀剑买牛犊，从事农业生产。酬：指酬付价钱。黄犊：小牛。⑩贾长沙：即贾谊。西汉初年著名政论家、文学家，世称贾生。因贾谊曾被贬为长沙王太傅，故称贾长沙。

【译文】

当年失意的马周困顿于新丰酒楼斗酒浇愁，苏秦失志时貂裘破败，征途遥遥满身尘土。冯谖不得志时手握三尺宝剑，用手指弹剑而歌，又有谁理解他的心情与他唱和？不要顾虑江南英雄年纪大了，任用他照样可以打败敌人，使其向中国俯首称臣。可叹那些饱读诗书，想要致君尧舜的人，却因报国无门，无路请缨而退隐山林。

停止那些无谓的感慨吧，不如狂饮美酒来浇愁。正所谓人生易老，欢愉难以满足。有美人同情我的遭遇，怜惜我霜染的白发，为我戴上一朵黄色的菊花。姑且把请缨封侯的事情放在一边吧，只能像汉朝太守龚遂那样号召民众卖刀剑买牛犊，从事农业生产了。很是同情当年，被贬谪闲职的贾谊，因为寂寞伤时而痛哭流涕。

贺新郎·别茂嘉十二弟

【题解】

　　本词大约作于辛弃疾闲居铅山期间。茂嘉是他的族弟。词首以绿树啼鸟开篇，描写暮春的凄厉景色；中间引述历史故事，铺叙人间离情别恨，借送别族弟之事，抒发美人不遇、英雄名裂、壮士悲歌的义愤；结尾又以啼鸟泣血呼应开篇。全词笔力雄健，沉郁苍凉，不愧为送别抒怀佳作。

【原文】

　　绿树听鹈鴂①，更那堪、鹧鸪声住②，杜鹃声切③。啼到春归无寻处，苦恨芳菲都歇。算未抵④、人间离别。马上琵琶关塞黑。更长门翠辇辞金阙⑤。看燕燕⑥，送归妾。

　　将军百战身名裂。向河梁、回头万里，故人长绝⑦。易水萧萧西风冷，满座衣冠似雪。正壮士、悲歌未彻。啼鸟还知如许恨，料不啼清泪长啼血。谁共我，醉明月？

【注释】

　　①鹈鴂（tí jué）：鸟名，是在暮春时节啼叫的鸟，叫声悲切。②鹧鸪：鸣声凄切，像在说"行不得也哥哥"。③杜鹃：其声哀婉，像是说"不如归去"。④未抵：比不上。⑤更长门翠辇（niǎn）辞金阙：引用陈皇后失宠之事。辇：多指皇帝、皇后坐的车。⑥看燕燕，送归妾：庄

姜是春秋时齐国的公主，容貌娇美。宋人朱熹认为庄姜是中国历史上第一位女诗人。只因她婚后无子，而卫庄公脾气暴戾，冷遇庄姜，卫庄公后来娶了陈国之女厉妫，再娶了厉妫的妹妹戴妫。庄姜无子，以陈女戴妫之子完为己子。庄公卒，完即位，嬖人之子州吁杀之。故戴妫大归于陈，而庄姜送之，作《燕燕》诗。⑦"向河梁"句：引用李陵别苏武事。

【译文】

听到绿树荫里传来阵阵鹈鴂鸟鸣，直叫得声声悲切，更令人悲伤不已的是，鹧鸪鸟凄切的"行不得也哥哥"的啼叫声刚停住，杜鹃又发出"不如归去"的鸣叫，声声哀切。它们一直啼到春天归去再无寻觅之处，直叫得芬芳的百花相继枯萎，实在是令人苦苦愤恨。不过这桩桩件件算起来也抵不上人间生离死别的痛楚。那王昭君骑在马背上弹着琵琶，情不得已奔向黑沉沉的关塞荒野。更有那失宠的陈皇后阿娇退居长门别馆，没有了翠碧的宫辇可乘，而只能辞别皇宫金阙。再看那卫国美人庄姜的一首《燕燕》便可知晓，遭遇君王冷落后的落寞，以及迫于形势相送戴妫大归于陈的悲戚与不舍。

汉代名将李陵身经百战，却因兵败归降于匈奴而身败名裂。直到河边桥头送别苏武，回头遥望故国远隔万里而不能归去，只能与故友诀别。易水寒冷，西风萧瑟，送别荆轲的满座燕国志士白衣如雪。当荆轲还没唱完《易水歌》，就要告别前往秦国刺杀秦王。啼鸟若知人间有如此多的悲恨，料想它们也不止悲啼清泪，而是悲啼泣血。如今茂嘉弟就此远别，还有谁能与我一起畅饮，共醉赏明月呢？

卷二

水调歌头·盟鸥①

【题解】

　　此词作于淳熙九年（1182），辛弃疾被罢官归家不久。本词表面是写优游之趣，闲适之情，表示出要与鸥鹭为友，寄情于山水。但当他一想到闲居带湖的今昔，自然而然就开始感慨人世间的悲欢和变迁，不禁忧虑国事，叹惜自己的远大志向不能实现。全词主要特点在于题为"盟鸥"，活用《列子·黄帝》狎鸥鸟不惊的典故，又以"人禽共处"的微妙，发人深思，在新奇当中蕴含丰富的思想内涵。

【原文】

　　带湖吾甚爱②，千丈翠奁开③。先生杖屦无事④，一日走千回。凡我同盟鸥鹭，今日既盟之后，来往莫相猜⑤。白鹤在何处？尝试与偕来⑥。

　　破青萍，排翠藻，立苍苔⑦。窥鱼笑汝痴计⑧，不解举吾杯⑨。废沼荒丘畴昔，明月清风此夜，人世几欢哀⑩？东岸绿阴少，杨柳更须栽。

【注释】

　　①水调歌头：词牌名。又名"元会曲""凯歌""台城游"等。相传隋炀帝开汴河自制《水调歌》，唐人演为大曲，"歌头"就是大曲中的开头部分。双调九十五字，平韵，宋代也有用仄声韵和平仄混用的。

盟鸥：是活用《列子·黄帝》狎鸥鸟不惊的典故，指与鸥鸟约盟为友，永在水国云乡一起栖隐之意。《左传·僖公九年》：齐侯盟诸侯于葵丘曰："凡我同盟之人，既盟之后，言归于好。"李白诗："明朝拂衣去，永与白鸥盟。"②带湖：在信州（今江西上饶）北灵山下。③翠奁（lián）：翠绿色的镜匣。这里用来形容带湖水面碧绿如镜。奁：女子梳妆用的镜匣，泛指精巧的小匣子。④先生：作者自称。杖屦（jù）：手持拐杖，脚穿麻鞋。屦：用麻、葛做成的鞋。⑤"凡我"三句：表示与鸥鹭结盟，要互相信任，不要猜疑。鹭：鹭鸶，一种水鸟。⑥偕来：偕同而来；一起来。⑦"破青萍"三句：描写鸥鹭在水中窥鱼欲捕的情态。⑧痴计：笨拙的主意；心计痴拙。⑨"不解"句：不理解我举杯自饮的情怀。⑩"废沼"三句：意思是过去荒凉的废池荒丘，如今变得景色优美。以带湖今昔的变化，感叹人世沧桑，欢乐和痛苦总是相继变化的。畴昔：以往，过去。宋苏轼《后赤壁赋》："月白风清，如此良夜何。"

【译文】

带湖是我最喜爱的地方，放眼望去，千丈宽的湖水，宛如打开了绿色的翡翠镜匣一样，晶莹清澈。我闲居在此无事可做，每天手持竹杖，脚穿麻鞋，徜徉在湖畔岸边，一日里可以悠然自得千百次绕湖徘徊。凡是与我共同结盟友

好的鸥鸟鹭鸶，既然你和我缔结盟好之后，就应坦诚地常来常往，再也不要互相疑猜。还有那白鹤此时在什么地方呢？请你也尝试着邀请它们一起前来。

鸥鸟立于水边苍苔之上，时而拨动浮萍，时而排开绿藻，原来是在偷窥鱼儿，伺机而捕。可笑你只知盯住游鱼无计可施，样子多么痴呆，却丝毫不懂我此时举杯的情怀。昔日这里是破败的池沼与荒芜的山丘，今夜已是月色皎洁，清风徐来，试问人世间有几度欢乐，几度悲哀？河东岸边的绿荫尚且稀少，看来还需多多来把杨柳栽。

踏莎行·赋稼轩集经句①

【题解】

据邓广铭先生考证，辛弃疾于孝宗淳熙八年（1181）冬十一月自江西安抚使改官浙西提点刑狱公事，旋为谏官攻罢，其后隐居上饶带湖达十年之久。这首词很可能作于他首次罢官后闲居带湖初期，具体创作时间大致是在宋孝宗淳熙九年（1182）。此词借集用儒家经典中的语句，抒发作者屡次遭受打击后的无比怨愤与无奈。通篇巧用五经佳句，既用经文原意，又推陈出新，抑扬得体，浑然天成。

【原文】

进退存亡②，行藏用舍③。小人请学樊须稼④。衡门之下可栖迟⑤，日之夕矣牛羊下⑥。

去卫灵公⑦，遭桓司马⑧。东西南北之人也⑨。长沮桀溺耦而耕⑩，丘何为是栖栖者⑪。

【注释】

①踏莎行：词牌名，又名"喜朝天""柳长春""踏雪行""平阳兴""踏云行""潇潇雨"等。五十八字，上下片各三仄韵。四言双起，例用对偶。②进退存亡：语出《易经·乾·文言》：亢之为言也，知进而不知退，知存而不知亡，知得而不知丧，其惟圣人乎？知进退存亡，而不失其正者，其惟圣人乎？③行藏用舍：语出《论语·述而》：子谓颜渊曰："用之则行，舍之则藏，唯我与尔有是夫。"行：做，实行。藏：退隐。用：任用。舍：不用。④小人请学樊须稼：语出《论语·子路》：樊迟请学稼。子曰："吾不如老农。"请学为圃，曰："吾不如老圃。"樊迟出，子曰："小人哉，樊须也！上好礼，则民莫敢不敬；上好义，则民莫敢不服；上好信，则民莫敢不用情。夫如是，则四方之民襁负其子而至矣，焉用稼？"⑤衡门之下可栖迟：语出《诗经·陈风·衡门》：衡门之下，可以栖迟。泌之洋洋，可以乐饥。衡门：横木做成的门，指简陋的居所。栖迟：居住休歇。⑥日之夕矣牛羊下：日落黄昏时分，鸡鸭回窝，牛羊归圈了。语出《诗经·王风·君子于役》：鸡栖于埘，日之夕矣，羊牛下来。⑦去卫灵公：语出《论语·卫灵公》：卫灵公"问陈"于孔子。孔子对曰："俎（zǔ）豆之事，则尝闻之矣；军旅之事，未之学也。"明日遂行。在陈绝粮，从者病，莫能兴。意思是，孔子主张以礼治国，礼让为国。⑧遭桓司马：语出《孟子·万章上》：孔子不悦于鲁卫，遭宋桓司马，将要而杀之，微服而过宋，是时孔子当厄。⑨东西南北之人也：语出《礼记·檀弓上》：孔子既得合葬于防，曰："吾闻之，古者墓而不坟。今丘也，东西南北之人也，不可以弗识也。"⑩长沮桀（jié）溺耦（ǒu）而耕：语出《论语·微子》：长沮、桀溺耦而耕，孔子过之，使子路问津焉。耦而

耕：指两个人并肩在一起耕地。⑪丘何为是栖栖者：语出《论语·宪问》：微生亩谓孔子曰："丘何为是栖栖者与？无乃为佞乎？"孔子曰："非敢为佞也，疾固也。"栖栖（xī xī）：忙碌不安、不安定的样子。

【译文】

人生在世，应知进与退、生存与死亡都是世间常事，要知道被任用则尽力去做好、不重用就退隐安居的道理。有时不妨权且做一回"小人"，效法樊须学稼，躬耕田园。简陋的居所也能居住休歇，每到黄昏时分了，看着鸡鸭回窝，牛羊归圈。如此安贫乐道，清心寡欲的生活，便可怡然自乐。

多年来就像孔子那样，辗转多地，南北驱驰，一意从政。想当年卫灵公询问孔子军事布阵问题，孔子回答主张以礼治国，礼让为国，最终只能道不同而一走了之。孔子又因不悦于鲁、卫治国之道，在经过宋国时，遭遇宋桓司马将要拦截而杀之的命运，后来不得不改换服装，悄悄出境。如此勤于东南西北到处游学讲说之人，却四处遭受挫折。还是学那隐士长沮桀溺，隐居山野并肩躬耕吧，为什么非要去学那孔子四处奔波忙碌不安的样子呢？

贺新郎·赋水仙^①

【题解】

宋代水仙盛于湖湘地区，词中提到屈原事，据此推测，这首词可能是作者任湖北转运副使或湖南安抚使时写，或作于庆元四年（1198）左右。词中上片赞美水仙花冰清玉洁，潇洒出尘，含情脉脉，宛若凌波仙子。但她似乎显得有点冷清寂寞孤独，也正因为如此，才凸显其不同凡俗的气质；下片将其比为被遗忘的佳人，在众人皆醉我独醒的世态之中，只能将自己的幽愤寄托于琴弦声中，表达了作者对于仕途坎坷的无奈之情。

【原文】

云卧衣裳冷^②。看萧然^③、风前月下，水边幽影。罗袜生尘凌波去^④，汤沐烟波万顷。爱一点、娇黄成晕^⑤。不记相逢曾解佩，甚多情、为我香成阵^⑥。待和泪，收残粉^⑦。

灵均千古《怀沙》恨^⑧。恨当时^⑨、匆匆忘把，此仙题品^⑩。烟雨凄迷僝僽损^⑪，翠袂摇摇谁整？谩写入^⑫、瑶琴《幽愤》。弦断《招魂》无人赋^⑬，但金杯、的皪银台润^⑭。愁殢酒，又独醒^⑮。

【注释】

①贺新郎：词牌名，原名"贺新凉"，又名"金缕曲"等，双调一百十六字，上下片各十句六仄韵。赋水仙：《阳春白雪》作"水仙"。

②云卧衣裳冷：语出杜甫《游龙门奉先寺》："天阙象纬逼，云卧衣裳冷"。云卧：高卧于云雾缭绕之中，谓隐居。③萧然：清幽寂静的样子；脱俗不羁的样子。《阳春白雪》作"翛然"。④罗袜生尘：曹植《洛神赋》："凌波微步，罗袜生尘"。罗袜：丝罗制的袜。生尘：或作"尘生"误。烟波：烟雾弥漫的江面。一作"烟江"。⑤嫩黄成晕：指水仙黄蕊。⑥成阵：一作"尘阵"。⑦收残粉：一作"揾（wèn）残粉"。⑧灵均：指战国楚文学家屈原。《怀沙》恨：《史记·屈原列传》：屈原受谗遭迁，"乃作《怀沙》之赋"。⑨恨当时：一作"记当时"，不如"恨当时"佳。⑩匆匆忘把，此仙题品：屈原作《楚辞》备述香草而无水仙，故有此语。此仙：指水仙花。《全芳备祖》《阳春白雪》引作"此花"。⑪僝僽（chán zhòu）：憔悴；折磨；烦恼，忧愁。⑫谩：徒，空。瑶琴：用玉装饰的琴。⑬《招魂》：《楚辞·招魂》序曰"《招魂》者，宋玉之所作也"。⑭的皪（dì lì）：光亮，鲜明貌。⑮嚉（tì）酒：沉湎于酒，醉酒。嚉：沉溺于。独醒：本自《楚辞·渔父》："举世皆浊我独清，众人皆醉我独醒。"指别人都沉醉其中而我独自清醒，比喻不同流俗。

【译文】

如同高卧于云雾缭绕之中，让人觉得寒气穿透衣裳一般清冷。只见那水仙脱俗不羁的样子又不失潇洒自如，在风前月下的水边，展现着幽独清秀的身影。宛如洛神的丝罗袜沾染尘埃般朦胧，步履轻盈地踏着水波飘移而去，又像是出浴于烟波浩瀚江水之上楚楚动人的水中仙子。我喜爱水仙的花蕊，点点嫩黄风中摇曳，晕染成片。水仙虽然不记得当年相逢之时曾解佩相送，但开花时仍能十分多情地为我散发出阵阵芬芳。让我不禁暗暗许诺，待到她花败之时定会和着热泪，为她擦拭、收取零落飘散的香芬。

或许，屈原那流传千古的《怀沙赋》中同样是饱含憾恨。只恨他无辜受谗遭迁而创作《楚辞》又太过匆匆，忘记了品评水仙的韵致。只见那水仙在烟雾般的细雨中凄凉而迷茫，受尽折磨而残损，翠绿的衣袖摇摇欲坠，有谁能前来为她整理？只能徒然将其写入瑶琴弹奏的《幽愤》中吧。那弦断《招魂》之后便再无人能赋，只有那金色的酒杯依旧光亮鲜明，银台月色温润如故。我满腹惆怅只想沉湎于酒醉之中，可偏偏又独自清醒。

满江红·送汤朝美自便归金坛①

【题解】

这首词写于淳熙十年（1183）春，当时辛弃疾罢官家居带湖。汤朝美是辛弃疾的朋友，于淳熙三年（1176）因罪贬谪，送边缘之新州编管，后来遇赦量移信州，后再遇赦而得"自便"归还金坛县。临行时，辛弃疾设酒宴相送，并写下此词。词中上片劝导友人回乡后可以安享与家人、邻里欢聚的安乐，但依然需要保持意志刚强；下片激励友人作为治国能手，确实具有封侯之才，若有用武之地，定能成就一番事业。结尾借赞美明月多情，表达自己浓郁的惜别之意。

【原文】

瘴雨蛮烟，十年梦、尊前休说②。春正好、故园桃李，待君花发③。儿女灯前和泪拜④，鸡豚社里归时节⑤。看依然、舌在齿牙牢⑥，心如铁。

活国手⑦，封侯骨⑧。腾汗漫⑨，排閶阖⑩。待十分做了，诗书勋业。当日念君归去好⑪，而今却恨中年别⑫。笑江头、明月更多情，今宵缺。

【注释】

①满江红：词牌名。又名"上江虹""满江红慢""念良游""烟波玉""伤春曲""怅怅词"等。汤朝美：《京口耆老旧传·卷八·汤邦彦传》："邦彦，鹏举孙，字朝美，以祖荫入官。主昆山簿。未几，中乾道壬辰博学宏制科。丞相虞允文一见如旧，除枢密院编修官。允文宣抚四川，辟充大使司干办公事。明年允文薨。……时孝宗锐意远略，邦彦自负功名，议论英发，上心倾向之，除秘书丞，起居舍人，兼中书舍人，擢左司谏兼侍读。论事风生，权幸侧目。上手书以赐，称其'以身许国，志若金石，协济大计，始终不移'。及其他圣意所疑，辄以谘问。使金还，坐贬。淳熙末，复故官，归乡里，其才益老，朝廷将收用之，未几卒。"自便：指按自己的方便行事；自由行动。②瘴雨蛮烟（zhàng yǔ mán yān）：指南方有瘴气的烟雨。也泛指十分荒凉的地方。尊：同"樽"，酒樽。此代指酒宴之上，酒桌前。③春正好、故园桃李，待君花发：《唐语林·卷六·补遗》："韩退之有二妾，一曰'绛桃'，一曰'柳枝'，皆能歌舞。初使王庭凑，至寿阳驿绝句云：'……盖寄意二姝。'逮归，柳枝逾垣遁去，家人追获；故《镇州初归》诗云：'别来杨柳街头树，摆乱春风只欲飞。惟有小园桃李在，留花不发待郎归。'自是专宠绛桃矣。"④儿女灯前和泪拜：《诗话总龟·前集·卷九》："山谷对余言，谢师厚七言绝类老杜，但人少知之耳。如'倒著衣裳迎户外，尽呼儿女拜灯前'，编之《杜集》无愧也。"⑤鸡豚社里归时节：引自唐韩愈《南溪始泛三首·其二》诗："愿为同社人，鸡豚燕春秋。"⑥看依然、舌在齿牙牢：《说苑·敬慎》："常摐有疾，老子往问焉。……张其口而示老子曰：'吾舌存乎？'老子曰：'然'。'吾齿

存乎？'老子曰：'亡。'常摐曰：'子知之乎？'老子曰：'夫舌之存也，岂非以其柔耶？齿之亡也，岂非以其刚耶？'曰：'嘻，是已'。"苏轼《送刘攽倅海陵》诗："君不见阮嗣宗臧否不挂口，莫夸舌在齿牙牢，是中惟可饮醇酒。"⑦活国：一作"治国"。《南史·卷四十六·王广之传》："子珍国字德重，仕齐为南谯太守，有能名。时郡境苦饥，乃发米散财以振穷乏。高帝手敕云：'卿爱人活国，甚副吾意。'"按：汤朝美亦有以私积赈穷乏之事。《京口耆旧传·卷八·汤邦彦传》："邦彦性开爽，善谈论、乐施与，少时颇有积谷，尽散以拯乡党之饥。平时周人之急，惟力是视。南归坐贫，自譬乾义井云。"⑧封侯骨：《汉书·卷八十四·翟方进传》："翟方进字子威，汝南上蔡人也。家世微贱，至方进父翟公，好学，为郡文学。方进年十二三，失父孤学，给事太守府为小史，号迟顿不及事，数为掾史所詈辱。方进自伤，乃从汝南蔡父相问己能所宜。蔡父大奇其形貌，谓曰：'小史有封侯骨，当

卷二

91

以经术进，努力为诸生学问。'"⑨腾汗漫：《淮南子·道应训》："'吾与汗漫期于九垓之外，吾不可以久驻。'若士举臂竦身，遂入云中。"⑩排阊阖（chāng hé）：《楚辞·离骚》："吾令帝阍开关兮，倚阊阖而望予。"王逸注："阊阖，天门也。"《淮南子·原道训》："昔者冯夷大丙之御也，……经纪山川，蹈腾昆仑，排阊阖，沦天门。"阊阖：原指传说中西边的天门，后来泛指宫门或京都城门，借指京城、宫殿、朝廷等。亦指西风。⑪当日：昔日，从前。一作"常日"。⑫中年别：语出《世说新语·言语》："谢太傅语王右军曰：'中年伤于哀乐，与亲友别，辄作数日恶。'王曰：'年在桑榆，自然至此……损欣乐之趣。'"

【译文】

被贬谪到南方那满是瘴气烟雨的荒凉之地，闲居十年恍若噩梦一场，酒桌前不想再说起这件事了。此时正值春天的大好时光，故乡园林中的桃李，正等着你归去后开花结果呢。你回到家以后，家中的儿女定将喜极而泣前来灯前参拜，你又可以与父老乡亲相聚一堂，该是多么喜悦的事啊。看此时，你的口齿伶俐身体仍然很健朗，而且心中的报国志向坚定如铁。

你是治理国家的能手，天生一副封侯骨。事已至此，但未来仍有飞黄腾达的机会，依旧会排在朝廷栋梁之位。等到做得十分完美，立勋建业之后，就可著书立说。从前总是祝愿你早日解甲归田是好事，而如今却憾恨中年作别，不禁令人格外伤怀。可笑的是，今天晚上江岸与明月更是多情，竟然因为我们的分别而悄然月缺。

临江仙·即席和韩南涧韵

【题解】

这是一首春游抒怀词。作者在春游时，看到乡村一片大好春光展现在眼前，按捺不住喜悦的心情，不禁大赞风景如画。然而就在这溪清柳柔、花飞蝶舞、嫩桑蚕涌、一派生机盎然的春光里，自己却被罢职退居山林，无法施展才能。因此，词中难免出现以消极态度抗议朝廷"议和派"对他的迫害，只能学绿野先生的"闲袖手"，不问国事。这虽然是一种消极的思想，但事实上国事的兴衰，始终是他所牵挂的。尽管是下决心向诗酒里寻功名，那也是情非得已，只能默默企盼重新被朝廷重用，为国尽忠。

【原文】

风雨催春寒食近①，平原一片丹青②。溪边唤渡柳边行。花飞蝴蝶乱，桑嫩野蚕生。

绿野先生闲袖手③，却寻诗酒功名。未知明日定阴晴。今宵成独醉，却笑众人醒④。

【注释】

①寒食：即寒食节，在清明前一天。古人从这一天起，连续三天不生火做饭，所以叫寒食。②丹青：绘画的红绿颜色。③绿野先生：《新唐书·裴度传》：时阉竖擅威，天子拥虚器，搢绅道丧；度不

复有经济意，乃治第东都集贤里，沼石林丛，岑缭幽胜。午桥作别墅，具燠馆凉台，号"绿野堂"，激波其下。度野服萧散，与白居易、刘禹锡为文章、把酒，穷昼夜相欢，不问人间事。④今宵成独醉，却笑众人醒：今天晚上只有我一个人醉了，但是我却看得清楚，可笑的是那些自以为清醒的人。语出《楚辞·渔夫》。

【译文】

　　微风细雨催促着春天的脚步，眼看寒食节是越来越近了。平原之上，一片片生机盎然的景象，仿佛一幅美丽的丹青水墨画。朋友们三三两两相邀一起，漫步在原野之上，来到流水潺潺的溪边，呼唤小船儿渡过溪水，穿行在绿柳岸边。春风吹得花瓣翩翩飞落，引得蝴蝶狂舞，而那初生的野蚕，正贪婪地吃着嫩绿的桑树叶。

　　我要学前朝那绿野先生，整日清闲袖手，不管国事，只把诗酒当作功名一样去寻求。无法预知明日之事，也不能确定天气是阴还是晴。今天晚上，唯独我成了一个酩酊大醉之人，但我却看得很清楚，可笑的是那些自以为清醒的人，却是真的糊里糊涂。

鹧鸪天·博山寺作①

【题解】

　　这首词作于宋孝宗淳熙九年（1182）辛弃疾闲居带湖时期。辛弃疾长居带湖期间，常往来于博山，所以才会多次作赋，反复吟咏。词中开篇点明心意，然后采用层层递进，阐明归隐缘由以及归隐之乐。

首先从养生处世之道点明缘由；然后阐明自己宁可归耕山野，也不依附权贵的品格，说明走向退隐的必然；最后写出与松竹花鸟为友的欣喜，表明了归耕田园山林的激情雅趣。全词语言通俗明快，挥洒自由，巧妙地烘托了仕途人情的险恶。

【原文】

不向长安路上行^②。却教山寺厌逢迎^③。味无味处求吾乐^④，材不材间过此生^⑤。

宁作我^⑥，岂其卿^⑦。人间走遍却归耕^⑧。一松一竹真朋友^⑨，山鸟山花好弟兄^⑩。

【注释】

①鹧鸪天：词牌名，又名"思佳客"等，双调五十五字，上、下片各三平韵。博山寺：据《广丰县志》记载："博山寺在邑西南崇善乡，本名能仁寺，五代时天台韶国师开山，有绣佛罗汉留传寺中。宋绍兴间悟本禅师奉诏开堂，辛稼轩为记。"②长安路：喻指仕途。长安：借指南宋京城临安。③厌逢迎：意思是自己往来山寺次数频繁，令山寺为之讨厌。其实只是作者的调侃之语。④味无味：语出《老子》："为无为，事无事，味无味。"⑤材不材间：语出《庄子·山木》："明日弟子问于庄子曰：'昨日山中之木以不材得终其天年，今主人之雁以不材死，先生将何处？'庄子笑曰：'周将处乎材与不材之间。'"⑥宁作我：宁愿保持自我独立的人格，只做我自己。语出《世说新语·品藻》："桓公少与殷侯齐名，常有竞心。桓问殷：'卿何如我？'殷云：'我与我周旋久，宁作我。'"⑦岂其卿：意思是何必趋炎附势猎取功名。语出扬雄《法言·问神》卷五：或曰："君子病没世而无名，盍势诸名卿，可几也。"曰："君子德名为几，梁、齐、赵、楚之君，非不富且贵也，恶乎成名？谷口郑子真不屈其志而耕乎岩石之

下，名震于京师。岂其卿，岂其卿。"⑧人间走遍却归耕：历尽人间沧桑，最终还是走上了回归山野躬耕之路。语出苏轼《江城子·梦中了了醉中醒》："梦中了了醉中醒。只渊明，是前生。走遍人间，依旧却躬耕。"⑨一松一竹真朋友：语出元结《丐论》："古人乡无君子，则与云山为友；里无君子，则与松竹为友；座无君子，则与琴酒为友。"⑩山鸟山花好弟兄：语出杜甫《岳麓山道林二寺行》诗："一重一掩吾肺腑，山鸟山花共友于。"

【译文】

不再向去往京都的路上奔波行走，却因为频繁往来于山寺之间，以致于让山寺感到很厌烦逢迎我的到来。在有味与无味之间追求我的生活乐趣，在有材与没有材之间度过这一生。

我宁可保持自我的独立人格做好我自己，何必为了猎取功名而去趋炎附势他人。历尽人间沧桑，最终还是走上了回归山野的躬耕之路。此刻，若论真君子，一松一竹都是我的真朋友，发自肺腑言，山花与山鸟都是我的好弟兄。

念奴娇·赋雨岩①

【题解】

这阕词一改辛弃疾曾经的豪迈风格，增添了些许的忧愁与凄凉。上片描写最近心中忧愁不断，却无人能解，只能独倚西风看松竹摇曳寥廓；下片写往事不堪回首，如今只能借酒买醉，浇灭心中哀愁，自知前景渺茫，甘愿躺在温柔的梦乡中一醉不醒。表达了作者一生郁郁不得志，有远大抱负，却难以施展的悲凉与忧愤之情。

【原文】

近来何处有吾愁？何处还知吾乐？一点凄凉千古意，独倚西风寥廓②。并竹寻泉，和云种树，唤作真闲客。此心闲处，不应长藉丘壑③。

休说往事皆非④，而今云是，且把清尊酌⑤。醉里不知谁是我，非月非云非鹤。露冷风高，松梢桂子⑥，醉了还醒却。北窗高卧⑦，莫教啼鸟惊着。

【注释】

①雨岩：《涧泉集》卷十二有诗题为"朱卿入雨岩，本约同游，一诗呈之。"诗云："雨岩只在博山隈，往往能令俗驾回。挈杖失从贤者去，住庵应喜谪仙来。中林卧壑先藏野，盘石鸣泉上有梅。早夕金华鹿田寺，斯游重省又退哉。"《舆地纪胜·江南东路·信州》："博山在永丰县西二十里。……唐德韶禅师建刹其中，寺后有卓锡泉。"②西风：比喻日趋没落的腐朽势力。寥廓（liáo kuò）：冷清，空虚；空旷深远的意思。③丘壑：深山与幽壑。多借指隐者所居之所。④休说：不要说。⑤尊：同"樽"，酒樽，古时盛酒的器具。⑥桂子：桂花中的一种，常绿乔木。树皮灰褐色，幼枝略呈四棱，被褐色短茸毛，全株有芳香气。⑦"北窗"句：出自陶渊明《与子俨等疏》："常言五六月中，北窗下卧，遇凉风暂至，自谓是羲皇上人。"高卧：安卧；悠闲地躺着，喻指隐居不仕。

【译文】

近一段时间以来，什么地方还有我的忧愁呢？还有什么去处能有人懂得我的乐趣呢？此时，内心尚有一点点凄凉与骚人墨客们的千古寂寞相似啊，我独自倚偎在空虚冷清的西风里遥望苍茫的大地。在一排排的竹林中寻找清泉，附和着云雾种植树苗，这样恐怕就被叫作真正的悠闲人了。可是我这颗心还有一块空闲之处，不应该长久地隐居在深山与幽壑之中耕种藉田。

不要说过去的事全都是错的，而如今所说又都是正确的，姑且把酒杯举起来饮尽这杯中清酒，却觉得往事不过如此。酣醉中已经不知我是谁，谁又是我了，明月不是明月、白云不是白云、飞鹤也不是飞鹤。夜露渐冷，风大而急促，松树枝梢和飘来香气的桂花树都在风中摇曳不定，此刻的我醉了，却还清醒着。来到北窗之下悠闲地躺下来安然入眠，切莫叫凄惨的鸟啼声把我从温柔的梦乡中惊醒了。

水龙吟·题雨岩^①

【题解】

此词当作于宋淳熙十三年（1186）辛弃疾闲居带湖之时。雨岩是博山附近的一个奇妙景点，可谓奇景之地。而此作是宋词中为数不多的一首山水游记词，描绘了探索雨岩之美。全词运用神驰的想象，把游雨岩的所见所闻，刻画得栩栩如生，气象万千。通篇用一问一答、否定与肯定的句式，描绘出一派瑰丽、神奇、幽秘的境界，宛若一篇游记散文。

【原文】

岩类今所画观音补陀^②，岩中有泉飞出，如风雨声。

补陀大士虚空^③，翠岩谁记飞来处？蜂房万点^④，似穿如碍，玲珑窗户。石髓千年，已垂未落，嶙峋冰柱^⑤。有怒涛声远，落花香在，人疑是、桃源路^⑥。

又说春雷鼻息^⑦，是卧龙、弯环如许。不然应是，洞庭张乐^⑧，湘灵来去^⑨。我意长松，倒生阴壑^⑩，细吟风雨。竟茫茫未晓，只应白发，是开山祖。

【注释】

①水龙吟：词牌名。又名"龙吟曲""庄椿岁""小楼连苑"。双调一百零二字，上下片各四仄韵。②观音补陀：观音即观世音，自唐

初因避李世民的名讳，故略去"世"字。此词题中所称"观音补陀"，当指观音菩萨。③补陀大士：当亦指观音菩萨。辛弃疾另有词赋《玉楼春·琵琶亭畔多芳草》，其中亦有"普陀大士神通妙"句，大概南宋人多误以补陀大士为观音菩萨的另一称号。虚空：指天空；空中。④蜂房：僧房。⑤嶙峋：形容山石峻峭、重叠、突兀的样子。⑥桃源路：语出陶渊明《桃花源记》。⑦春雷鼻息：语出韩愈《石鼎联句》诗序："道士倚墙，鼻息如雷鸣。"⑧洞庭张乐：语出《庄子·天运》篇："北门成问于皇帝曰：'帝张《咸池》之乐于洞庭之野，吾始闻之惧，复闻之怠，卒闻之而惑，荡荡默默，乃不自得。'帝曰：'汝殆其然哉，吾奏之以人，徵之以天，行之以礼仪，建之以太清。'"⑨湘灵：语出《楚辞·远游》："使湘灵鼓瑟兮，令海若舞冯夷 。"⑩阴壑：幽深的山谷，背阳的山谷。

【原文】

岩石上如今好像被匠人们刻画了观音补陀雕像，岩石缝中常年有清澈的泉水飞泻而出，宛如风雨交杂的声音，幽秘而恢弘。

仿佛观音菩萨站立云空之中一样的雨岩石就在眼前，岩洞中高大而空阔，如同翠玉覆盖的山岩，可是还有谁会记得它的飞来之处？雨岩中的僧房宛如万点蜂窝，好似处处贯通，又像是被分别阻隔，如同一扇扇小巧玲珑的窗户。千百年来滴落而凝成的石钟乳，已经从上空悬垂下来，但又将落未落，一根根石笋犹如峻峭挺拔的冰柱。侧耳倾听，仿佛有怒涛奔涌而去，声势浩远，飘落的花瓣随风而去，但幽香未散，此情此景，不禁令人疑惑、飘飘然走上了通往人间仙境桃花源的道路。

还有人说，那泉水声就像是春雷的鼻息轰鸣，是一条巨大的卧龙、屈曲盘环在那里鼾声大作。不然就应该是，当年洞庭之野演奏的咸池之乐，或是湘水女神来来去去在鼓瑟起舞。而我想说，这泉水奔流之声就好似风雨中的松涛吟啸，那些长青的劲松，深深扎入石岩，如此倒生在幽深的阴谷之中，细吟风雨潇潇。可叹这大自然中的奥秘，竟变得茫茫然而没有人能知晓，但是应该知道，那早已白发苍苍的神人，正是不该忘怀的开山老祖。

山鬼谣·问何年此山来此^①

【题解】

此词作于辛弃疾首次罢官退居带湖期间。他经常去游览，发现博山雨岩有一块形态怪异的巨石，于是就借用屈原《九歌》中"山鬼"称呼它，写下了这首《摸鱼儿》词，并将词牌改名为《山鬼谣》。此词上片用拟人手法描写了雨岩形状怪异，不言不语，却也不知何年何月从哪里来，以这种无比幽静反衬词人对纷乱、龌龊现实的厌恶；下片用极动的景象，抒发词人长期被压抑钳制的心声，如龙潭风雨大作，爆发出最激越的声响，表达了作者对国家兴亡的忧虑与自身遭遇的感慨。

【原文】

雨岩有石，状怪甚，取《离骚》《九歌》^②，名曰"山鬼"，因赋《摸鱼儿》，改今名。

问何年、此山来此？西风落日无语。看君似是羲皇上，直作太初名汝^③。溪上路，算只有、红尘不到今犹古^④。一杯谁举？举我醉呼君，崔嵬未起，山鸟覆杯去⑤。

须记取：昨夜龙湫风雨，门前石浪掀舞⑥。四更山鬼吹灯啸，惊倒世间儿女⑦。依约处⑧，还问我：清游杖屦公良苦⑨。神交心许⑩。待万里携君，鞭笞鸾凤，诵我《远游》赋。

【注释】

①山鬼谣：词牌名，即"摸鱼儿"。双调一百十六字，上片六仄韵，下片七仄韵。②《离骚》《九歌》：屈原作品。其中《九歌》第九篇《山鬼》，描写一位山中女神。③"看君似是羲皇上"两句：意思是看这山石古老，很像羲皇上时期形成的，就以"太初"称之。羲皇上：即羲皇上人，相传在伏羲氏以前，称为上古时代的人。这里指山石来历久远，纯朴天然。君：你，此处指山石。名汝：以此命名来称呼你。④"溪上路"两句：意思是说这座山地处僻远，红尘所不能及，所以才具有古朴风貌，古今不变。⑤"一杯谁举"四句：作者此刻举杯邀石，可山石并没有任何举动，但山鸟却翻杯而去。崔嵬（cuī wéi）：形容高峻，高大雄伟的物体（多指山）。此处代指怪石。覆杯：打翻了酒杯。⑥"须记取"三句：意思是人们记得昨晚潭边风雨大作，而怪石却乘势翻飞起舞。龙湫（qiū）：龙潭。石浪：指巨大的怪石。这是在词尾作者自注的："石浪，庵外巨石也，长三十余丈。"⑦"四更山鬼吹灯啸"两句：深夜时分，山鬼呼啸而至，吹灯灭火，吓得世间男女个个胆颤心惊。四更：旧时把一夜分为五更，即一更、二更、三更、四更、五更。四更指凌晨一时至三时。山鬼吹灯：化用杜甫《山馆》诗意："山鬼吹灯灭，厨人语夜阑。"⑧依约处：依稀恍惚间；隐约恍惚间。依约：仿佛；隐约。⑨杖屦（zhàng jù）：此为出游登山时所用的手杖和麻鞋。古礼，五十岁老人才可扶杖。良苦：指非常辛苦。⑩神交心许：指两人之间精神相交，心意互许。鞭笞（chī）鸾凤：鞭策鸾凤，即指乘鸾驾凤，遨游太空。鞭笞：是指

用鞭子抽打某人或某物之意。意思是狠狠地教训、批评，使之惊醒。

卷二

【译文】

雨岩上有巨大的石头，形状非常怪异，我借用楚辞中《离骚》《九歌》中词句的意思，因此为它取名为"山鬼"，并创作了《摸鱼儿》词，调名改为现在所用的《山鬼谣》。

请问是在哪一年，这巨大的山石是怎样来到这里的？怪石矗立在西风落日中默然不回答。看你如此古老很像是羲皇上人时期形成的，那么就直接以"太初"命名来称呼你吧。沿着溪流向上艰难地行走，发现巨石周边极其荒僻，可谓人迹罕至，掐指算来，只有红尘所不能及的地方，还能依旧保持原有的古朴风貌，不会轻易改变。这一杯谁能与我同举？醉醺醺的我举起酒杯呼叫怪石，高峻的怪石还没有开始回答，突来的山鸟却把我的酒杯踩倒后飞走了。

一定要记载留取的是：昨夜龙潭边风雨大作，庵门前的怪石如浪翻飞起舞。在夜半四更的时候，山鬼呼啸而来吹灭人间灯火，吓得世间男女个个胆颤心惊。在混乱的场景里，隐约恍惚间，山鬼还不忘对我说：你安贫乐道，整天拄杖游览山水也是够辛苦的了。看来我们早已精神灵魂相交，相互心灵默许了。既然我们成了知己朋友，那么就等到晴空万里之时，与你一起共同鞭策鸾鸟与凤凰驾驶的车，吟诵着我的《远游》之赋飞向远方吧。

103

生查子·独游雨岩^①

【题解】

此词乃辛弃疾削职闲居上饶带湖时所写，也是他描写雨岩系列词作中写得极为生动的作品。词中着重描绘了岩下溪水清清，映照天光云影，反衬出词人此刻寂寞孤单的处境。上片写词人游走溪边所见水面奇景，反衬自身的"行云不定"；下片主要描写山溪清音起，唯有空谷回响，而恰恰与词人的孤寂高歌交相应和。结尾以"一曲桃花水"道出溪流来源，为空谷清音润色，使景致生动鲜活。通篇别具匠心，相映成趣，不愧为山水词中上乘佳作。

【原文】

溪边照影行，天在清溪底。天上有行云^②，人在行云里。

高歌谁和余^③？空谷清音起^④。非鬼亦非仙^⑤，一曲桃花水^⑥。

【注释】

①雨岩：此为江西永丰县博山的一处山崖，在博山寺附近。古时岩上有泉飞泻，飘洒如雨，故名雨岩。辛弃疾在博山有书舍距此不远，词人寄情于雨岩胜景，写下数首词作。②行云：流动的云彩。③和（hè）：和谐地跟着唱。余：我。④空谷：空旷的深谷。《诗经·小雅·白驹》："皎皎白驹，在彼空谷。"清音：指空谷中潺潺的流水声。《淮南子·兵略训》："夫景不为曲物直，响不为清音浊。"晋左思《招

隐》："未必丝与竹，山水有清音。"⑤非鬼亦非仙：语出苏轼《夜泛西湖五绝》："湖光非鬼亦非仙，风恬浪静光满川。"⑥一曲：一湾。桃花水：即桃花汛。农历二三月桃花盛开时节，冰化雨积，黄河等处水猛涨，称为桃花汛。《汉书·沟洫志》："如使不及今冬成，来春桃华水盛，必羡溢，有填淤反壤之害。"《水衡记》："黄河二月三月水，名桃花水。"唐杜甫《南征》诗："春岸桃花水，云帆枫树林。"

【译文】

　　人在溪边行走，清澈的溪水就会映照出行走的身影，蓝天正倒映在清清的溪水里。蓝天上有流动的白云，总是自由自在，而人有时仿佛行走在那游动的白云里，却身不由己。

　　我忍不住放声高歌，不知有谁能来与我相应和一曲和谐的歌曲？此刻，只听得空幽的山谷有清音响起。那动听的响声不是来自鬼怪的口中，也不是来自神仙之嘴，而是桃花汛带来的一湾桃花水，清越无比。

蝶恋花·月下醉书雨岩石浪①

【题解】

　　本词的主题是写景。上片通过芳菲兰佩、宝瑟泠泠、朱丝弦断，抒发自己不得志与知音少的怨怼情怀；下片通过叹息冉冉年华、水满汀洲、湘累歌未了、石龙舞，道出难以言表的悲哀之情。全文巧妙地化用《离骚》和《佳人》的诗意，通过比兴手法，自喻为香草美人，并以"石龙舞罢松风晓"结尾，表达了自己与屈原、杜甫类似的满腹悲愤与失意情怀，无望之中盼望有朝一日能有人知晓，重新走上报国之路。

【原文】

九畹芳菲兰佩好②。空谷无人③，自怨蛾眉巧④。宝瑟泠泠千古调⑤，朱丝弦断知音少。

冉冉年华吾自老⑥。水满汀洲⑦，何处寻芳草？唤起湘累歌未了⑧，石龙舞罢松风晓。

【注释】

①石浪：指雨岩的一块巨石，长三十余丈，状甚怪。作者曾自注："石浪，庵外巨石也，长三十余丈。"篇末"石龙"亦指此石。②九畹（wǎn）：泛指田亩广大。后世为兰花的典实。出自《楚辞·离骚》："余既滋兰之九畹兮，又树蕙之百亩。"兰佩：以兰为配饰。语出《离骚》："扈江离与辟芷兮，纫秋兰以为佩。"③空谷：空旷幽深的山谷。多指贤者隐居的地方。语出杜甫《佳人》诗："绝代有佳人，幽居在空谷。"④自怨蛾眉巧：语出《离骚》："众女嫉余之蛾眉兮，谣诼谓余以善淫。"蛾眉：形容美人像蚕蛾触须一样细长而弯的眉毛，非常美丽。⑤宝瑟：瑟的美称。泠泠（líng líng）：形容声音清越。⑥冉冉：渐进地，慢慢地。《离骚》："老冉冉其将至兮，恐修名之不立。"⑦汀洲（tīng zhōu）：水中的小洲。⑧湘累：指屈原。古时冤屈而死叫累。引据扬雄《反离骚》："钦吊楚之湘累。"注："诸不以罪死曰累。屈原赴湘死，故曰湘累。"

【译文】

广阔的田地鲜花盛开，芳香四溢，这么多的兰花都用来作为佩饰该有多么美好啊！可是空旷幽深的山谷空无一人，只能自己低声埋怨，就算你娥眉再怎么娇巧美丽，又有谁会来瞧一瞧？琴瑟清越奏出千古绝调，即便弹断朱红的丝弦，难遇的知音依旧少之又少。

年华悄然流逝，我自然是已经渐渐衰老。水中的小洲已被涨满的江水覆盖，该到哪里去寻觅芳草？一声声呼唤投江冤死的屈原醒来与我共歌，你一世的悲歌尚未终了，巍巍雨岩前，石龙狂舞之后，阵阵松风骤起，不知不觉天已破晓。

乌夜啼·山行约范廓之不至①

【题解】

这首词是辛弃疾写自己醉倒在江边醒来之后，独自在山里行走的情形。词中描写了自己醉倒后正是月光明亮的时候，自己却醉眼朦胧，晕头转向，一切事物都处于模糊的醉态之中，只记得被儿童嘲笑。后来兜兜转转之中，清醒之后，还是觉得风光尚好，只是缺少了一位知己诗翁。此词反映了作者独行山中的寂寞心情以及盼望范廓之快快到来的愿望。

【原文】

江头醉倒山公②。月明中。记得昨宵归路、笑儿童。

溪欲转，山已断，两三松。一段可怜风月、欠诗翁③。

【注释】

①范廓之：一作范先之，即范开。辛弃疾的学生。为辛弃疾收集

编辑第一部集子，即《稼轩词甲集》。②山公：山简，字季伦，晋人。山简嗜酒，饮辄醉，醉后常倒戴头巾骑在马上，醉态可掬，后遂以"山简醉酒"等形容醉酒以及醉后潇洒姿态。③可怜：令人喜欢，讨人喜欢。诗翁：对范廓之的尊称。

【译文】

我像当年山简公一样醉倒在江岸边上，衣冠不整，却也醉态可掬。当时正是月光明亮的时候。只记得在昨天晚上归来的路上，路边有嘻嘻哈哈笑话我的儿童。

溪水要不停地流转。可是山路却不知怎么已经在前面断掉了，只看见有两三棵松树挺立在眼前。仔细观看，这一带的风光月色实在是惹人喜爱，不过很可惜，在此欣赏这美景的时候，却少了你这位才华出众的诗翁。

鹧鸪天·送廓之秋试^①

【题解】

这是宋代词人辛弃疾于宋孝宗淳熙十三年（1186）所作的一首送别词。此词主要写作者对范开参加科举应试的热情鼓励和美好祝愿。全词采用虚实相生的手法，多处用典，但入情入理，巧妙运用大鹏、丹凤比兴，以使意象豪迈；点提北海、朝阳、路茫茫，突出词的意境开阔；又有携书佩剑，展现了他既文又武的才华，描绘出一副既儒雅又刚健的气概。因此说，辛弃疾在这首词中运用意象和意境上充分体现了豪放词的写作特点。

【原文】

白苎新袍入嫩凉^②，春蚕食叶响回廊^③。禹门已准桃花浪^④，月殿先收桂子香^⑤。

鹏北海^⑥，凤朝阳^⑦。又携书剑路茫茫。明年此日青云去^⑧，却笑人间举子忙^⑨。

【注释】

①鹧鸪天：词牌名。又名"思佳客""思越人"等。廓之：当是编辑《稼轩词甲集》的范开，辛弃疾的门人。其生平事迹不详。秋试：科举时代秋季举行的考试，是对科举制度中乡试的借代性叫法，考试时间在农历秋季八月，即乡试，也叫秋闱。②白苎（zhù）新

袍：白苎是用白色苎麻织成的布。据记载，宋代举子均着苎麻袍。嫩凉：微凉，初凉。③春蚕食叶响回廊：典出欧阳修《礼部贡院阅进士就试》诗："无哗战士衔枚勇，下笔春蚕食叶声。"原意指行军时禁止士兵喧哗让他们含着竹片，这里指考场一片寂静只听见笔与纸摩擦的沙沙响声。④禹门已准桃花浪：典出《三秦记》。禹门：即龙门，相传龙门为大禹所凿。古时以"鱼跃龙门"喻指考试得中，也以"桃花浪"比喻春闱（即会试）。⑤月殿先收桂子香：比喻登科做官。宋制，各州折郡漕试解试均于八月举行，正桂子飘香时节。月殿：月宫。此处指代朝廷。桂子：是桂花中的一种，常绿乔木，全株有芳香气。这里指科考得中。⑥鹏北海：典出《庄子·逍遥游》："北冥有鱼，其名为鲲。鲲之大，不知其几千里也。化而为鸟，其名为鹏。鹏之背，不知其几千里也。怒而飞……海运则将徙于南冥。"北海：泛指北方的大海。⑦凤朝（chάo）阳：典出《诗经·大雅·卷阿》："凤凰鸣矣，于彼高冈；梧桐生矣，于彼朝阳。"朝阳：指山的东面。⑧青云

去：一作"青云上"。典出《史记·范雎蔡泽列传》。后以"青云直上"比喻人仕途顺遂，官运亨通，迅速升迁到高位。⑨举子：科举考试的应试人。

【译文】

你在这初秋微凉的天气里，穿着白色苎麻织成的新衣袍，前去参加科举考试。我仿佛看到了你参加考试的情景，你与其他考生一起在考场里专心致志地书写，犹如春蚕啃食桑叶，回廊里沙沙作响。龙门里已经准时掀起了桃花浪，月宫里总是最先收得桂花的香气。待到科举应试放榜时，你一定能捷足先登月殿之上，蟾宫折桂，鱼跃龙门自然轻松。

如今你就像展翅的鲲鹏，从北海翱翔到南海，又像是华丽的凤凰飞向东升的太阳。今后你还要携带着书和剑，继续走向辽远广阔的应试之路。明年的今天，你早已经青云直上，仕途顺遂，到那时，你就可以轻松愉悦地闲看世间的举子，笑他们还在为求取功名而日夜奔忙。

清平乐·检校山园书所见①

【题解】

南宋孝宗淳熙八年（1181）冬十一月，辛弃疾由江西安抚使改任两浙西路提点刑狱公事，但随即又因被他人弹劾而丢了官职，因此不得不回到上饶所建的带湖新居过退隐生活。因此，在闲居期间，他创作了大量赞美带湖风光以及村居生活的词作，这便是其中一首。本词上片描写了游赏闲情、饮酒食肉、怡然自得的乡村生活，烘托了邻里之间静谧和谐的气氛；下片描绘了一个情趣盎然的生活状态，以一个旁观者的姿态，更加突出了浓郁的闲适生活。通篇语言平实易懂，丝毫没有雕琢痕迹，娓娓道来之中，将愉悦的生活气息活灵活现地展现出来。

【原文】

连云松竹，万事从今足②。挂杖东家分社肉③，白酒床头初熟④。

西风梨枣山园⑤，儿童偷把长竿⑥。莫遣旁人惊去，老夫静处闲看⑦。

【注释】

①清平乐：词牌名，又名"清平乐令""醉东风""忆萝月"等。为宋词常用词牌。山园：稼轩带湖居第，建于信州附郭灵山门之外。洪迈《稼轩记》有"东冈西阜，北墅南麓"等语，稼轩因亦自称山园。②足：满足、知足。③社：古代把土神和祭土神的地方、祭祀日和祭礼都叫社。《史记·陈丞相世家》："里中社，平为宰，分肉食甚均。"可知逢到社日，就要分肉，

所以有"分社肉"之说。④白酒：此指田园自家所酿的酒。床：指糟床，是一种榨酒器具。初熟：指白酒刚刚酿成。⑤西风：指秋风。⑥偷：行动瞒着别人。此指孩子敛声屏气、蹑手蹑脚偷偷扑打梨枣的情态。⑦闲：悠闲。看：观察，观看。

【译文】

山园里有一望无际的松树竹林，傲然耸立，仿佛要连接到云天之上，我就隐居在这里，从今以后，所有的事都可以放下，过着与世无争的生活，也该知足了。每当到了秋社祭祀的日子，就可以挂着手杖到社日祭神的人家分回一份祭肉，倘若恰逢酿酒糟床里的那瓮白酒刚刚酿成，还能相邀畅快淋漓地欢饮一场。

秋风吹遍，山园里的梨和枣子等果实都已经成熟了，这时就会跑来一群嘴馋贪吃的小孩子，手握着长长的竹竿，偷偷地扑打着树上的梨子和枣儿。此时不要叫家人去惊动了那些小孩子们，就让老夫我，在这儿静静地观看他们天真无邪的样子，也是一种乐趣呢。

满江红·送信守郑舜举郎中赴召①

【题解】

这首词作于宋孝宗淳熙十三年（1186）冬，当时辛弃疾罢官闲居上饶带湖，他的友人江西转运使郑汝谐（舜举）自信州受召入京赴任，此为辛弃疾送行郑汝谐入京所作。词中上片赞美郑汝谐胸怀天下，苍髯如戟，气宇不凡；下片写送别场景，车马拥挤，百姓洒泪，儿童哭泣，就连老天都悲伤得下起了细雨，打湿了仪仗队伍的旌旗。此词表达了作者依依惜别之情，同时抒发了盼望有志之士收复失地的爱国激情。

【原文】

湖海平生②，算不负、苍髯如戟③。闻道是④、君王着意⑤，太平长策⑥。此老自当兵十万，长安正在天西北⑦。便凤凰、飞诏下天来⑧，催归急。

车马路，儿童泣。风雨暗，旌旗湿。看野梅官柳，东风消息。莫向蔗庵追语笑⑨，只今松竹无颜色。问人间、谁管别离愁，杯中物⑩。

【注释】

①满江红：词牌名，有仄韵、平韵两体。信守：信州太守。郑舜举：即郑汝谐，辛弃疾的朋友，字舜举，号东谷居士，浙江青田人。主抗金，稼轩称他"胸中兵百万"。赴召：应朝廷征召。据《青田县志》："郑汝谐字舜举，绍兴丁丑进士。"郑汝谐被召至临安之后，即改官吏部员外郎。②湖海：指不眷恋故土，志在四方的人。《三国志·陈登传》载：许汜谓刘备："陈元龙湖海之士，豪气不除。"③苍髯如戟：浓密的胡须坚硬如戟，形容男人相貌威武，有大丈夫气概。《南史·褚彦回传》："公主谓曰：'君须髯如戟，何无丈夫意。'"④闻道：听说。⑤着意：注意力集中；用心。⑥长策：好计谋，长远的良策。⑦长安：指北宋故都汴梁。⑧"便凤凰"二句：皇帝诏书出自中书省，中书省苑中有凤凰池，故唐宋诗词中常以凤池指代中书省，以凤凰诏指代皇帝诏书。凤凰：传说中的神鸟，是百鸟之王。这里指代奉诏的使者。⑨蔗庵：郑舜举在信州居住的府宅名。⑩杯中物：指酒。语出陶潜《责子》诗："天运苟如此，且进杯中物。"

【译文】

一生能以五湖四海为家，胸怀天下，才称得上是真正的男子汉大丈夫，才算没有辜负浓密苍劲、坚硬如戟的胡须。听说当今圣上，很注意听取治国安邦的长远良策。你大有安邦治国的才能，一人能当十万兵，此时，长安正在派遣天兵收复北方失地，你"胸中兵百万"，定能为统一神州作出贡献。于是凤凰池上，皇帝诏书从天而降般飞下来，催促你快马加鞭回到朝廷担当重任。

当你离开信州时，道路上相送的车马拥挤，百姓洒泪，儿童哭泣。就连老天都悲伤得下起了细雨，打湿了仪仗队伍的旌旗。看那野梅飘香，官道之上新柳摇曳绿意，春风不断送来大好消息。不要向蔗庵堂追索往日的欢歌笑语，如今，故居人去，笑语声歇，只不过像是松竹失去了昔日的鲜亮色彩而已。试问人间万物，谁能掌管这离别愁绪，看来也只有你我这杯中酒了。

最高楼·醉中有索四时歌者为赋^①

【题解】

这首词写于宋孝宗淳熙十四年（1187），是时作者四十八岁，正谪居在上饶。可能在某一次宴会上，有人请他以"四时"作赋，他于是乘醉而写下这阕词。此词表面上写要以诗酒花月打发生活，度过余生，实际是抒发自己徒有报国热忱而无有请缨之处的郁闷，表达了作者高尚的爱国情怀，以及无比巨大的悲愤之情。

【原文】

长安道，投老倦游归^②。七十古来稀^③。藕花雨湿前湖夜，桂枝风澹小山时^④。怎消除？须殢酒^⑤，更吟诗。

也莫向、竹边孤负雪^⑥。也莫向、柳边孤负月。闲过了，总成痴。种花事业无人问，惜花情绪只天知。笑山中：云出早，鸟归迟^⑦。

【注释】

①最高楼：词牌名。南宋后作者较多，一般都以《稼轩长短句》为准。此种词体势轻松流美，渐开元人散曲先河。②投老：告老；也指垂老，临老。③七十古来稀：活到七十岁高龄的人自古以来就很稀少。指能够得享高寿不易。稀：稀少。④澹（dàn）：本意是指水波摇动的样子；也指恬静、安然的样子。⑤殢（tì）酒：沉湎于酒中；醉酒。李玉《贺新郎·春情》："帘外残红春已透，镇无聊、殢酒厌厌病。"

殢：沉溺，沉湎；困倦。⑥孤负：同"辜负"。违背；对不住。⑦云出早，鸟归迟：云朵早早地出来；鸟儿迟迟地归还。语出陶渊明《归去来兮辞》："云无心以出岫，鸟倦飞而知还。"

【译文】

从长安古道告老还乡，就像经历了一场疲倦的游历归来。有道是，能活到七十岁高龄的人自古以来就很稀少，还是好好珍惜吧，与其做个闲职，不如归来。夏天，可以观赏静谧的湖水中盛开的藕荷，看它被前一夜的雨水打湿，反而更加娇艳欲滴。秋天，可以看桂花摇曳在淡淡的风里，恬静安然地立在小山丘之上。若问我该怎么打发这样的时光呢？那就是一定要沉醉于酒中，再加上愉快地作赋吟诗。

冬天来临时，也不要辜负了竹林边那飘飞的白雪。春天来临，也不要辜负了那柳边的月儿。过度闲适的人，最终总会成痴。种花之事无人问津，而与花儿相对时，那种怜惜花儿的情绪，只有老天知晓。令人好笑的是，那山中：云朵早早就出来了，而飞鸟却迟迟才肯归巢。

八声甘州·故将军饮罢夜归来

【题解】

这词写于淳熙十五年（1188）。辛弃疾二十三岁即起兵抗金，南归以后也是多有建树，但因为他刚正不阿，敢于抨击邪恶势力，因此遭到朝中奸臣的忌恨而被诬以种种罪名，并削除了官职。他自以为很像汉时名将李广的遭遇。此词就是借李广功高反黜的不平遭遇，申诉自己无端落职、赋闲家居的不平，抒发了自己遭谗被废的悲愤心情，表达了对当权派倾轧忠良的愤恨，同时表明自己虽然遭受诬蔑打击，但依然壮志不衰的爱国情怀。

【原文】

夜读《李广传》，不能寐。因念晁楚老、杨民瞻约同居山间^①，戏用李广事，赋以寄之。

故将军饮罢夜归来，长亭解雕鞍^②。恨灞陵醉尉^③，匆匆未识，桃李无言^④。射虎山横一骑，裂石响惊弦^⑤。落魄封侯事，岁晚田园^⑥。

谁向桑麻杜曲，要短衣匹马，移住南山？看风流慷慨^⑦，谭笑过残年。汉开边^⑧、功名万里，甚当时、健者也曾闲^⑨。纱窗外、斜风细雨，一阵轻寒^⑩。

【注释】

①晁楚老、杨民瞻：辛弃疾的友人，生平不详。②解雕鞍：卸

118

下精美的马鞍。这里指灞陵尉呵斥着不让李广连夜通行，他只好卸下马鞍，屈辱之中停宿在灞陵长亭之下。③灞陵醉尉（bà líng zuì wèi）：霸陵：即灞陵。古地名。本作霸陵，汉文帝葬于此，故为汉文帝陵名。醉尉：典出《史记·李将军列传》："……尝夜从一骑出，从人田间饮。还至霸陵亭。霸陵尉醉，呵止广。广骑曰："故李将军。"尉曰："今将军尚不得夜行，何乃故也！"这段大概意思是：有一天夜间他带一名骑从出去，与人在乡下饮酒，回来走到霸陵驿亭想通过城关，可此时霸陵尉喝醉了，便呵斥着禁止李广通行。李广的骑从说："这是前任李将军。"亭尉说："现任将军尚且不能夜里通行，何况是前任的呢！"便让李广住在亭下。形容失官之后受人侵辱。④桃李无言：引用谚语"桃李不言，下自成蹊"。意思是比喻为人真诚，严于律己，自然会感动别人，自然会受到人们的敬仰。典出于司马迁《史记·李将军列传》略云："李将军广者，陇西成纪人也……广出猎，见草中石，以为虎而射之，中石没镞，视之石也。因复更射之，终不能复入石矣……诸广之军吏及士卒，或取封侯，广尝与望气王朔燕语，曰：'自汉击匈奴而广未尝不在其中，而诸部校尉以下，才能不及中人，然以击胡军功取侯者数十人，而广不为后人，然无尺寸之功以得封邑者，何也？岂吾相不当侯邪？且固命也？'太史公曰：《传》曰'其身正，不令而行；其身不正，虽令不从。'其李将军之谓也？余睹李将军悛悛如鄙人，口不能道辞。及死之日，天下知与不知，皆为尽哀。彼其忠实心诚信于士大夫也！谚曰'桃李不言，下自成蹊。'此言虽小，可以谕大也。"⑤裂石响惊弦：引用李广射石虎的典故。⑥岁晚田园：指李广屡立战功却没有被封侯，晚年闲居田园。⑦"谁向桑麻杜曲"以下四句：引据杜甫《曲江》三章："自断此生休问天，杜曲幸有桑麻田，故将移往南山边。短衣匹马随李广，看射猛虎终残年。"⑧开边：指西汉时开疆拓土向外扩张。⑨健者：古指有雄才大略的人。《后汉书·袁绍传》："天下健者，岂惟董公。" ⑩轻寒：微寒；微微寒意。

【译文】

夜晚十分，读过《李广传》之后，思绪万千，好久不能入睡。因为思念好友晁楚老和杨民瞻二人，于是我们相约一同搬到这山村里居住，并且戏用汉将李广之事，赋词一阕以此寄给他们。

过去汉代的飞将军李广被罢官退居期间，曾有一次带一名随从，骑马出城到田间与友人一起饮酒，直到深夜才回来。来到灞陵城关时，醉酒后的灞陵尉呵斥着不让李广连夜通行，他只好卸下马鞍，屈辱之中停宿在灞陵长亭之下。恨只恨失官之后总是难免受人侵辱，而那灞陵尉一定懊悔不该喝醉了酒以后，出言呵斥侮辱李广将军，以致于后来招致杀身之祸。又或许匆匆忙忙之中，灞陵尉不认识李广将军，但李广勇冠三军闻名天下，有道是，桃李树虽然不会说话，但因为树上结满了果实，树下自然形成蹊径。想当年，李将军到南山射猎，一人一匹马一如横扫千军，仓促间误把草丛里的石头当成了老虎，突然一箭射出，随着弓弦发出了惊人的响声，箭镞射裂了石头。然而如此勇猛的英雄，却落魄到没有受到封侯的命运，甚至到了晚年，退居山村，过着耕田种地的田园生活。

是谁断定此生艰难便去杜曲之地种麻耕田，宁愿短衣匹马追随李广的足迹，移居终南山边？看往昔风流人物，慷慨激昂、坦荡洒脱，我也要像杜甫一样，穿上轻便的短衣，骑上一匹骏马，回归田园，像李广那样退居南山射虎，谈笑之间快乐地度过余生。汉代自从开疆扩土，为保卫边疆而战以来，有多少人在这万里疆土之上建功立业。可为什么正在非常需要人才的时刻，像李广将军这样有雄才大略而且有奇功伟迹的人，最终也被罢职闲居呢？我百思不得其解。此刻，纱窗外，斜风细雨落寞无声，送来一阵阵微微寒意。

浪淘沙·山寺夜半闻钟①

【题解】

本词中上片怀古，实则慨叹今无英雄，表达了秦汉盛世难再的叹息；下片歌舞匆匆者，正是少年盛事惟梦难圆的遗憾。全词描写的是人到中年，虽然有些凄凄惶惶的心态，但始终不忘忧国大事，怎奈壮志难酬。这首词在艺术手法上将联想与造境相融，以跌宕起伏的笔法牵动读者情绪，跳跃之中不失整齐严密。由此及彼，由近及远，由反而正，感情亦如江上的波涛大起大落，通篇蕴含着开阖顿挫、腾挪跌宕的气势，耐人寻味。

【原文】

身世酒杯中②，万事皆空。古来三五个英雄。雨打风吹何处是，汉殿秦宫③。

梦入少年丛④，歌舞匆匆。老僧夜半误鸣钟。惊起西窗眠不得⑤，卷地西风⑥。

【注释】

①夜半闻钟：《王直方诗话》："欧公言：唐人有'姑苏城外寒山寺，夜半钟声到客船'之句，说者云：'句则佳也，其如三更不是撞钟时！'……"②身世：指人生的经历、遭遇（多指不幸的）。③汉殿：汉代宫阙，代指刘邦。秦宫：秦朝宫阙，代指秦始皇。④丛：丛集；聚

集在一起的人或物。⑤西窗：西向窗户，借指读书人的居室。因为古时习惯于"西"和"秋"相对，所以此词就增加了一种悲凉的况味。⑥卷地：是贴着地面迅猛向前推进之意，多指风。这里代指自己身世遭遇很悲凉。

【译文】

可叹我这人生遭遇，无奈之下也只能整日置身于借酒浇愁的状态中，所有的报效国家的理想都破灭，至今竟然一事无成。自古以来，真正的英雄也就三五个，却因时间的流逝而淹没。能够经得起风吹雨打的都在哪里呢，恐怕再也找不到像刘邦、秦始皇那样的真英雄。

伟大的梦想通常会落入青春年少的年龄，怎奈时光太过匆匆，往往总是亦歌亦舞醉生梦死之中，一一破灭。倘若老僧三更半夜去敲钟，那一定是误敲，因为自古夜半不是打钟时。然而就是这误敲的钟声，惊起我的惆怅，无限悲凉的况味，使人难以入睡。但见席卷而来的西风，掀起严酷的现实，直教人无梦可做，无可寄托。

水龙吟·题瓢泉^①

【题解】

淳熙十四年（1187），辛弃疾闲居带湖时购买了一块土地，其中有泉名为周氏泉，他买来以后就改名为"瓢泉"，并在此营建住宅，后来辛弃疾再次罢官后就在此地居住了。词中上片以孔子的得意弟子颜回独守清贫自比，表明自己退隐之后安贫乐道、伴泉而居之志；下片以瓢泉自喻，抒发了一种高洁情怀。全词选取与泉、瓢相关的历史典故，恰到好处地抒情言志，体现了辛弃疾作词善于用典，笔法独特，词句精妙的惊人之处。

【原文】

稼轩何必长贫，放泉檐外琼珠泻^②。乐天知命，古来谁会，行藏用舍^③？人不堪忧，一瓢自乐，贤哉回也^④。料当年曾问："饭蔬饮水^⑤，何为是，栖栖者^⑥。"

且对浮云山上，莫匆匆、去流山下。苍颜照影，故应零落，轻裘肥马^⑦。绕齿冰霜，满怀芳乳，先生饮罢。笑挂瓢风树^⑧，一鸣渠碎，问何如哑。

【注释】

①瓢泉：据《铅山县志》记载："瓢泉在县东二十五里，泉为辛弃疾所得，因而名之。其一规圆如白，其一规直若瓢。周围皆石径，广

四尺许，水从半山喷下，流入白中，而后入瓢，其水澄淳可鉴。"②琼珠：玉珠。常比喻露珠、水珠、雪珠等。③行藏用舍：出自《论语·述而》："用之则行，舍之则藏。"意为被任用就出仕，不被任用就退隐。常指出仕入世之道。④回：颜回，字子渊，孔子的得意弟子，现在山东曲阜有颜庙。⑤饭蔬饮水：吃粗粮，喝冷水，即粗茶淡饭之意。语出《论语·述而》："子曰：'饭疏食、饮水，曲肱而枕之，乐亦在其中矣。"⑥栖栖：出自《论语·宪问》："微生亩谓孔子曰：'丘何为是栖栖者与？无乃为佞乎？'"意为忙碌不安的样子。⑦轻裘肥马：意为穿着轻暖的裘皮衣，骑着肥壮的好马，形容生活阔绰、富豪之人。语出《论语·雍也》："赤之适齐也，乘肥马，衣轻裘。"⑧笑挂瓢：典出《逸士传》："许由手捧水饮，人遗一瓢，饮讫，挂木上，风吹有声，由以为烦，去之。"

【译文】

稼轩你何必烦恼自己是一个长期贫穷之人呢，看此时所居之地，任凭屋檐外清清山泉水如玉珠般倾泻而下。有道是，只有乐天道而知天命，才不用过分忧虑，然而自古有谁能真正理解，被任用就出仕，不被任用就退隐的入世之道呢？一个人贫困不堪却能独守清贫而自乐，每天只需一竹篮饭，一瓢水维持生活，别人也许受不了这种穷困，然而孔子的得意弟子，堪称贤者的颜回却做到了。料想当年，曾有人问孔丘："既然以粗茶淡饭为乐，那又何必，整日忙碌不安的样子去生活呢？"

泉水呀泉水，姑且在其上与浮云青山相伴，不要匆匆流到山下去。我来到泉水边对泉照影，自觉容颜已苍老，落魄不堪，所以被生活阔绰、富豪之人冷落，也是理所当然之事。何必自寻烦恼呢？先生我舀一瓢泉水喝上一口，只觉得口齿清凉，咽下去顿觉满怀乳汁一般清香。我饮罢泉水笑挂瓢于树，任它风吹有声，一道清泉自天而降，一阵轰鸣便可使沟渠破碎，问苍天，怎样才可以哑然无声保全自己呢？

临江仙·探梅①

【题解】

神宗淳熙九年（1182）至光宗绍熙三年（1192），辛弃疾受人排挤而落职闲居带湖十年之久，这对于拥有雄心壮志、从年少时起就志在收复河山，金戈铁马踏遍塞北江南的抗敌英雄来说，长时间的困顿压抑，壮志难展，实在是致命的折磨。然而，正值壮年的他却只能与鸥鹭为伴，山水遣怀，不由得心灰意懒，只得从雪梅那里寻找到精神和人格的寄托，于醉酒和自然美景中求得片时的陶乐。这篇讥嘲世俗而自抒胸怀的闲居之作，令人为之一振，不禁深深感佩梅花先于众芳绽放，冰姿玉肌，独立不阿的秉性，可谓意蕴深远。

【原文】

老去惜花心已懒②，爱梅犹绕江村。一枝先破玉溪春③。更无花态度，全有雪精神。

剩向空山餐秀色④，为渠著句清新⑤。竹根流水带溪云。醉中浑不记，归路月黄昏⑥。

【注释】

①临江仙：词牌名。双调六十字，皆用平韵。本为唐代教坊曲名。②心已懒：情意已减退。③一枝先破：描绘了一枝江梅报春，带着傲霜耐雪的神韵。玉溪：即信江。④餐秀色：秀色可餐，极赞妇女容色

之美；也可用以形容山川秀丽。陆机《日出东南隅行》："鲜肤一何润，秀色若可餐。"⑤渠：他（方言），此即指梅。著句：写词句。⑥"竹根流水带溪云"三句：意思是因为贪赏梅花，沉醉中不觉时已向晚，月迷归路。竹根：指竹林脚下。浑：全。

【译文】

　　时光飞逝，感觉自己已经有些老迈了，有心去爱惜花，可心已懒散，不过至今我依然喜欢那环绕着江村盛开的梅花。一枝江梅，率先点破玉溪的春天。梅花更加惹人喜爱的是，它丝毫没有其它春花那鲜艳娇嫩的样子，呈现在人们面前的，全都是傲雪耐寒的神韵。

　　奈何，只剩下这空寂的青山默默欣赏它那可以用来佐餐的秀色，那么就让我为它书写一些清新的词句吧。清澈的泉水从竹根流过，带走了溪水中缠绵悱恻的云彩。我陶醉于眼前的美景之中，浑然忘记了时间，归来的路上，已经是月色朦胧的黄昏时分了。

蝶恋花·戊申元日立春席间作①

【题解】

　　此词创作于宋淳熙十五年（1188）正月初一（立春）的宴席上。词中将人们庆立春的热闹场面与诗人的忧伤形成鲜明的对比，巧妙地借春天花期未定，风雨难料的自然现象，含蓄地表达了作者对国事与人生未来不可确定的忧虑。通篇运用比兴的手法，将政治上的风云难测和个人遭遇的多舛，表达得淋漓尽致，发人深省。

【原文】

谁向椒盘簪彩胜②？整整韶华③，争上春风鬓。往日不堪重记省，为花长把新春恨。

春未来时先借问④。晚恨开迟，早又飘零近。今岁花期消息定⑤，只愁风雨无凭准⑥。

【注释】

①蝶恋花：又名"凤栖梧""鹊踏枝"等。唐教坊曲，后用为词牌。双调，六十字，上下片各四仄韵。戊申：即宋孝宗淳熙十五年（1188）。元日：正月初一。②椒盘：盛有椒的盘子。《尔雅翼》："后世率以正月一日以盘进椒，号椒盘。"彩胜：即旛（fān）胜或幡胜。旧时立春日的装饰物。多剪纸、绢、金银箔成小旗、人、燕、蝶等形状，挂在花下、贴在屏风上或戴在鬓发上。亦互为馈赠。《续汉礼仪志》："立春之日，立青旛于门外。"③韶华：美好的时光；喻指青春年华。④借问：询问（花期）。⑤花期：花开的日期。暗指作者时时所盼

望的南宋朝廷改变偏安政策，决定北伐中原的日期。⑥无凭准：不能
凭信；难以料定。

【译文】

新的一年来临，是谁在椒盘中放入五彩缤纷的旛胜？正当美好年华的婢人们齐整整地聚到一起，争抢着从椒盘中，取出自己喜爱的春旛插入鬓发，使她们在春风吹拂下更加楚楚动人。我不是不喜欢春天，而是往昔那种不堪重负的生活，早已成为了遥远的回忆，曾经为了花期迟迟不来而常把春天怨恨。

今年新春还没到来之时，我就开始先去探问花期在何时。但花期实在是短暂，花儿开放太晚就会让人等得不耐烦，而开放早了，又使人担忧它们凋谢飘零之日近在咫尺。今年正月初一就是立春日，花期应该已经确定，只是担心这开春之后，风风雨雨尚难预料，所以这一年的花开日期还是难以料定。

水调歌头·送郑厚卿赴衡州①

【题解】

这首词是辛弃疾于淳熙十五年（1188）春，送别友人郑厚卿赴衡州上任时所作。正值寒食节到来之际，想挽留多住几日，却因王命难违而又不得不送别友人远行赴任，所以不舍之中对其寄予了深切厚望，希望友人像古人那样重视农耕，帮助农人发展生产，取得令人颂扬而又能博

得皇上凤诏封赏的政绩。词中上片描写了送别友人赴任并寄予其深切厚望；下片希望友人能够发挥才干、建立功勋。这首词虽是饯别，但意在实现抱负，表达了作者对友人的情谊与忧国忧民的爱国情怀。

【原文】

寒食不小住②，千骑拥春衫③。衡阳石鼓城下④，记我旧停骖⑤。襟以潇湘桂岭⑥，带以洞庭青草⑦，紫盖屹西南⑧。文字起《骚》《雅》⑨，刀剑化耕蚕。

看使君⑩，于此事，定不凡。奋髯抵几堂上⑪，尊俎自高谈⑫。莫信君门万里，但使民歌《五袴》⑬，归诏凤凰衔⑭。君去我谁饮，明月影成三。

【注释】

①郑厚卿：郑如崇，字厚卿，曾任衡州太守。②寒食：即寒食节，清明节的前一天。古人从这一天起，三天不生火做饭，所以叫寒食。③千骑：形容人马很多。一人一马称为一骑（骑，旧时读jì）。春衫：年少时穿的衣服，可指代年轻人。④石鼓：即石鼓山，在衡州城东。⑤停骖（cān）：停车。骖：古代指驾在车辕两旁的马。中间驾辕的马叫服，两旁的马叫骖。一说服左边的马叫骖，服右边的马叫"骓"。⑥潇湘：水名。指潇水和湘水。桂岭：即香花岭，在湖南临武县北。⑦洞庭青草：湖名。⑧紫盖：是衡山七十二峰中最秀丽、最高的一座山峰。屹：山峰高耸的样子；屹立。⑨《骚》《雅》：指《离骚》与《诗经》中的《大雅》《小雅》。⑩使君：州府长官的别称。此指郑厚卿。⑪奋髯抵几堂上：典出《汉书·朱博传》："博迁琅琊太守，齐部舒缓养名。博新视事，右曹掾史皆移病卧，博奋髯抵几曰：'观齐儿欲以此为俗邪！'……皆罢斥诸病吏。"用此典之意是说，友人到任以后，将大刀阔斧整顿吏治。⑫尊俎（zǔ）：酒杯与盛肉的器具，这里代指宴席。

尊：同"樽"，酒樽，古代盛酒的器具。⑬民歌《五袴》(kù)：即"五袴谣"，亦作"五袴歌"。指百姓颂扬地方官吏德政的歌谣。典出《后汉书·廉范传》。稼轩用典之意是，祝愿郑厚卿到任后会取得政绩，得到百姓拥戴。⑭归诏：这里指等待皇帝颁布凤凰诏，将郑厚卿召回朝廷封赏。

【译文】

你在寒食节到来之际，也未能稍稍多住几日，年轻的你就要身披春装，匆匆忙忙地在众多人马簇拥下赶赴衡州赴任。曾记得在石鼓山畔，衡阳城下我也停过车马。衡阳是以潇湘之水、香花岭为衣襟，以洞庭、青草湖为衣带，地势险要，高耸而且风景极其秀丽的紫盖山就屹立在西南。盼望着你到任后，注重以《离骚》与《诗经》中的文字去教化民众，关心农业生产，化刀剑之力，发展农耕与桑蚕。

依我看，厚卿你才华出众，对于处理这些政事一定会能力不凡。定会像汉代朱博一样大刀阔斧整顿吏治，威震公堂，酒宴之上，博学多才的你更是机智而从

容地高谈阔论。不要听信仕途之上，能够步入皇宫之门是遥不可及的奢望，只要你政绩卓著，能让百姓像汉代流传的《五袴》歌谣那样拥戴与颂扬你的功德，凤凰就会衔来皇帝诏书让你奉诏归朝。如今你就要远去他乡赴任，留下我与谁开怀畅饮呢，恐怕今后就会像李白那样，举杯邀明月，对着自己的影子成三人了吧。

满江红·饯郑衡州厚卿席上再赋①

【题解】

据考证，该词作于淳熙十五年（1188），这年郑厚卿要到衡州去做知州，辛弃疾设宴为好友饯行，先作了一阕词后，意犹未尽，随后又作了这首《满江红》，所以题目中用"再赋"二字，以示区分。词中上片以劝阻的口吻开篇，描写了花期如梦般易逝；下片描绘出物换星移的景象，表达了花与柳都已经老了，自然就不再笑我，而我也不再因为春光已去而心生闲愁了，只为离别而愁。全词虽是饯别词，但字里行间却蕴藏了怨愤之情，可谓内涵深广，远远超出了单纯的送别词。

【原文】

稼轩居士花下与郑使君惜别醉赋②，侍者飞卿奉命书。

莫折荼蘼③，且留取一分春色。还记得：青梅如豆④，共伊同摘。少日对花浑醉梦，而今醒眼看风月。恨牡丹、笑我倚东风，头如雪。

榆荚阵⑤，菖蒲叶⑥。时节换，繁华歇。算怎禁风雨，怎禁鹈鴂⑦！

老冉冉兮花共柳，是栖栖者蜂和蝶⑧。也不因、春去有闲愁，因离别。

【注释】

①满江红：词牌名，又名"上江虹""念良游""伤春曲"。双调九十三字，前片四十七字，八句，四仄韵；后片四十六字，十句，五仄韵。②稼轩居士：辛弃疾，号稼轩，别称稼轩居士。③荼蘼（tú mí）：又名酴醾，花冠为重瓣，带黄白色，香气不足，但很美丽，一般荼蘼过后，暂无花开放，因此人们常常认为荼蘼花开是一年花季的终结，唐宋诗词多用之。苏轼诗："荼蘼不争春，寂寞开最晚。"④青梅：青色的梅子。属绿色水果，含有多种酸，但酸中透着一点甜，酸甜可口。⑤榆荚：榆树叶前所生之荚，色白成串，有如小钱，通称榆钱。⑥菖蒲（chāng pú）：水生植物，多年生草本，有香气。相传菖蒲不易开花，开则以为吉祥。⑦鹈鴃（tí jué）：这里指杜鹃。据说这种鸟鸣时，正是百花凋零时节。⑧是栖栖者：《论语·宪问》："微生亩谓

孔子曰：‘丘何为是栖栖者与？无乃为佞乎？"孔子曰：‘非敢为佞也，疾固也。’"是：这，这个；如此。栖栖：忙碌的样子。

【译文】

稼轩居士在花下与郑使君惜别醉赋，侍者飞卿奉命书。

劝君不要去折取那朵朵荼蘼花，权且就当是留住一分春色吧。依稀还记得青梅如豆的时节，和你一起去采摘。年轻那会儿，对着盛开的花朵浑然就像沉醉在梦中一样，而今天却是醒着两眼看风月流转。只恨那牡丹花偷偷嘲笑我，虽然倚靠在春风里，可头发却早已白如雪。

榆树荚密布如阵，菖蒲的叶子散发诱人的香气。但是随着时间节气的流转变换，繁华之后必然停歇下来随后又凋零。就算是繁花似锦又怎么能经得住风雨的摧残，又如何能禁得住杜鹃的一声声啼鸣！慢慢变老了啊，那美丽的鲜花和婀娜翠柳，这时节忙忙碌碌的只有蜜蜂和蝴蝶。其实也不是因为春天逝去了而产生了闲愁，而是因为这令人相惜的离别。

贺新郎·把酒长亭说

【题解】

作者与陈亮的友情在历史上传为佳话。这首词寄托了二人带湖相聚又分别的悲伤。作者开篇盛赞陈亮出淤泥而不染，随即以冬景写南宋山河的破碎。几点残梅，透露希望，令人感动。作者追赶友人却失望而归，暗示了他仕途不顺。那"铸就之错"是他们的深厚友情，更是南宋统治者不思北征而铸成的国家大错。结尾以悲痛之语收住，完善了全词沉郁顿挫的特色。

【原文】

陈同父自东阳来过余①，留十日。与之同游鹅湖②，且会朱晦庵于紫溪③，不至，飘然东归。既别之明日，余意中殊恋恋，复欲追路④。至鹭鸶林⑤，则雪深泥滑，不得前矣。独饮方村⑥，怅然久之⑦，颇恨挽留之不遂也⑧。夜半投宿吴氏泉湖四望楼⑨，闻邻笛悲甚，为赋《乳燕飞》以见意⑩。又五日，同父书来索词，心所同然者如此，可发千里一笑。

把酒长亭说⑪。看渊明、风流酷似，卧龙诸葛⑫。何处飞来林间鹊，蹙踏松梢微雪⑬。要破帽、多添华发。剩水残山无态度，被疏梅、料理成风月⑭。两三雁，也萧瑟⑮。

佳人重约还轻别⑯。怅清江、天寒不渡，水深冰合⑰。路断车轮生四角，此地行人销骨⑱。问谁使、君来愁绝？铸就而今相思错⑲，料当初、费尽人间铁。长夜笛⑳，莫吹裂。

【注释】

①陈同父：即陈亮，字同父（甫），号龙川，婺州永康（今属浙江）人，才气超群，曾再三上书孝宗，反对和议。有《龙川集》行世。东阳：古地名，即今浙江金华。过：访问，探望。②鹅湖：在江西铅山县东北，山上有湖，原名荷湖，因东晋龚氏居山养鹅，更名鹅湖。③朱晦庵：即朱熹，字元晦，号晦庵，徽州婺源人，父松官福建，因家焉。晚年筑舍武夷山，讲学其中，为南宋理学宗师。④追路：追随，追赶。⑤鹭鸶林（lù cí lín）：地名，古驿道所经之地。南宋史弥宁《鹭鸶林》诗："驿路逢梅香满襟，携家又过鹭鸶林。含风野水

琉璃软，沐雨春山翡翠深。"⑥方村：村庄名，在鹭鸶林西南。⑦怅（chàng）然：失望的样子。⑧不遂：没有成功。⑨泉湖：地名，在信州东，方村附近。⑩《乳燕飞》：是《贺新郎》的别名，因苏轼《贺新郎》有"乳燕飞华屋"之句而得名。见意：表达意见。索词：向我索要词赋。⑪长亭：古时在城外道路旁每隔十里设立的亭子，供行旅休息，或饯别亲友。⑫渊明：陶渊明，这里代指陈亮。陈亮没有做过官，所以辛弃疾把他比作躬耕田园的陶渊明。风流：指高洁宏远的风度、仪表和志趣。酷似：非常相似。卧龙诸葛：未出山前的诸葛亮。这里是称赞陈亮，说他和诸葛亮一样，有杰出的政治才能。卧龙：常用来比喻才能杰出的隐士。⑬蹙（cù）踏：亦作"蹙蹋"，踩踏之意。⑭料理：点缀，装饰。风月：泛指风光、景色。⑮萧瑟：冷落，凄凉。⑯重约：重视约定。五年前，陈亮约访辛弃疾，因被诬下狱未能践约，此次方践旧约。⑰冰合：指寒冰封住了江面。⑱车轮生四角：谓道路泥泞，车轮像长了角一样，不能转动，无法前进。陆龟蒙《古意》诗："君心莫淡薄，妾意正栖托。愿得双车轮，一夜生四角。"销骨：极度伤心。语出孟郊《答韩愈李观因献张徐州》诗："富别愁在颜，贫别愁销骨。"⑲愁绝：极端忧愁；无限忧愁。铸就而今相思错：典出《资治通鉴》卷二六五："（罗）绍威虽去其逼，而魏兵自是衰弱。绍威悔之，谓人曰：'合六州四十三县铁，不能为此错也。'"此处用典之意是：此次没能留住陈亮是个错误。⑳长夜笛：典出《太平广记》。这里引用此典关合题序"闻邻笛悲甚"之意，希望他不要把笛子吹裂，自己实在受不了这笛声之悲。

【译文】

陈同父从东阳来到带湖探望我，逗留十日后便离去了。我和他一同游览了鹅湖，并且打算到紫溪去拜会朱晦庵，但没有见到他，于是同父就飘然东归了。自从我们分别之后的第二天起，我的心中就油然而生一种特别恋恋不舍的感觉，于是就又启程想要追赶上他。当追到鹭鹚林的时候，却遇到厚厚的积雪融化，致使道路泥泞湿滑，不能再向前行走了。无奈之下只好走进方村酒家，独自饮酒解愁，我怅然所失地坐在那里发呆许久，同时极度怨恨自己，没能成功挽留同父多住几日就让他离去了。夜半时分，我投宿在吴氏泉湖四望楼中，忽然听到隔壁传来悠悠悲切的笛声，心里就更加伤怀难过了，为此写下词赋《乳燕飞》以表达我此时的心情。又过了五日，同父寄来书信问候，并向我索要词赋，原来他的心情与我此时的心情一样，看来这首词可以发给千里之外的他，让我们一同欢笑了。

　　我举起杯中酒与你在长亭话别。我看你安贫乐道的品格恰似那晋朝的陶渊明，高洁宏远的风度仪表，以及杰出的志趣才干又像那卧龙诸葛。不知是何处飞来的林间鹊鸟，将松枝上的残雪踩踏而纷纷下落。似乎想要让雪遮盖我们的破帽，让我们更多地增添花白的头发。余下的山水残破，草木枯萎，四野的景物都凋残得不成样子，全靠那几株稀疏的梅花

点缀，才算有了几分风花雪月的生机姿色。此刻，横空飞过的两三只大雁，也显得那样孤寂，也有几分萧瑟。

你是那样看重信用，信守诺言而不远千里来到鹅湖与我相会，可刚相逢却又要匆匆而去。令人怅恨郁结的是，这清悠的江水在天寒地冻之时不能摆渡，因为即使是水深之处也已经被冰封合。我一路追随，可前方的路已被冰雪泥泞阻断，车轮也如同生出了四角而不能转动，这样的境地，真让我们这些惜别的行人神伤惨切啊。试问是谁人的驱使，让你的到来使我如此极度忧愁？放你东归铸成了我如今无尽的思念，就好比当年罗绍威追悔所铸成的大错，即便用尽了人间的铁也无法铸就那么大的错刀。长夜难眠，此刻又传来邻人悲凄的笛声，我实在忍受不了这笛声之悲，但愿那笛音快些止歇，不要让长笛迸裂。

卜算子·寻春作

【题解】

这是一首描写冬末春初景色的词作，收录于《稼轩长短句》之中。该词开篇描绘了修竹林宛如玉罗帐般美丽，并化用杜甫诗句肯定了春日江山之美，只可惜幽径无人同路，暗喻自己政见不被采纳的孤独；下片赞美梅花不畏清寒寂寞，独自散发暗香，表达了作者只愿与梅花共语，不愿随波逐流的高尚品质，从而描绘了一幅优美的春景图，可谓小小篇幅，暗含莫大的哲思。

【原文】

修竹①翠罗寒，迟日江山暮②。幽径无人独自芳③，此恨知无数。
只共梅花语，懒逐游丝去④。着意寻春不肯香，香在无寻处。

【注释】

①修竹：细长的竹子。②迟日江山暮：语出杜甫《绝句二首》："迟日江山丽，春风花草香。"迟日：泛指春日。《诗经·豳风·七月》："春日迟迟。"③幽径：指很僻静的路；清幽的小路。④游丝：蜘蛛等所吐的飘荡在空中的丝。

【译文】

细长的竹子一丛丛亭亭玉立，宛如青翠的玉丝罗帐一般，带着轻微的寒冷，春天的江海山河，迎来了黄昏暮色。在清幽僻静的小路上没有同行的人，只有独自芬芳，这样的惆怅憾恨，我知道定是数不胜数。

只愿与梅花在一起悄声说话，懒得去追逐空气中那随风飘荡的游丝。在人们刻意地游赏春景的时候，它不肯散发芬芳，却在那无法追寻的地方，默默散发着若有若无的暗香。

水调歌头·送杨民瞻①

【题解】

此词约作于作者闲居带湖时。杨民瞻是作者友人，其遭际与辛弃疾略同，两人交往甚久，并常有词章往来。这是他送友之作。上阕为伤时之笔，从宇宙无穷，万物都难免消亡，到时光飞逝，不为我留，道出了无可奈何，惟有隐退，从而抒发壮志难酬的感慨；下阕写别情国忧。既同情友人怀才不遇，又以国事相勉，望其像古人一样及时退隐。全词情感真切，豪放有加，不愧为词中佳作。

【原文】

日月如磨蚁②，万事且浮休③。君看檐外江水，滚滚自东流④。风雨瓢泉夜半⑤，花草雪楼春到，老子已菟裘⑥。岁晚问无恙⑦，归计橘千头⑧。

梦连环⑨，歌弹铗⑩，赋登楼⑪。黄鸡白酒，君去村社一番秋。长剑倚天谁问⑫，夷甫诸人堪笑，西北有神州。此事君自了⑬，千古一扁舟⑭。

【注释】

①杨民瞻：作者友人，其生平事迹不详。②日月如磨蚁：古人把天比喻为磨盘，把太阳和月亮比喻为磨盘上的蚂蚁，日夜不停地运行。③浮：流动不固定，喻生。休：休息，喻消亡。《庄子·刻意》篇："其

生若浮，其死若休。"④"君看檐外江水"二句：古人常以江水滚滚东流，比喻时光消逝，不因我留。诸如李煜《虞美人》："问君能有几多愁，恰似一江春水向东流。"苏轼《次韵前篇》："长江衮衮空自流，白发纷纷宁少借。"⑤瓢泉：在今江西铅山境内。稼轩在瓢泉附近，建有一处便居，以供览胜小憩。⑥菟（tù）裘：春秋时鲁地名，在今山东泰安东南。鲁隐公曾命人在菟裘建宅，以便隐退后居住。后人遂以此称隐退之所。⑦岁晚：指人生晚年。无恙：指没有疾病等事。引申指虽然受到了不良侵害，但是没有产生不良影响。古人讲究礼仪，在被友人问候身体疾病时，会用无恙来回答，以表示对友人担心之情的安慰。⑧橘千头：典出《襄阳耆旧传》："李衡为丹阳太守，遣人往武陵汜洲上作宅，种橘千株。临死，敕儿曰：'吾州有千头木奴，不责汝食，岁上匹绢，亦当足用耳。'"⑨梦连环：梦中还家。"环"与"还"谐音。典出韩愈《送张道士》："昨宵梦倚门，手取连环持。"魏怀忠注引孙汝德曰："持连环以示还意。"⑩歌弹铗：用冯谖弹铗而歌事，《战国策·齐策四》："齐人有冯谖者，贫乏不能自存，使人属孟尝君，愿寄食门下。孟尝君曰：'客何好？'曰：'客无好也。'曰：'客何能？'曰：'客无能也。'孟尝君笑而受之曰：'诺。'……居有顷，倚柱弹其剑，歌曰：'长铗归来乎！食无鱼。'"⑪赋登楼：东汉末年，天下大乱。"建安七子"之一的王粲避难荆州，依附刘表，曾登城作《登楼赋》，述其进退畏惧之情。⑫长剑倚天：此喻杰出的军事才能和威武的英雄气概。⑬此事君自了：典出《晋书·山涛传》："钟会作乱于蜀，而文帝将西征，时魏氏诸王公并在邺，帝谓涛曰：'西偏吾自了之，后事深以委卿。'"⑭扁舟：引用吴越时期越国大臣范蠡之事，相传在他用计大破吴国之后，与西施泛舟五湖。

【译文】

太阳和月亮就像在磨盘上行走的蚂蚁，不停地转动，而人世间的万物，也是在不断的浮游生存与消亡。你看那屋檐外的滔滔江水，独自滚滚向东流淌而去不复返。我退隐山野乡村以后，半夜可以到瓢泉听风观雨，春天到了可以在雪楼前观赏花草。如今年纪大了，就要像当年鲁隐公在菟裘建宅那样，以便隐退后居住。人到晚年，只求得相互问候平安，没有什么疾病等事发生，归隐之后，打算躬耕田亩，种橘千株而居。

古有戍守边疆的人梦中还家，有冯谖弹铗而歌，以及东汉末年的王粲避难荆州登城作《登楼赋》，排遣心中惆怅。外出宦游的你，一定也会十分思念归乡。你如今回到家里，像李白诗中所说那样吃黄鸡，饮白酒，到村社祭祀土地神，生活自在安详，充满情趣。国家西北的土地沦陷金人之手，抗战壮士手握长剑欲杀敌报国却不被起用，而投降派执政者就像王衍等人那样，只是清谈空论，谈笑风生，却不想收复我神州失地。希望你为抗金复国建功立业之事尽自己最大的努力，待到功成名就，千古留名之后，再像越国范蠡那样，驾一叶扁舟退隐江湖而去。

定风波·席上送范廓之游建康①

【题解】

此词作于宋光宗绍熙元年（1190）。当时辛弃疾闲居带湖，友人范廓之将要出游建康，而那里正是抗金前线，因此触动了作者的爱国情怀，于是感慨万分，并即席作词以送别。词中上片写离别本无奈，而真正的感情从不受距离远近影响，赋予了作品更深广的社会意义；下片寄语建康故人，如今归退田园，远离宦海风波，表达了自己安贫乐道的思想。本词虽写送行，但不流于感伤，可谓是用词明快爽朗，直抒胸臆，意蕴悠长。

【原文】

听我尊前醉后歌，人生无奈别离何②。但使情亲千里近，须信：无情对面是山河。

寄语石头城下水③，居士，而今浑不怕风波。借使未成鸥鸟伴④，经惯⑤，也应学得老渔蓑⑥。

【注释】

①定风波：词牌名，又名卷春空、定风波令、醉琼枝、定风流等。另有多种仄韵格式变体。范廓之：即范开，据稼轩同时所作《醉翁操》题序，知范廓之将去临安应试。游建康：文中当是范廓之的预拟之行。建康：即今江苏南京市。②"听我"两句：谓人生离别本属无可奈何之事。尊：同"樽"，酒杯，古时一种盛酒器具。③寄语：意为所传的话语，有时也指寄托希望的话语。石头城：《元和郡县志》："石头城在上元县西四里，即楚之金陵城也。吴改为石头。"居士：古代称有德才而隐居不仕或未仕的人。此处稼轩自称。淳熙八年辛丑（1181），辛弃疾四十二岁，带湖新居落成，自号稼轩居士。浑：全。风波：此处指政治上的风波。④借使：即使。鸥鸟伴：以鸥鸟为伴。⑤经惯：意指经历一段自我适应，已经习惯于隐居生活。⑥老渔蓑（suō）：老渔夫。蓑：蓑衣。

【译文】

请听听我在酒樽前喝醉以后所唱的歌赋，离别本是人生中多么无可奈何的事情啊，如果感情深厚，即使相隔千里，也会感觉离得很近，但必须相信：倘若没有深厚的情谊，即使站在对面，也像大江对岸的河山一样无情。

请转告建康的山和水，居士我，如今全然不怕政治上的风波再来纠缠我了。假使没能如愿成为鸥鸟的同伴，但是经历了一段隐居生活，习惯了以后，也能学得像老渔翁一样，身穿蓑衣，悠然在江上垂钓。

踏莎行·庚戌中秋后二夕带湖篆冈小酌^①

【题解】

淳熙八年（1181年）冬，辛弃疾因受到弹劾而被免职，归居上饶。此后二十年间，他大部分时间都在乡间闲居。南宋光宗绍熙元年（1190年），辛弃疾在上饶的带湖别墅篆冈喝酒赏月，成此佳作。该词通过时节变化的描写来反映词人对现实生活的深沉感慨，气度从容，欲擒欲纵。文法曲折多变，巧妙采用前人诗句，辞意含蓄。

【原文】

夜月楼台，秋香院宇。笑吟吟地人来去。是谁秋到便凄凉？当年宋玉悲如许^②。

随分杯盘^③，等闲歌舞^④。问他有甚堪悲处^⑤？思量却也有悲时^⑥，重阳节近多风雨^⑦。

【注释】

①踏莎行：词牌名。《踏莎行》又名《柳长春》《喜朝天》等。双调五十八字，仄韵。又有《转调踏莎行》，双调六十四字或六十六字，仄韵。篆（zhuàn）冈：地名，在带湖旁。②宋玉：战国时楚国的著名诗人，屈原的学生，其代表作《九辩》有句云："悲哉秋之为气也，萧瑟兮草木摇落而变衰。"如许：如此。③随分：指随其自然；依据本性等。④等闲：平常，普通。⑤甚堪：什么可以。堪：能，可以；能忍受，能承受。⑥思量：考虑；仔细想想。⑦重阳节：为每年的农历九月初九日，是中国传统节日。也叫"重九"，因为《易经》中把"九"定为阳数，九月九日，两九相重，故曰"重阳"，古人认为重阳是一个值得庆贺的吉利日子。因此在这一天常常进行结伴出游赏秋、登高远眺、观赏菊花、遍插茱萸、吃重阳糕、饮菊花酒等活动。

【译文】

　　宁静的夜晚，月光洒落在亭台楼阁之上，秋天的花香飘满院落。欢声笑语的人们快乐地来来去去。是谁，每当秋天一到就会悲伤凄凉？想当年，楚国的诗人宋玉就是这样悲伤。

　　吃饭喝酒要依据本性随其自然，平常对歌舞享乐更要看得平淡。问他还有什么可以悲伤之处呢？不过，细细想想这一生，却也有很多悲伤的时候，重阳节快到了，会平添很多秋风秋雨，这自然会使人感到格外凄凉。

清平乐·谢叔良惠木犀①

【题解】

　　这是辛弃疾闲居上饶时与他的朋友余叔良的一首唱和之词。辛弃疾担任江阴签判任满后，曾有一段流寓吴江的生活。此词当作于他献《美芹十论》之后，也正是他盼望大展宏图的时候。此词由"忆"字领起全篇，追怀多年前吴江赏桂之事。上片写少年痛饮酒醒后惟见明月树影、水沉烟冷，表达了流寓吴楚、壮怀难伸的孤寂之情；下片咏桂花虽小但芳香浓烈，借助风露可将世界熏香。全词把咏物与性灵融为一体，将高贵馨香的品质淡化到不露痕迹。

【原文】

　　少年痛饮②，忆向吴江醒③。明月团团高树影④，十里水沉烟冷⑤。

大都一点宫黄⑥，人间直恁芬芳⑦。怕是秋天风露，染教世界都香。

【注释】

①叔良：即余叔良，与辛弃疾多有唱酬之作，可知是一位声气相应的朋友。木犀（xī）：即木樨，桂树学名，又名崖桂。因其树木纹理如犀，故名。②痛饮：尽情地饮酒。③吴江：即吴淞江，在今苏州南部，西接太湖。④团团：意为圆形。⑤水沉：木名，即沉香。也可指这种香点燃时所生的烟或香气。杜牧《扬州三首》其二："蜀船红锦重，越橐水沉堆。"又《为人题赠诗二首》其一："桂席尘瑶佩，琼炉烬水沉"。⑥宫黄：指古代宫中妇女以黄粉涂额，又称额黄，是一种淡妆，这里形容桂花。⑦直恁（zhí nèn）：犹似竟然如此。

【译文】

回忆起年轻时曾在这里痛痛快快地狂饮一场，酒醒了眼前是奔流的吴淞江。圆圆的明月高悬，投下了桂树的身影，仿佛十里之外都散发着桂花的幽香，然而燃起的沉香，却烟雾缭绕着清冷。

桂花只不过有一点点宫黄之色，竟然能给人间送来如此浓郁的芬芳。这恐怕是她想要借着秋天的风霜雨露，渲染开来，引导香气飘散到世界的四面八方。

鹧鸪天·黄沙道中

【题解】

这是辛弃疾隐居带湖时的作品。某一天，辛弃疾到黄沙岭上的书堂去，经过黄沙道时，看见了生气勃勃的初春景象，不禁词兴大发，即兴而作此词。全词以溪山为中心，并以敏锐的艺术眼光，将轻鸥凫水似虚船，荒犬迎妇的亲切，几朵疏梅与松竹上的残雪争妍，乱鸦聒噪，踩蹬残雪散落一地的画面一一展现，就仿佛是一幅绝妙优美的山水花鸟画，在春风荡漾中缓缓展开，使你眼前一亮。

【原文】

句里春风正剪裁，溪山一片画图开。轻鸥自趁虚船去①，荒犬还迎野妇回。

松共竹，翠成堆。要擎残雪斗疏梅②。乱鸦毕竟无才思③，时把琼瑶蹴下来④。

【注释】

①虚船：典出《庄子·山本》"方舟而济于河，有虚船来触舟"。此处指空船。②擎（qíng）：指满怀敬意地向上托举。③无才思：没有知识或不懂事。④琼瑶：指雪。蹴（cù）：踢，踏。

【译文】

在写成的词句中，描写春天风光的句子正在被我剪裁修改。眼前忽然展现出一片溪水高山的画图。成群的鸥鸟自由自在地乘坐空船而去，从荒郊外跑回来的狗儿，欢蹦乱跳地迎着在田野里劳动归来的妇人回家去了。

松树和竹子交错丛生在一起，远远望去更加青翠茂盛，几乎堆叠在一起。它们托举着枝头残雪，仿佛要与那几朵稀疏的梅花争妍。纷乱聒噪的乌鸦毕竟没有什么才华敏思，却不停地在树枝上跳来跳去，时常把枝头那晶莹洁白的残雪踢踏下来。

西江月·夜行黄沙道中①

【题解】

这是宋代词人辛弃疾贬官闲居上饶时创作的一首吟咏田园风光的词。此词着意描写黄沙岭的夜景：明月清风，疏星稀雨，鹊惊蝉鸣，稻花飘香，蛙声一片。全词从视觉、听觉和嗅觉三方面描写夏夜的山村风光，情景交融，优美如画，恬静自然，不愧为宋词中以农村生活为题材的佳作。

【原文】

明月别枝惊鹊②，清风半夜鸣蝉③。稻花香里说丰年，听取蛙声一片。

七八个星天外，两三点雨山前。旧时茅店社林边④，路转溪桥忽见⑤。

【注释】

①西江月：唐教坊曲名，后用作词牌名。调名取自李白《苏台览古》"只今唯有西江月，曾照吴王宫里人"。西江是长江的别称，调咏吴王、西施的故事。又名"白蘋香""步虚词""晚香时候""玉炉三涧雪""江月令"。黄沙道：指的是从江西省上饶县黄沙岭乡黄沙村的茅店到大屋村的黄沙岭之间约 20 公里的乡村道路，南宋时是一条直通上饶古城的比较繁华的官道，东到上饶，西通江西省铅山县。②明月别枝惊鹊：意思是明亮的月光惊醒了睡在树木斜枝上的喜鹊。语出苏轼《次韵蒋颖叔》诗："月明惊鹊未安枝，一棹飘然影自随。"别枝：斜枝。③鸣蝉：蝉叫声。④旧时：往日，以前。茅店：茅草盖的乡村客店。社林：土地庙附近的树林。社：古代把土神和祭土神的地方、日子和祭礼都叫社。古时，村有社树，为祀神处，故曰社林。⑤忽见：忽然出现。见：同"现"，显现，出现。

【译文】

天边的明月升到了树梢的上空，惊醒了栖息在树木斜枝上的喜鹊，夜半时分，清凉的晚风仿佛吹来了远处的蝉叫声。陶醉在稻花芬芳香气里的人们，谈论着丰收的年景，耳边传来一阵阵青蛙的叫声，好像也在说着丰收年的盛况。

天空中轻云漂浮，七零八落的星星争相闪烁，时隐时现，忽然间，山前下起了淅淅沥沥的小雨，我急急忙忙快步走向小桥方向去躲雨。可是，往日土地庙附近树林旁的茅屋小店哪里去了呢？我拐了个弯，继续寻找，最后转过溪流上的小桥，那个茅店忽然就出现在了我的眼前。

清平乐·独宿博山王氏庵①

【题解】

这首词作于宋孝宗淳熙十二年（1185）辛弃疾罢官闲居带湖期间。那时，他常到信州（今江西省上饶市）附近的鹅湖、博山等地游览，故而即景抒情之作颇多。这首词描写了作者独宿博山王氏庵的感受。上片以所见绕床饥鼠、蝙蝠乱舞、松风吹破屋之景，渲染了寂寞荒凉的环境气氛；下片写自己白发苍颜、壮志难酬的愤慨心情，表达了自己虽处境悲凉，但依然雄心不减的爱国主义思想。

【原文】

绕床饥鼠，蝙蝠翻灯舞②。屋上松风吹急雨，破纸窗间自语③。
平生塞北江南④，归来华发苍颜⑤。布被秋宵梦觉，眼前万里江山。

【注释】

①清平乐（yuè）：词牌名，取用汉乐府"清乐""平乐"两个乐调

命名。双调四十六字，八句，前片四仄韵，后片三平韵。博山：在江西永丰境内（今江西省广丰县），古名通元峰，由于其形状像庐山香炉峰，所以改称博山。王氏庵：王氏人家的草屋。庵：小草屋。②翻灯舞：绕着灯来回飞舞。③破纸窗间自语：窗间破纸瑟瑟作响，好像有人在那里自言自语。④塞北：泛指中原地区。作者于南归前，曾两随记吏北抵燕山。⑤归来：指罢官归隐。华发：头发苍白。苍颜：面容苍老。

【译文】

一个人独自借宿在博山王氏庵内，只见庵里饥饿的老鼠绕着床蹿来蹿去，成群的蝙蝠围着灯光上下飞舞。屋子上空，松风裹挟着大雨骤然间汹涌而来，糊窗的纸被风撕裂破坏，发出呼啦啦的响声，仿佛有人在那里自言自语。

我这一生，塞北江南之间辗转不定，如今归来已是满头白发，容颜苍老。此时，身上所盖的布被单薄，在这疾风骤雨的秋夜更是寒冷，不由得从夜梦中醒来，可是眼前，依稀还是梦中的万里江山。

贺新郎·同父见和再用韵答之①

【题解】

这首词是辛弃疾与陈亮相互唱和中的一篇感人至深的佳作。当时作者与陈亮都是南宋时期著名的爱国词人，都怀有恢复中原的大志，但南宋掌权者主张议和，不积极伐北光复中原，使他们的宏愿难以实現。辛弃疾被贬闲居上饶时，陈亮特地前来探望。期间，二人同游鹅湖，狂歌豪饮。陈亮因事离开后，辛弃疾写了《贺新郎》词寄给他。陈亮回和了一首，随后辛弃疾又写了此词。从时间上看，约作于淳熙十六年（1189）春天。

【原文】

老大那堪说②。似而今、元龙臭味③，孟公瓜葛④。我病君来高歌饮，惊散楼头飞雪⑤。笑富贵千钧如发⑥。硬语盘空谁来听⑦？记当时、只有西窗月⑧。重进酒⑨，换鸣瑟。

事无两样人心别。问渠侬⑩：神州毕竟⑪，几番离合⑫？汗血盐车无人顾⑬，千里空收骏骨⑭。正目断关河路绝⑮。我最怜君中宵舞⑯，道"男儿到死心如铁"。看试手，补天裂⑰。

【注释】

①贺新郎：词牌名，又名"金缕曲""贺新凉"。②老大：年纪大，年老之意。《乐府诗集·相和歌辞五·长歌行》："少壮不努力，老大徒伤悲。"唐白居易《琵琶行》："门前冷落鞍马稀，老大嫁作商人妇。"那堪："那"通"哪"。堪：能，可。③元龙臭味：此同"元龙豪气"的典故。元龙：陈登，字元龙。臭味：气味，指脾性。典出《三国志》卷七《魏书·陈登传》：后许汜与刘备并在荆州牧刘表坐，表与备共论天下人，汜曰："陈元龙湖海之士，豪气不除。"备谓表曰："许君论是非？"表曰："欲言非，此君为善士，不宜虚言；欲言是，元龙名重天下。"备问汜："君言豪，宁有事邪？"汜曰："昔遭乱过下邳，见元龙。元龙无客主之意，久不相与语，自上大床卧，使客卧下床。"备曰："君有国士之名，今天下大乱，帝主失所，望君忧国忘家，有救世之意，而君求田问舍，言无可采，是元龙所讳也，何缘当与君语？如小人，欲卧百尺楼上，卧君于地，何但上下床之间邪？"④孟公瓜

葛：陈遵，字孟公。典出《汉书·陈遵传》："遵嗜酒，每大饮，宾客满堂，辄关门，取客车辖投井中。虽有急，终不得去。"瓜葛：比喻辗转相连的亲戚关系或社会关系，也泛指两件事情有关联。此上两句"元龙"与"孟公"二人都姓陈，又都是豪士，故用于比拟陈亮。因为作者与陈亮友谊深厚，而且爱国之志又相同，因而引以为快。⑤楼头：楼上。唐王昌龄《青楼曲》之一："楼头小妇鸣筝坐，遥见飞尘入建章。"⑥千钧如发：指像头发一样轻。钧：古代重量单位，合三十斤。发：头发。⑦硬语盘空：形容文章的气势雄伟，矫健有力。韩愈《荐士》诗："横空盘硬语，妥帖力排奡。"⑧西窗：古人常用于思念之意。⑨进酒：斟酒劝饮；敬酒。鸣瑟：即奏响琴瑟。⑩渠侬：对他人的称呼，此指南宋当权者。渠：他。侬（nóng）：本意是人，在古吴语和现代吴语中有四种意思：你、我、他、人。均系吴语方言。⑪神州：指中原。⑫离合：分裂和统一。此为偏义复词，分裂之意。⑬汗血盐车：用汗血宝马一样的骏马拉运盐的车子。后以之比喻人才埋没受屈。汗血：指汗血马。《汉书·武帝纪》应劭注："大宛旧有天马种，蹋石汗血，汗从前肩髆出，如血，号一日千里。"盐车：语出《战国策·楚策四》："夫骥之齿至矣，服盐车而上太行，蹄申膝折，尾湛胕溃，漉汁洒地，白汗交流，中阪迁延，负辕不能上。"⑭骏骨：典出《战国策·燕策一》。战国时，燕昭王要招揽贤才，郭隗喻以"千金买骏骨"的故事。后来因此以"买骏骨"指燕昭王用千金购千里马骨，以此求贤的故事，喻不惜千金招揽人才。⑮目断：纵目远眺。关河：即边塞、边防，指边疆。⑯怜：爱惜，尊敬。中宵：半夜。⑰补天裂：指女娲氏补天洞之事。典出《史记补·三皇本纪》："女娲氏末年，诸侯有共工氏，与祝融战，不胜而怒，乃头触不周山崩，天柱折，地维绝，女娲乃炼五色石以补天。……于是地平天成，不改旧物。"

辛弃疾词全鉴

【译文】

我现在已经是年老无成之人，哪里还值得一提啊。可是，如今碰到了你这个如同陈登、陈遵一样，有着湖海侠气的"臭味相投"的人，便忍不住"老夫聊发少年狂"了。当时我正在病中，而此刻你刚好前来看望我，我高兴得一定要陪你高歌痛饮，我们欢喜和友谊的温度驱散了楼头上飞雪的寒意。可笑那些功名富贵，有人将其看得如同千钧般重，而我们却把它看得如同毛发一样轻微。可是我们气势磅礴的谈论以及那些事关国家兴亡的真知灼见，又有谁能听取呢？能够记取当时情景的，也只有那个映照人间沧桑、不关时局安危的西窗明月了。我们谈得如此投机，一次又一次地相互敬酒畅饮，更换琴瑟奏鸣，不舍得停下谈论。

国家大事依然如故，可是人心却大为消沉，完全有别于过去了。请问你们：神州大地，究竟还要被金人分裂主宰多久呢？驱使汗血宝马拖着笨重的

雪江垂钓图

盐车无人顾惜，当政者却要到千里之外，用重金收买骏马的骸骨以示求贤之心。此时极目远眺，关塞河防与道路都被金人阻断而不能通行。我最尊敬你那闻鸡起舞的壮烈情怀，你曾说过："男子汉大丈夫，抗金北伐的决心，至死也会像铁一般坚定。"现如今，我等待着看你像女娲补天一样大显身手，为恢复中原作出重大的贡献。

贺新郎·用前韵送杜叔高①

【题解】

宋孝宗淳熙十六年(1189)春，杜叔高从浙江金华到江西上饶探访辛弃疾，临别时便作此词相送。词中上片评价了友人杜叔高的诗，言其音韵和谐美妙，意境清秀高远，有如千丈阴崖，又似千层冰雪；下片慨叹叔高此生的怀才不遇，转而谈及其家门由"去天尺五"的兴盛到今日的衰微。通篇由人及己，由"小我"到国家全局，层次分明，步步深入，从而表达了自己爱国抗战的高尚思想。

【原文】

细把君诗说。恍余音②、钧天浩荡③，洞庭胶葛④。千丈阴崖尘不到⑤，惟有层冰积雪。乍一见、寒生毛发。自昔佳人多薄命⑥，对古来、一片伤心月。金屋冷⑦，夜调瑟。

去天尺五君家别⑧。看乘空、鱼龙惨淡⑨，风云开合。起望衣冠神州路⑩，白日销残战骨。叹夷甫、诸人清绝⑪！夜半狂歌悲风起，听铮铮、阵马檐间铁⑫。南共北，正分裂！

【注释】

①杜叔高：即杜斿，叔高为其字。公元1189年，他从故乡金华到三百里之外的上饶，拜访罢官闲居的辛弃疾，两人一见如故，相处极为欢洽。杜叔高弟兄五人俱博学工文，人称金华五高。端平初年，以布衣与稼轩婿范黄中（炎）及刘后村等八人同时受召入朝。陈亮《龙川文集》卷十九《复杜仲高书》："伯高之赋，如奔风逸足，而鸣以和鸾。叔高之诗，如干戈森立，有吞虎食牛之气，而左右发春妍以辉映于其间，匪独一门之盛，可谓一时之豪。"②恍（huǎng）：仿佛。③钧（jūn）天：天的中央。古代神话传说中天帝住的地方。也指广阔的天空。浩荡：水壮阔貌。④洞庭胶葛：语出《庄子·天运》篇："黄帝张咸池之乐于洞庭之野，……其声能短能长，能柔能刚，变化齐一，不主故常。"胶葛：指意境高远。⑤阴崖：背阳的山崖。⑥自昔佳人多薄命：语出苏轼《薄命佳人》诗："自古佳人多命薄，闭门春尽杨花落。"佳人：此借指杜叔高。⑦金屋：典出《汉武故事》："若得阿娇作妇，当作金屋贮之也。"⑧去天尺五：指与宫廷相近，权势地位极高。语出《辛氏三秦记》："城南韦杜，去天尺五。"杜甫《赠韦七赞善》诗："乡里衣冠不乏贤，杜陵韦曲未央前。尔家最近魁三象，时论同归尺五天。"⑨乘空：凌空，腾空。⑩衣冠：指士大夫。⑪"叹夷甫"句：夷甫：王衍（256—311年），字夷甫。琅邪郡临沂县（今山东临沂北）人。西晋时期著名清谈家，西晋末年重臣。典出《晋书·王衍传》："衍字夷甫，神情明秀，风姿详雅。……口不论世事，唯雅咏玄虚而已。……既有盛才美貌，明悟若神，常自比子贡。兼声名藉甚，倾动当世。妙善玄言，唯谈《老》《庄》为事。每捉玉柄麈尾，与手同色。……众共推衍为元帅，……俄而举军为石勒所破，勒呼王公与之相见，……使人夜排墙填杀之。衍将死，顾而言曰：'呜呼！吾曹虽不

如古人，向若不祖尚浮虚，戮力以匡天下，犹可不至今日。'"⑫"听
铮铮"句：语出《芸窗私志》。铮铮：形容金属撞击所发出的响亮声
音。比喻刚正，坚贞；声名显赫，才华出众。檐间铁：屋檐下挂着的
铁制风铃，称为"铁马"或"檐马"。

【译文】

　　现在我要将你的诗作细细来评说。你的诗作仿佛是从天帝宫中传
来的优美乐曲，如同浩瀚之水波澜壮阔，你的诗作意境高远，又像是
黄帝在洞庭郊野演奏的咸池之乐。有如千丈高、背阳的山崖一般纤尘
不染，只有满眼可见的千层雪积冰封。使人猛然间看见时，不禁毛发
悚然。哎！从古到今，才华出众的人往往都是命运不济，总是遭遇坎
坷不幸，因此古往今来，他们都是对着天上那亘古不变的明月，难免
会感伤身世。就像那汉武帝时期的阿娇，只能在华丽冷清的金屋，借
弹奏琴瑟打发夜晚的无聊寂寞。

　　想当年，你的家族声望极高，如同前朝号称"城南韦杜，去天尺
五"的杜甫家族，然而如今却已经回不去了。你看那天空上的风云不
断开合变幻，就连凌空腾跃的鱼龙也都因之惨然变色。起身再次登高
遥望，当年北方家族避难南迁的道路，曾有多少死难者的尸骨暴露于
光天化日之下，无人掩葬而朽烂无存了。可恨那些如同西晋末年清谈
家王衍一样的朝庭权重，他们一味清谈，简直"清谈"到了极点！夜
半辗转难眠，我常常引吭高歌，不禁悲凉之风四起，檐前的铁马铮铮
作响，仿佛又回到了从前杀敌的战场。可悲可叹啊，我们的南方和北
方，至今还被敌人分裂！

水调歌头·汤朝美司谏见和用韵为谢

【题解】

辛弃疾四十多岁那年，被监察御史王蔺弹劾，削职后回上饶带湖闲居。后来曾任司谏的汤朝美被贬谪到新州，二人在上饶相见，由于二人同样受权臣排挤打击，而且志同道合，所以有惺惺相惜之情，随后写下这充满悲愤之情的作品。词中言辞坦率，毫无顾忌，充满对黑暗南宋政权的揭露与抗议。词的上片鼓励友人，要依然忠肝义胆，意气飞扬，希望他能忘却往昔事；词的下片抒一己之愤，却又万般无奈。写作手法一波三折，在感情激荡中故作幽塞，又不失豪放豁达。

【原文】

白日射金阙①，虎豹九关开②。见君谏疏频上，谈笑挽天回。千古忠肝义胆，万里蛮烟瘴雨，往事莫惊猜③。政恐不免耳④，消息日边来。

笑吾庐，门掩草，径封苔⑤。未应两手无用，要把蟹螯杯⑥。说剑论诗余事，醉舞狂歌欲倒，老子颇堪哀。白发宁有种？一一醒时栽⑦。

【注释】

①金阙：天子所居的宫阙。喻指宫廷。②虎豹九关：语出《楚辞·招魂》："魂兮归来，君无上天些。虎豹九关，啄害下人些。"③"千

158

古忠肝义胆"以下三句：意思是赞美友人忠心耿耿，没想到却被贬谪蛮荒之地，但又劝他事已至此就不要再提及往事了。蛮烟瘴雨：指南方有瘴气的烟雨，也泛指十分荒凉的地方。此指汤朝美被贬谪到新州之事，因为新州在当时被认为是僻远蛮荒之地。惊猜：惊恐猜疑。唐代高适《奉和鹃赋》："望凤沼而轻举，纷羽族以惊猜。"④政：同"正"。此句借用《世说新语·排调》中东晋谢安的话。⑤苔：苔藓。此句形容自家门庭冷落，荒草掩映，苔藓封住路径。⑥"未应两手无用"二句：自叹英雄无用武之地。蟹螯（áo）杯：喻指饮酒吃蟹。《世说新语·任诞》：毕茂世云："一手持蟹螯，一手持酒杯，……便足了一生。"⑦栽：硬给安上。喻指将白发一根根安在头上的。

【译文】

司谏官汤朝美把"进谏之剑"朝向帝王所居的宫阙射去，哪怕是面临虎豹把守的九道关卡，也敢冲破而入。汤朝美屡次向皇上进谏，从不计较个人安危，坦然谈笑而不怕担风险，终于挽回局面使皇帝听了他的政见。这一副"忠肝义胆"是能够流传千古的，可惜的是，这样

的人却遭到了贬谪，被流放到偏僻荒蛮的地方去受苦，事到如今对于往事也没什么可猜疑的了。正在担心不能免于被贬谪之难，好消息就即将从皇帝身边传来。

如今我的茅屋门前已长满荒草，小路上也长满了苔藓，想想自己的处境只能付之一笑了。这两只手不可能没有什么可用之处，要把持着蟹螯和酒杯，借酒消愁，打发无聊的日子。于是只有与人说剑、论诗成了我每天所做的事，整天醉舞、狂歌之中昏昏然要倒下的样子，就这样日渐衰老之中忍受极度悲哀忧愁度日。白发难道是有种的吗？酒醉醒来的时候看到那么多，像被一根一根栽种出来的。

鹧鸪天·鹅湖归病起作①

【题解】

辛弃疾被贬谪居鹅湖时，依旧受尽权奸排斥。由题目可知，作者游罢鹅湖归来后，曾患过一场大病，病愈后他登楼观赏江村的夜景，忽然感叹时光流逝，而此刻自己却已精力衰退，回想过去的时光，更是百感交集。词的上片绘景状物，以此渲染气氛，突出秋水断云凄清之状，此刻花鸟寂寞无声，定是在那里暗自忧愁；词的下片暗示自身心曲，通过两个典故委婉抒发对权臣迫害爱国志士的不满以及自己对仕途已经失望的无奈心态，表现了作者病愈之后心中所感到的"冷"和"愁"，借此抒发了作者心中的悲愤，虽寥寥数语，却能引人深思。

【原文】

枕簟溪堂冷欲秋②，断云依水晚来收③。红莲相倚浑如醉，白鸟无言定自愁④。

书咄咄⑤，且休休⑥。一丘一壑也风流⑦。不知筋力衰多少⑧，但觉新来懒上楼。

【注释】

①鹧鸪天：词牌名。鹅湖：《铅山县志》记载："鹅湖山在县东北，周回四十余里。……《鄱阳记》云：'山上有湖多生荷，故名荷湖。'东晋人龚氏居山蓄鹅，其双鹅育子数百，羽翮成乃去，更名鹅湖。"鹅湖原名荷湖，因山中有湖，多生荷。晋人龚氏居山，养鹅湖中，于是更名鹅湖。②簟（diàn）：竹席。溪堂：临溪的堂舍。③断云：意思是片云。收：敛收。浑如：非常像，酷似。④无言：不鸣叫。⑤咄咄：用殷浩事。《世说新语·黜免》篇："殷中军被废，在信安，终日恒书空作字。扬州吏民寻义逐之，窃视，唯作"咄咄怪事"四字而已。"表示失意的感叹。⑥休休：表示退仕归隐的心意。此处借用司空图事。《新唐书·卓行传》："司空图字表圣。……本居中条山王官谷，有先人田，遂隐不出。作亭观素室，……名亭曰休休，作文以见志，曰：'休，美也。既休而美具。故量才，一宜休，揣分，二宜休，耄而聩，三宜休，又，少也堕，长也率，老也迂，三者非济时用，则又宜休。'因自目为耐辱居士，其言诡激不常，以免当时祸灾云。"又，《旧唐书·司空图传》引图所作《耐辱居士歌》曰："咄咄！休休休！莫莫莫！伎俩虽多性情恶，赖是长教闲处著。休休休，莫莫莫，一局棋，一炉药，天意时情可料度。"⑦一丘一壑也风流：《世说新语·品藻》篇："明帝问谢鲲：'君自谓何如庾亮'？答曰：'端委庙堂，使百僚准则，臣不如亮；一丘一壑，自谓过之'。"又《巧艺》篇："顾长康画谢幼舆在岩石里。人问其所以，顾曰：'谢云一丘一壑，自谓过之，此子宜置丘壑中。'"

风流：优美，有风韵。⑧筋力：精力。但：只。

【译文】

我躺在溪水边阁楼的竹席上，清冷冷的感觉，就好像是身在清凉的秋天，碧空里一片片的浮云偎依着溪水悠悠荡荡，黄昏的暮色将它们一点点敛收。红艳艳的莲花互相倚靠，随风摇曳的样子简直像姑娘喝醉了酒，而那羽毛雪白的水鸟此时异常安闲静默，定然是独自栖落在那里暗暗忧愁。

与其像殷浩那样朝天空书写"咄咄怪事"发泄怨气，倒不如像司空图那样，寻觅美好的山林游闲自在地去过自己的隐居生活。就算是只有一座山丘，一条谷壑相伴，也是风流潇洒，逸趣多多。我不知至今已经衰损了多少精力，只觉得近来一段时间，即使是上楼观景这件日常小事，都懒于登上楼梯。

鹧鸪天·游鹅湖醉书酒家壁①

【题解】

此词创作时间大致是公元 1182 年，时年辛弃疾四十二岁，被罢官落职，不得不退居田园。作者闲居带湖时常往来鹅湖游赏，故而创作了诸多词赋，这是其中一首。词的上阕写仲春田园的美丽风光以及词人由此引发的感叹，透露出内心的幽怨；词的下阕描绘了一幅朴实闲适的农家生活图景，为幽怨增添了一丝生机，从而表现了怀才不遇的词人面对现实生活之中那种无奈以及这背后所隐藏的不甘于闲居终老的进取之心。

【原文】

春入平原荠菜花②，新耕雨后落群鸦。多情白发春无奈，晚日青帘酒易赊③。

闲意态④，细生涯。牛栏西畔有桑麻⑤。青裙缟袂谁家女⑥，去趁蚕生看外家⑦。

【注释】

①鹧鸪天：词牌名。又名"思佳客""醉梅花""剪朝霞"，"骊歌一叠"等。双调五十五字，平韵。或说调名取自唐代郑嵎"春游鸡鹿塞，家在鹧鸪天"诗句。调始见于宋代宋祁之作。鹅湖：《铅山县志》："鹅湖山在县东北，周回四十余里。其影入于县南西湖，诸峰联络，若狮象犀猊，最高者峰顶三峰挺秀。"《潘阳记》云："山上有湖多生荷，故名荷湖。"东晋人龚氏居山蓄鹅，其双鹅育子数百，羽翮成乃去，更名鹅湖。宋淳熙二年朱熹与吕祖谦、陆九渊兄弟讲学鹅湖寺，后人立为四贤堂。淳祐中赐额"文宗书院"，明正德中徙于山巅，改名"鹅湖书院"。②平原：广阔平坦的原野。荠（jì）菜：一、二年生草本植物。基出叶丛生，羽状分裂，叶被毛茸，柄有窄翅。春天抽花薹，花小，白色。嫩叶可供食用。③晚日：夕阳。青帘：旧时酒店门口挂的幌子，大多是用青布制成。这里借指酒家。④意态：神情姿态。⑤桑麻：桑树和麻。植桑饲蚕取茧和植麻取其纤维，同为古代农业解决衣着的最重要的经济活动。亦泛指农作物或农事。⑥青裙缟袂（gǎo mèi）：青布裙、素色衣。形容贫妇的服饰，通常借指农妇、贫妇。苏轼《于潜女》诗："青裙缟袂于潜女，两足如霜不穿屦。"⑦外家：泛指母亲和妻子的娘家。

【译文】

春天来临，平原之上恬静而又充满生机，白色的荠菜花开满了田野，土地刚刚耕好，又适逢春雨飘落之后，一群群鸦鹊在新翻的土地上时起时落地觅食。多愁善感带来的愁绪染白了头发，这样生机勃勃的春天也拿它没有办法，只好踏着夕阳余晖到酒家店里去饮酒解愁。

这里的乡民们神态悠闲自在，生活过得井然有序。牛栏附近靠西边的空地上种满了桑和麻。春播即将开始，随即就要忙碌起来，不知那是谁家的年轻女子，穿着朴素的白衣青裙，趁着春蚕繁衍前的闲暇时光赶着回去娘家看看。

木兰花慢·可怜今夕月

【题解】

这首词是辛弃疾在上饶带湖闲居时的作品，也是辛弃疾仿屈原《天问》体所作的一首咏月词。词中采用问句形式咏月，于独特新颖之中，充分表现了作者丰富的想象力和大胆的创新精神，因此成为千古绝唱，同时也表现出了作者对国家命运的无限忧思以及对权倾朝野的求和苟全派的愤恨之情。

【原文】

中秋饮酒将旦①，客谓前人诗词有赋待月，无送月者，因用《天问》体赋②。

可怜今夕月③，向何处、去悠悠④？是别有人间⑤，那边才见，光影东头⑥？是天外⑦，空汗漫⑧，但长风浩浩送中秋⑨？飞镜无根谁系⑩？姮娥不嫁谁留⑪？

谓经海底问无由，恍惚使人愁⑫。怕万里长鲸，纵横触破，玉殿琼楼⑬。虾蟆故堪浴水，问云何玉兔解沉浮⑭？若道都齐无恙⑮，云何渐渐如钩？

【注释】

①将旦：天快亮了。②《天问》体：《天问》是《楚辞》篇名，屈原作，文中向"天"提出了一百七十多个问题，用《天问》体，即用《天问》的体式作词。③可怜：令人喜欢，讨人喜欢；值得怜悯。④悠悠：遥远的样子。⑤别有：另外还有之意。⑥光影东头：指月亮从东方升起。光影：这里指月亮。⑦天外：指茫茫宇宙。⑧汗漫：广大，漫无边际；渺茫不可知。⑨送中秋：送走了中秋明月。⑩飞镜：指明月。⑪姮娥：传说中的月宫里仙女嫦娥。⑫谓经海底问无由，恍惚使人愁：意思是，据人说月亮运行经过海底，又无法探明其究竟，真是让人不可捉摸而发愁。谓：据说。问无由：无处可询问。恍惚：指精神游离在外，不能集中，神志不清，思考能力下降，模模糊糊、隐隐约约之意。

⑬"怕万里长鲸，纵横触破，玉殿琼楼"三句：意思是如果月亮果真是从海底经过，就怕海中的鲸鱼横冲直撞，把月中的玉殿琼楼撞坏。长鲸：巨大的鲸鱼。纵横：横冲直撞。玉殿琼楼：代指月亮。神话传说月亮中有华丽的宫殿名为广寒宫。⑭"虾蟆故堪浴水，问云何玉兔解沉浮"两句：意思是蛤蟆本来就会游泳，月经海底对它并无妨害，为什么说玉兔也能在海中沉浮？虾蟆：蛤蟆。传说月中有蟾蜍（蛤蟆）。故：本来。堪：能够。云何：为什么说。玉兔：传说中月亮上有白兔在捣药。⑮无恙：安好，无损伤。

【译文】

中秋饮酒快到天亮之时，客人说，前人的诗词中有很多吟赋待月的，却没有送月的词，因此我便借用屈原的《天问》体作了这首词。

高悬空中那惹人怜爱的月亮啊，今夜你要飘到什么地方去，为何行走如此慢慢悠悠？是不是天外还有一个人间，那里的人刚刚看见，而你的光影却已从东边升起？这就是茫茫的宇宙。天空漫无边际，难道是浩浩长风将那中秋的明月吹远？明月没有根须，不知道是谁用绳索将它系住然后高悬？是谁留住了嫦娥不让她嫁到人间？

据说月亮是经海底运转而升空的，这其中的奥秘无处寻探，真是使人精神游离而捉摸不透导致心中愁烦。很担心那巨大的鲸鱼在海中横冲直撞，将月宫中的玉殿琼楼撞坏。蛤蟆本来就能够在水中游来游去，为什么说玉兔也能在海中自由沉浮？如果说这种情况下依然没有损伤，那么为什么圆月会渐渐变得像银钩一样弯？

鹊桥仙·己酉山行书所见①

【题解】

这首词作于孝宗淳熙十六年己酉（1189）辛弃疾在江西上饶闲居期间，是以农村生活为背景的一首抒情词。词中上片轻描闲居山林，闲看细雨的清幽自乐；词中下片浓墨描摹农家娶妻嫁女，笑语欢腾，稻香千顷的怡然生活。全词反映了作者超脱怡然的情感，情境交融，相互衬托，从而达到了意境旷逸自然，令人陶醉其中。

【原文】

松冈避暑，茅檐避雨，闲去闲来几度？醉扶怪石看飞泉，又却是、前回醒处。

东家娶妇，西家归女②，灯火门前笑语。酿成千顷稻花香，夜夜费、一天风露③。

【注释】

①己酉：淳熙十六年（1189），此时辛弃疾正闲居带湖。②归女：古代"归"的本义指女子出嫁，但已婚女子回娘家也称"归"，所以多意。《说文解字》："归，女嫁也。"③"酿成千顷稻花香"三句：描绘了一幅夜夜的清风白露，酿成一片稻米花香的美景。意在表明风调雨顺，丰收在望。费：用得多；消耗得多。

【译文】

在松岗中躲避酷暑炎热，在茅屋檐下躲避风雨侵扰，如此来来去去悠闲的日子到底还要经历多少次呢？我停下醉酒后摇晃不稳的脚步，手扶嶙峋的怪石，抬眼望飞流直下的瀑布，仿佛珠玉一般莹闪飞溅，醉眼朦胧之中，突然发现又正好是前次酒醒时流连过的地方。

茅屋东边有人家正在娶妻进门，而西边已经出嫁的女儿正巧回娘家省亲，两家门前都灯火通明，亲友云集，呈现出一片欢声笑语。村子外边的田野里阵阵柔风轻拂，它们正在精心酝酿制造成千顷稻花香，仿佛丰收就在眼前了，而每天夜里消耗最多的，正是那满天的风露对于稻谷的滋润。

破阵子·为陈同甫赋壮词以寄之 ①

【题解】

这首词当作于作者失意闲居上饶之时。辛弃疾早年就在家乡历城参加了抗金起义。后来投归南宋以后却遭到排斥打击，长期不得任用，直至闲居多年。宋孝宗淳熙十五年（1188）冬，辛弃疾与陈亮在铅山瓢泉会见，此次分别后辛弃疾填词寄给他，以诉思念之情，之后他们又相互用同一词牌反复唱和，此为其一。此词中，作者通过对早年抗金生涯的追忆，表达了杀敌报国、收复失地的理想，抒发了壮志难酬、英雄迟暮的悲愤心情以及爱国情怀。全词通过笔触创造非凡意境，生动描绘出一种披肝沥胆、忠贞不渝、勇往直前的抗战英雄形象。

【原文】

醉里挑灯看剑②，梦回吹角连营③。八百里分麾下炙④，五十弦翻塞外声⑤。沙场秋点兵⑥。

马作的卢飞快⑦，弓如霹雳弦惊⑧。了却君王天下事⑨，赢得生前身后名⑩。可怜白发生⑪！

【注释】

①破阵子：词牌名。原为唐玄宗时教坊曲名，出自《破阵乐》。陈同甫：陈亮，字同甫（一作同父），南宋婺州永康人。与辛弃疾志同道合，结为挚友。其词风格与辛词相似。②挑灯：把灯芯挑亮。看剑：抽出宝剑来细看。③梦回：回到梦里。说明下面所描写的战场场景，不过是作者旧梦重温。吹角连营：各个军营里接连不断地响起号角声。角：军中乐器，长五尺，形如竹筒，用竹、木、皮、铜制成，外加彩绘。名曰画角。始仅直吹，后用以横吹。其声哀厉高亢，闻之使人振奋。④八百里：指代牛。典出《世说新语·汰侈》篇："王君夫（恺）有牛，名八百里驳，常莹其蹄角。王武子（济）语君夫：'我射不如卿，今指赌卿牛，以千万对之。'君夫既恃手快，且谓骏物无有杀理，便相然可，令武子先射。武子一起便破的，却据胡床，叱左右：'速探牛心来！'须臾，炙至，一脔便去。"这本是晋人斗富的故事，后人便以"八百里"为牛的代称。本词中之意为：把牛肉分给麾下将士烤了吃。分麾（huī）下炙（zhì）：把烤熟的肉分赏给部下。麾下：部下。麾：军中大旗。炙：烤熟的肉。⑤五十弦：原指瑟，此处泛指各种乐器。《史记·封禅书》："太帝使素女鼓五十弦瑟，悲，帝禁不止，故破其瑟为二十五弦。"李商隐《锦瑟》诗："锦瑟无端五十弦，一弦一柱思华年。"翻：此指演奏。塞外声：指悲壮粗犷的战歌。⑥沙场：战场。秋：古代点兵用武，多在秋天。点兵：检阅军队。⑦马作的卢飞快：战马像的卢马那样跑得飞快。作：像……一样。的卢：良

马名，一种烈性快马。⑧霹雳：云和地面之间发生的一种强烈雷电现象。响声很大，能对人畜、植物、建筑物等造成很大的危害。也叫落雷。此处比喻弓弦响声之大。⑨了却：了结，把事情做完。君王天下事：统一国家的大业，此特指恢复中原的大事。⑩赢得：博得。身后：指死后。⑪可怜：可惜；值得怜悯。

【译文】

独饮成醉后，我挑亮灯火观看宝剑，一次次在梦里回到军营，听到冲锋的号角声接连不断地响成一片。将一头头健壮的牛斩杀，把烤熟的牛肉分给部下享用，各种乐器奏起雄壮的军乐传遍塞外上空，以此来鼓舞士气。秋天在战场上阅兵就是这样雄壮。

军中的战马像"的卢"一般跑得飞快，弓箭就像惊雷一样，震耳离弦。一心想替君王完成收复国家失地的大业，在生前和死后取得世代相传的美名。只可惜现在已衰老成了长满白发的人！

千年调·庶庵小阁名曰厄言作此词以嘲之^①

【题解】

本词当作于宋孝宗淳熙十二年（1185），那时辛弃疾被罢官，居住在江西上饶带湖。在南宋朝廷苟且偷安的气氛下，辛弃疾深深感受到官场与社会的虚伪与黑暗：往往是那些极尽阿谀逢迎之徒，反而仕途顺畅；而正直贤能之士，却受到排挤打压。因郑汝谐在信州的宅第有个小阁楼名叫"厄言"，于是作者便借题发挥而写下此词。词中上片连用四个比喻，将世俗小人俯仰随人、巧言令色、四方讨好之丑态，讽嘲得淋漓尽致；下片笔锋一转，采用对比反衬，既言自己刚直不阿、不肯随波逐流，又反衬出"学舌"之流的品格卑下。全词辞锋犀利，嬉笑怒骂皆成文章，堪称精妙的讽刺词。

【原文】

厄酒向人时，和气先倾倒^②。最要然然可可，万事称好^③。滑稽坐上，更对鸱夷笑^④。寒与热，总随人，甘国老^⑤。

少年使酒，出口人嫌拗^⑥。此个和合道理，近日方晓。学人言语，未会十会巧^⑦。看他们，得人怜，秦吉了^⑧。

【注释】

①千年调：词牌名。原名"相思会"，后来辛弃疾改为"千年调"。双调七十五字，上下片各九句、四仄韵。庶庵：一作"蔗庵"，即郑

汝谐，字舜举，号东谷居士，浙江青田人。主抗金，稼轩称他"胸中兵百万"。曾为大理寺少卿，持公论释陈亮，历官吏部侍郎（见《青田县志·人物志》）。卮（zhī）言：没有独立见地、人云亦云的话。语出《庄子·寓言》："卮言日出，和以天倪。"后人亦借作自己言论或著作的谦词。②"卮酒向人时"二句：意思是在讽刺做人如"卮"，满脸和气，一见权贵就倾倒。卮：古时的一种酒器。它满酒时就向人倾倒，酒空时则仰起平坐。陆德明《经典释文》（引王叔之）："卮器满则倾，空则仰，随物而变，非执一守故者也。施之于言，而随人从变，己无常主者也。"③"最要然然可可"两句：最要紧的是万事惟惟诺诺，连连称"好"。然然：对对。可可：可以可以；好好。万事称好：用司马徽事。《世说新语》注引《司马徽别传》："徽有人伦鉴，居荆州，知刘表性暗，必害善人，乃括囊不谈议。时人有以人物问徽者，初不辨其高下，每辄言'佳'。其妇谏曰：'人质所疑，君宜辩论，而一皆言"佳"，岂人所以咨君之意乎？'徽曰：'如君所言亦复"佳"。'其婉约逊遁如此。"④"滑稽"两句：意思是酒器中的滑稽、鸱夷，它们一唱一和，相对而笑，都是一路货色。滑（gǔ）稽：古代的一种流酒器，能转注吐酒，终日不已。鸱（chī）夷：古代一种皮制的酒袋，容量大，可随意伸缩、卷折。两种器具不停地倒酒，喻滔滔不绝、花言巧语、取媚权贵的小人。⑤"寒与热"三句：意思是处世应如甘草，无论寒症热病，均可调和迎合。甘国老：指中药甘草，其味甘平，能调和众药，医治寒、热引起的多种疾病，故享有"国老"之美称。⑥"少年使酒"两句：言己少年时说话不顺世俗，惹人生厌。使酒：在酒宴上借酒使性子。语出《史记·魏其武安侯列传》："灌夫为人刚直使酒，不好面谀。"拗：别扭，不顺，此指不合世俗。⑦"此个和合道理"四句：意思是这种调和折中的处世之道，刚刚懂得，可惜那一套虚伪应酬的语言技巧尚未学到手。⑧"看他们"三句：意思是讽刺他们正像秦吉了，所以博得人们的喜爱。怜：爱怜，疼爱。秦吉了，鸟名，又名鹩哥、八哥，黑身黄眉，善学人语，尤胜鹦鹉。白居易《新乐府·秦吉了》："耳聪心慧舌端巧，鸟语人言无不通。"

【译文】

有些人就像那装满酒就倾斜的卮器，面对权贵之人时就露出一副笑脸，满脸和气地点头哈腰。最重要的是他们只会唯唯诺诺，无论什么事都连声说好。就像那筵席上使用的流酒器滑稽，转注吐酒时，总是对着酒袋鸱夷点头哈腰不停倾倒一样，惹人发笑。不管是受了风寒，还是风热导致疾病，总有一味中药能够调和其中，这就是那号称"国老"的甘草。

我在年轻时不懂人情世故，常常在酒宴上借酒使性子，说起话来也从不讲技巧，别人总嫌我过于执拗。这个凡事需要和稀泥的处世哲学，直到近来我才慢慢知晓。可惜我对那一套虚伪应酬的语言，还没有学会，更不用说达到十分巧妙。你再看那些官场小人，他们可真会讨人喜欢，活像那跟人学舌的鸟儿秦吉了！

水调歌头·九日游云洞和韩南涧尚书韵①

【题解】

淳熙八年（1181），作者因被诬陷罢职已经闲居信州带湖，那时韩元吉寓居信州。二人志趣相投，又同怀恢复中原壮志，故而时常相交游唱和。淳熙九年（1182），二人同游信州云洞，韩元吉当即写了一首《水调歌头》，辛弃疾随即写下这首唱和之作。全词表面上描写自己赋闲家中，醉酒赏花，实际上倾诉了抗金报国壮志难酬的苦闷心情。在结构上打破惯例，通篇以抒怀为主，状物以衬，相映成趣，堪称佳作。

【原文】

今日复何日，黄菊为谁开？渊明谩爱重九②，胸次正崔嵬③。酒亦关人何事，政自不能不尔④，谁遣白衣来。醉把西风扇⑤，随处障尘埃。

为公饮，须一日，三百杯⑥。此山高处东望，云气见蓬莱⑦。翳凤骖鸾公去⑧，落佩倒冠吾事⑨，抱病且登台⑩。归路踏明月，人影共徘徊。

【注释】

①九日：农历九月九日，又称重九、重阳。古人以九月九日作为登高赏菊的节日。云洞：在江西上饶县西开化乡。韩南涧：韩元吉，字无咎，号南涧。孝宗初年，曾任吏部尚书。主抗战，晚年退居信州，曾与稼轩同游，他的词多为抒发山林情趣之作。②渊明：即陶潜，一名渊明，字元亮，私谥"靖节"，浔阳柴桑（今江西九江市）人。东晋末至南朝宋初期伟大的诗人、辞赋家。著有《靖节先生集》。谩：同"漫"，枉然，徒然。谩爱：空爱，徒爱。③胸次：胸怀。《庄子·田子方》："喜怒哀乐不入于胸次。"崔嵬（cuī wéi）：块垒，指胸中郁积的不平之气。④政：同"正"。自：因为。尔：如此。⑤扇：扇动。此处用作动词。尘埃：喻指朝廷之中的主和派。⑥三百杯：形容喝酒之多。李白《襄阳歌》："百年三万六千日，一日须倾三百杯。"⑦蓬莱：古代神话传说是仙人居住的地方。这里借指京城。⑧翳（yì）：用羽毛作的华盖，这里作动词。翳凤：是说乘坐用凤鸟毛作的华盖车。骖（cān）：一

174

车驾三马，或一车驾四马，中间两马叫服，旁边的两马叫骖。这里也作动词。骖鸾：乘坐三只鸾鸟驾的车。这里的意思是说韩南涧走的时候，车马华丽，随从人员很多。⑨落佩：除去官员的佩带。倒冠：摘掉官员戴的帽子。落佩倒冠：脱下帽子，摘去佩玉。形容辞官还乡。借喻隐居生活的狂放不羁。⑩抱病：带病。语出杜甫《九日》诗："重阳独酌杯中酒，抱病起登江上台。"

【译文】

像如今这样日复一日的日子不知要到什么时候，也不知这漫野的黄菊花是为谁而开放的呢？东晋陶渊明也是徒然喜爱重阳赏菊登高，因为当时他胸中始终郁积不平之气。总是借酒浇愁又关他人何事呢，正是因为自身不能得志而不得不如此罢了，还有谁能派遣白衣送酒人前来？此刻只能醉醺醺地扇着扇子，随时随地阻挡秋风吹起的尘埃。

陪您喝酒，必须喝上一整天，喝足三百杯才能尽兴。此刻站在高山之上向东边遥望，可以看见云气蒸腾之中的蓬莱仙境。鸾鸟驾着有凤凰羽毛华盖的豪车载送你来去，而我如今沦落到脱下官帽，摘去佩玉的谪居生活，此时，也只能抱病登高以打发重阳节。如今你在明月的照耀下归去，留下我一人只能伴着月影独自徘徊。

江神子·博山道中书王氏壁^①

【题解】

这首词当作于淳熙十四年（1187）前后。当时辛弃疾遭遇权臣排挤，闲居带湖期间，写下了这首抒写山水田园生活的词作。词中上片描绘了博山道上两旁清幽美丽的景色；词中下片描写饮酒御寒的情景，表达了时光催人老的感叹。全词不甘心只以悠游山水作为此生之终结，于闲适狂放中透露出一缕英雄末路之悲，耐人寻味。

【原文】

一川松竹任横斜^②，有人家，被云遮。雪后疏梅^③，时见两三花。比着桃源溪上路^④，风景好，不争多^⑤。

旗亭有酒径须赊，晚寒些^⑥，怎禁他。醉里匆匆，归骑自随车。白发苍颜吾老矣，只此地，是生涯。

【注释】

①江神子：词牌名，即"江城子"。博山：《舆地纪胜》江南东路信州："博山在永丰西二十里，古名通元峰，以形似庐山香炉峰，故改今名。"②一川：一片平川；满地之意。松竹：松与竹。借以喻节操坚贞；或借以比喻节操坚贞的贤人。③疏梅：稀疏的几枝寒梅。④桃源：即桃花源。陶渊明《桃花源记》："晋太元中，武陵人捕鱼为业。缘溪行，忘路之远近。忽逢桃花林，夹岸数百步，中无杂树，芳

草鲜美，落英缤纷。"按：稼轩有送元济之归豫章之《江神子》词，自注："桃源乃王氏酒垆，与济之之作别处。"⑤不争多：同"不多争"。即差不多。一作"不争些"。⑥晚寒些：一作"晚寒咱"。

【译文】

我信步来到博山，远远望去，一片平川到处都是枝横叶斜自由生长的松与竹，山中稀稀落落有几户人家，仿佛被一片绿色的云雾遮住了一样。经历风雪洗礼后那稀疏的寒梅枝上，时而能看到两三枝绽放的梅花。这景致与陶渊明所说的桃花源溪边路相比，风景美好，看上去真是差不多。

天色很晚了，飘着旗子的酒店里有美酒佳酿，尽管直接去赊来喝吧，不然夜晚来临时将会天气寒冷，咱们怎么能经受得住它的侵袭。醉酒之中不等清醒就匆匆赶路回转，归来时，任凭马拉着车在前边慢慢走，我悠闲地随车而行。走着走着，忽然觉得现在的我已经是头发斑白，容颜苍老，也只能留在这里，就这样度过晚年了。

蝶恋花·何物能令公怒喜①

【题解】

这首词应作于宋孝宗淳熙九年（1182），正是辛弃疾被罢官以后，闲居带湖初期。这首词可能是作者带湖宅第落成之后，向韩元吉求作溪堂记文时所写的词，就像当年请洪迈作《稼轩记》一样。溪堂应该是建在水边的一个具有标志性的建筑，是带湖的主要建筑之一。这首词是赠给韩元吉的，它叙述了作者落职闲居后的生活和喜怒哀乐，表达了作者对韩元吉寄予的希望，可谓千情万意，百感交集，不失豪放乐观的心态。

【原文】

何物能令公怒喜②？山要人来，人要山无意。恰似哀筝弦下齿③，千情万意无时已④。

自要溪堂韩作记⑤，今代机云⑥，好语花难比。老眼狂花空处起，银钩未见心先醉⑦。

【注释】

①蝶恋花：词牌名，出自唐教坊曲，分上下两阕，共六十个字。②令公怒喜：典出《世说新语·宠礼》：王恂、郗超并有奇才，为大司马所眷拔，恂为主簿，超为记室参军。超为人多须，恂状短小，于时荆州为之语曰："髯参军，短主簿，能令公喜，能令公怒。"③哀筝：哀婉的筝声。弦下齿：琴头架弦的齿状横木。④已：止息，停止。⑤"自要溪堂韩作记"句：韩愈有《郓州溪堂诗》，诗前有长，记溪堂修建因由。这里指辛弃疾向韩元吉所求作的溪堂之词赋，就像当年请洪迈为他作《稼轩记》一样完美。韩元吉从兄，名元龙，字子云，仕终直龙图阁、浙西提刑，与韩元吉俱以文学显名当世，有"二韩"之美名，故下句拟之与陆机、陆云相媲美。⑥机云：这里以"二陆"相比"二韩"的才华。《晋书·陆机陆云传》谓陆机"少有异才，文章冠世"，"（陆）云字士龙，少与兄机齐名，虽文章不及机，而持论过之。号曰二陆。"⑦银钩：一种草书体，这里形容字迹优美。《书苑》："晋索靖草书绝代，名曰银钩蔓尾。"白居易《鸡距笔赋》："搦之而变成金距，书之而化出银钩"。见：古同"现"，出现，显露。

【译文】

什么事物能使您欢喜或者是生气呢？山水固然美好，想要人来观赏，人却没有欣然应邀的意愿。这恰恰就像是弹拨了那哀婉的古筝琴头架弦的齿状横木，一经弹起，对于千情万意的表达就没有了止息的时候一样。

自从邀请洪迈给我作了《稼轩记》以后，有幸能得到韩元吉为我的溪堂作词赋，现在看来你的文才超群，你们兄弟就是当代的陆机、陆云，词中美好的词语简直是鲜花的美艳都难以比拟的。可惜我此时已经老眼昏花，仿佛看见了花朵从空白处升起，如同银钩飞舞的字迹还没有完全显露出来，人心就已经开始陶醉了。

念奴娇·洞庭春晚①

【题解】

这首词约作于宋光宗绍熙元年（1190）或二年（1191）。作者罢官以后，一直在带湖家中闲居，在春天的一个夜晚独自饮酒微醉，闻见花香，思念故人，因此写下这首词。词中上片，将洞庭春色的美艳比作佳人倾城，以此来渲染景色清丽；词的下片，通过酒后空对寒窗的回忆，孤灯明灭之中不免有些伤感，由此抒发了自己思念和幽怨之情。全词看似写洞庭春晚景色，实则是写人之心情，以婉曲之笔，抒发了自己对朝中国事的忧虑之情。

【原文】

洞庭春晚，□旧传、恐是人间尤物②。收拾瑶池倾国艳③，来向朱栏一壁。透户龙香④，隔帘莺语，料得肌如雪⑤。月妖真态⑥，是谁教避人杰⑦？

酒罢归对寒窗，相留昨夜，应是梅花发。赋了高唐犹想象⑧，不管孤灯明灭。半面难期⑨，多情易感，愁点星星发⑩。绕梁声在⑪，为伊忘味三月⑫。

【注释】

①洞庭春：古为酒名。这里也指洞庭的春天。②尤物：通常所指代的是容貌艳丽的女子或是珍贵绝美的物品。③瑶池：神话中西王母所居住的地方。一壁：一边，一旁。④龙香：指龙涎香。⑤肌如雪：形容肌肤像雪一样洁白细腻。《庄子·逍遥游》："藐姑射之山，有神人居焉，肌肤若冰雪，绰约若处子。"⑥月妖：典出《甘泽谣》："素娥者，武三思之伎人，相州凤阳门宋媪女。善弹五弦，世之殊色。三思以帛三百段聘焉。素娥既至，三思盛宴以出素娥。公卿毕集，唯纳言狄仁杰称疾不来。三思怒，于座中有言。后数日复宴，梁公至，苍头出曰：'素娥藏匿，不知所在。'三思自入召之，皆不见，忽于堂奥隙中闻兰麝芬馥，乃附耳而听，即素娥语音也。三思问其由，曰：'某乃花月之妖，上帝遣来，亦以荡公之心，今梁公乃时之正人，某固不敢见。'言讫更问，亦不应也。"⑦人杰：杰出的人。此处当指狄仁杰。⑧高唐：宋玉有《高唐赋》。苏轼《满庭芳·香叆雕盘》词："报道金钗坠也，十指露春笋纤长。亲曾见，全胜宋玉，想像赋《高唐》。"⑨难期：难以实现。⑩星星发：指头上出现星星一样繁多的斑白之发。⑪绕梁声：形容声音美好，余音绕梁。《列子·汤问》："韩娥东之齐，匮粮，过雍门，鬻歌假食。既去，而余音绕梁栭，三日不绝。"⑫忘味三月：《论语·迷而》："子在齐闻《韶》，三月不知肉味。"极言《韶》

乐之美。

【译文】

美酒"洞庭春"虽然开坛比较晚，就好像洞庭湖的春天也来得较晚一样，但相传古时候就这样，恐怕这就是它们能被称为人间物之绝美的缘故了。洞庭景色仿佛是收集了天庭王母娘娘的瑶池仙境，才有了如此倾国倾城的美艳，又像是把瑶池挪移到朱栏这一边来了。仿佛通过透出室外散发的阵阵龙涎香味，以及隔着垂帘听到幕后的燕语莺声，就不难猜得出那令人神魂颠倒、洁白如雪的玉肌冰骨。自称花月之妖的素娥容貌绝美，但不知是谁让她避让狄仁杰？

酒宴归来，我独自面对寒窗，恍惚间记起昨夜乘醉赏花之事，那时应该正是梅花绽放的时节。犹如楚襄王梦见巫山神女而下令宋玉作《高唐赋》一样，久久不能忘怀，甚至不去顾及灯火的明亮或者熄灭。如此美好的短暂会面，恐怕以后再难遇见了，然而多情之人自古以来就是易于伤感，以致于因为忧愁而鬓发斑白。洞庭春色之美，犹如听了韩娥的歌声、舜的音乐，始终余音萦绕梁柱，久久不会散去，甚至因为她的出现而到了食而不知其味的痴迷境地。

临江仙·金谷无烟宫树绿①

【题解】

据邓广铭《稼轩词编年笺注》推测，此词大约作于宋孝宗淳熙十三年（1186）之前，辛弃疾闲居在带湖期间。这首词可看成是作者隐居山园期间歌酒生涯的一个组成部分，语言极其雍容淡雅，含蓄温婉，韵味醇厚。词的上片写早春的宫树、氤氲的熏香，引出雨中小楼幽梦，字里行间吐露出淡淡的幽怨；词的下片则由淡变浓，从暗转明，道出思念去年海棠花下相识之人，并为此忧愁消瘦，以及"忍泪觅残红"的幽怨。

【原文】

金谷无烟宫树绿②，嫩寒生怕春风③。博山微透暖薰笼④。小楼春色里，幽梦雨声中。

别浦鲤鱼何日到⑤，锦书封恨重重⑥。海棠花下去年逢。也应随分瘦⑦，忍泪觅残红⑧。

【注释】

①临江仙：词牌名，原为唐代教坊曲名。格律俱为平韵格，双调小令，常见者全词分两片，上下片各五句，三平韵。②金谷：金谷园，本为晋代石崇的别墅，这里代指词人自己的山园。③嫩寒：微寒。④博山：此指博山炉，又称博山香炉、博山香薰、博山薰炉等名，是

中国汉、晋时期民间常见的焚香所用的器具。常见的为青铜器和陶瓷器。薰（xūn）笼：罩在香炉上的竹笼。⑤别浦（pǔ）：友人分别的水岸边。鲤鱼：指书信。蔡邕《饮马长城窟行》："客从远方来，遗我双鲤鱼。呼儿烹鲤鱼，中有尺素书。"⑥锦书：用锦织写成的书信，一般指情书。此借用窦滔妻苏氏织锦为《回文璇玑图》诗以赠其夫事。⑦随分：依据本性；按照本分，照例。⑧残红：残败凋落的鲜花。

【译文】

现在正是不举烟火的"寒食节"，金谷园内各种名贵的树木，各自在园子里隐隐透出一丝绿色，初春时节那微微的寒意，怯生生地在春风中瑟瑟抖动着。焚烧香料的博山炉里微微透出暖气，温暖着罩在香炉上的薰笼。浓郁的春色围绕在小巧的阁楼周围，在轻柔的雨声里，佳人做着温馨的梦。

在那日分别的渡口，传送书信的鲤鱼哪一天才能到来呢？想当年苏氏女日夜锦织写给夫君的书信，一定是包裹着千般愁绪、万般怨恨了。还记得相逢之时是在去年，就在那一株海棠花下。依据本性，由于相思的折磨，她一定消瘦许多，也许此刻正忍住相思的泪水，独自寻找那零落飘散的片片残红吧。

西江月·遣兴

【题解】

此词当作于庆元年间辛弃疾闲居瓢泉期间。当时南宋朝廷昏暗，君王只图享乐，不思恢复国土大业，作者忧心如焚，却又无可奈何，于是创作此词以发泄胸中愤懑之情。全词借醉酒之言来抒发自己怀才不遇、壮志难酬的伤感和愤慨，表现出一种豁然、旷达的豪情。上片写闲居中的饮酒读书生活，下片描写醉中情态。全词语言明白如话，文字生动活泼，体现了作者晚年清丽淡雅的词风。

【原文】

醉里且贪欢笑，要愁那得工夫①。近来始觉古人书，信着全无是处②。

昨夜松边醉倒，问松"我醉何如"③。只疑松动要来扶④，以手推松曰"去"⑤！

【注释】

①那：古同"哪"，哪里。②"近来"二句：语本《孟子·尽心下》："尽信书，则不如无书"。③何如：用于询问。意思是指如何，怎么样。语出《左传·襄公二十七年》："子木问于赵孟曰：'范武子之德何如？'"④疑：猜度（duó）；疑惑，不能断定的。⑤"以手"句：套用《汉书·龚胜传》："胜以手推（夏侯）常曰：'去！'"

【译文】

酒醉之时我暂且只顾贪图欢笑，哪还有工夫想要去发愁受苦。我近来才开始觉察，那些古人所著的书也未必完全可信，如果完全相信书中所说，那么就没有完全正确的地方了，或许还会落得个一无是处。

昨晚我又喝醉了，醉倒在一棵松树边，醉眼朦胧地笑问松树："我醉得怎么样呀？"恍惚中只见松枝微颤，我猜疑松树将要走过来将我搀扶，于是赶快用手推开松树说："快走开！去你的吧！"

贺新郎·赋琵琶

【题解】

此词约作于 1182 年到 1188 年间，正是辛弃疾闲居江西上饶时期。全词以杨贵妃的"凤尾龙香拨"《霓裳曲》罢开篇，以弹琵琶为喻，论国家的兴亡，以及弹曲人心中"恨难说"的忧郁与苦不堪言。词的上片用三个有关琵琶的典故来议论和抒情；词的下片借思妇弹奏琵琶表达对远征人的思念，抒发自己对北方国土的怀念，然后以玄宗与贵妃沉迷于玩赏的故事作结，以"呜咽"来暗寓南宋之衰败，令世人警醒。全词表达了作者虽然怀有满腔报国热情，却至今壮志难酬的苦闷忧伤，抒发了自己心系国家安危的爱国情怀。

【原文】

凤尾龙香拨①。自开元、《霓裳曲》罢②，几番风月？最苦浔阳江头客③，画舸亭亭待发④。记出塞、黄云堆雪。马上离愁三万里，望昭阳宫殿孤鸿没⑤。弦解语，恨难说。

辽阳驿使音尘绝⑥。琐窗寒⑦、轻拢慢捻，泪珠盈睫。推手含情还却手，一抹《梁州》哀彻。千古事、云飞烟灭。贺老定场无消息⑧，想沉香亭北繁华歇⑨。弹到此，为呜咽。

【注释】

①凤尾龙香拨：指杨贵妃怀抱弹过的琵琶。凤尾：凤尾琴。龙香拨：用龙香木料制成的拨子。用以弹奏月琴、琵琶等弦乐器。唐郑嵎《津阳门》诗："玉奴琵琶龙香拨，倚歌促酒声娇悲"。自注云："贵妃妙弹琵琶，其乐器闻于人间者，有逻逤檀为槽、龙香柏为拨者。"②开元：为唐玄宗李隆基的年号。《霓裳曲》：相传是根据唐明皇梦游月宫闻仙乐的传说编写。旋律温润典雅，清丽飘逸，是描写月色的精品之作，是唐代宫廷特有的乐曲。《霓裳曲》罢：暗用白居易《长恨歌》"渔阳鼙鼓动地来，惊破《霓裳羽衣曲》"诗意，谓安禄山叛乱，惊破了唐玄宗的艳梦，暗含兴亡之感。《霓裳曲》，即《霓裳羽衣曲》。

③客：游客，诗客，此指李白。浔阳江头客：用唐代白居易《琵琶行》以叙事。"浔阳江头夜送客，枫叶荻花秋瑟瑟。"交代了此刻的地点，是浔阳江头。即指长江在今江西九江市北的一段。④画舸（gě）：画船。⑤孤鸿：孤单的鸿雁。"记出塞"三句：引用王昭君出塞故事。⑥辽阳：此泛指北方。唐沈佺期《独不见》："九月寒砧催木叶，十年征戍忆辽阳。白狼河北音书断，丹凤城南秋夜长。"⑦琐窗：镂刻有连琐图案的窗棂。轻拢慢捻：是演奏琵琶的指法与运用。唐白居易《琵琶行》："低眉信手续续弹，说尽心中无限事。轻拢慢捻抹复挑，初为《霓裳》后《六幺》。"⑧贺老：指贺怀智，唐开元天宝年间善弹琵琶者，造诣极深。定场：即压场，犹言"压轴戏"。唐元稹《连昌宫词》："夜半月高弦索鸣，贺老琵琶定场屋。"⑨沉香亭：指唐代亭子，在长安兴庆宫图龙池东。《松窗杂录》载，玄宗与杨贵妃于此亭观赏牡丹。唐李白《清平调》："解释春风无限恨，沉香亭北倚阑干。"

【译文】

雕以凤尾纹饰槽，又以龙香柏为拨，这是一把杨贵妃曾弹拨的琵琶。从盛唐开元年间弹奏令人昏醉的《霓裳羽衣曲》后，所有辉煌都成了过眼云烟，这其中又经历了多少岁月变迁呢？最悲苦不幸的莫过于浔阳江头的诗客了，眼望着高大富丽的画船将要出发，却只能留在江岸听尽凄切的琵琶一曲。曾记得汉朝美人王昭君奉旨出塞之时，漫天黄云滚滚堆压在皑皑白雪之上。马背上响起的悠悠琵琶声，牵动了远涉三万里的离愁，而此刻，回望远在长安的昭阳宫殿，唯有孤飞的大雁渐渐消失在天的尽头。纵然琵琶弦能懂得人间的万语千言，可是这心中的无尽幽怨却难以诉说。

征人去北方征战已经多年，如今辽阳驿道上久久不见来往信使疾驰扬起的烟尘，甚至音讯全无。闺阁琐窗中的思妇，只感到寒意袭人，纤纤玉手轻轻收拢，又慢慢地捻拨琴弦，眼睫毛上早已悄悄沾满了泪珠儿。含情脉脉地在琴弦上将手指推向前，又轻轻向后收回停住，直弹得一支《梁州》曲，从头到尾都是无尽的哀伤。有道是，千古至今的往事，都已随着时光云飞烟灭。就像那开元盛世的大唐琵琶高手贺怀智弹奏一曲压场的盛况，早已没有了声息，遥想那唐明皇与杨贵妃游赏牡丹，以及奉旨伴游的诗仙李白作新词于沉香亭北的繁华景象，也早已就此停歇而辉煌不再了，一曲琵琶弹到这儿，怎不让人为之呜咽，令人伤心欲绝。

卷三

浣溪沙·壬子春赴闽宪别瓢泉

【题解】

　　这首词作于绍熙三年（公元 1192）的春天。辛弃疾至此被罢黜，闲居上饶带湖整十年。这一年重被南宋当局任命福建提点刑狱，因而在赴闽时写下此词。词中体现了自己奉命出发时，对于出仕与继续归隐问题一直纠结不定的心情，表达了他既忧心国事，又怕依然不被重用而壮志难酬；如今违背当初归隐决心，又唯恐被世人以"假隐士"耻笑的矛盾心理，进而揭示了当时南宋朝廷的黑暗。

【原文】

　　细听春山杜宇啼①，一声声是送行诗。朝来白鸟背人飞②。

　　对郑子真岩石卧③，赴陶元亮菊花期④。而今堪诵《北山移》⑤。

【注释】

　　①杜宇：鸟名，又名杜鹃、子规。其鸣声凄切，能使游人起思乡之念。②白鸟背人飞：温庭筠《渭上题三首》诗："桥上一通名利迹，至今江鸟背人飞。"白鸟：一种水鸟。背人飞：上句所描写的杜宇啼鸣犹如送行诗与这句的白鸟背人飞，都是不忍相别的意思。③郑子真：汉时谷口人。这里是指作者回忆自己十年的田园生活。④陶元亮：陶渊明，字元亮，世号靖节先生，东晋末期南朝宋初期诗人、文学家、辞赋家、散文家，尤喜爱菊花。⑤《北山移》：即指《北山移

文》，这是南朝齐代孔稚珪的传世名篇。移文，所指的是文书的一种，与檄文相似。当时与孔稚珪同时代的周颙曾隐居北山，后来应诏出任海盐县令，期满入京，再经北山之时。孔稚珪便假托山神之意，作此文声讨他，并借北山山灵的口吻，嘲讽了当时的名士周颙故作高蹈而又醉心利禄的行径，不许他再到北山来，表现了作者对利禄熏心的假隐士的深恶痛绝。本词中辛弃疾此时恰逢应诏出山，自然是异常高兴的，并决心献身于国，不再闲居上饶终了，可又唯恐被世人以"假隐士"耻笑。

【译文】

仔细侧耳倾听，听到了春山里传来杜鹃的啼鸣，一声声哀婉凄切，就是一首首为我送行的诗篇，又仿佛是在盼着我早日归来。早上飞来的白鸟，忽而背向我黯然飞去，似乎是在责怪我违背当初来此居住时的誓言而与其分离。

想当初，我真的很想效

仿前人郑子真，对着岩石坐卧，就此隐居山林，也想奔赴在陶渊明寻觅桃花源的路上，当与遍地菊花不期而遇，便就此终老田园。而如今我有幸应诏出山，从此再度出仕为官，不过，这恐怕要被人用《北山移文》来耻笑我了。

贺新郎·和前韵①

【题解】

这首词是吟咏福州西湖的作品，应当作于宋光宗绍熙三年（1192），当时作者任福建提点刑狱。词中运用丰富的联想，从古今人文景观对西湖进行描叙，以及作者在西湖生活分别作了多角度、多层次的着笔，纵横驰骋，恢宏壮阔，极富豪迈韵致。写作手法上，既照应了开头，又使前后形成鲜明对比，突显了他对西湖之爱高于其他。全词通过两层对比，把游西湖、咏西湖、爱西湖之意充分表达出来，完满地表达了主题。

【原文】

觅句如东野②。想钱塘、风流处士③，水仙祠下④。更忆小孤烟浪里，望断彭郎欲嫁⑤。是一色空蒙难画。谁解胸中吞云梦⑥，试呼来、草赋看司马⑦。须更把，《上林》写⑧。

鸡豚旧日渔樵社⑨。问先生⑩：带湖春涨，几时归也？为爱琉璃三万顷⑪，正卧水亭烟树。对玉塔、微澜深夜⑫。雁鹜如云休报事⑬，被诗逢敌手皆勍者⑭。春草梦⑮，也宜夏。

【注释】

①和前韵：是指使用自己之前游西湖所作的《贺新郎·翠浪吞平野》词的韵再咏西湖。②东野：唐代诗人孟郊，字东野，其诗均苦思而得，深为韩愈所推重。又《三山志》谓福州东禅院有东野亭，蔡襄书额。③风流处士：指林逋。逋性孤高自好，喜恬淡，勿趋荣利。自谓："然吾志之所适，非室家也，非功名富贵也，只觉青山绿水与我情相宜。"林逋终生不仕不娶，无子，惟喜植梅养鹤，自谓"以梅为妻，以鹤为子"，人称"梅妻鹤子"。④水仙祠：在杭州西湖。苏轼《书林逋诗后》："不然配食水仙王，一盏寒泉荐秋菊。"《咸淳临安志》七十一《祠祀》一："水仙王庙，在西湖第三桥北。"同卷载袁韶《水仙祠记》有云："质诸《临安志》，广润龙君祠即水仙王庙。按钱塘水仙之事，始见于苏文忠公诗。石本今存，自书其左方曰：'今西湖有水仙王庙。'仙之庙于湖，公出守时盖无恙，后莫知庙所在。……故赵君夔注苏公诗，考验无所得。"⑤小孤、彭郎：《归田录》卷二："江南有大小孤山，在江水中，巋然独立，而世俗转'孤'为'姑'。江侧有一石矶，谓之澎浪矶，遂转为彭郎矶。云彭郎者，小姑婿也。"苏轼《李思训画长江绝岛图》诗："舟中贾客莫漫狂，小姑前年嫁彭郎。"⑥谁解胸中吞云梦：典出司马相如《子虚赋》："子虚曰：'……臣闻楚有七泽，尝见其一，……名曰云梦。云梦者，方九百里，……'乌有先生曰：'是何言之过也！……齐东陼巨海，南有琅邪，……秋田乎青丘，傍偟乎海外，吞若云梦者八九，于其胸中曾不蒂芥。'"《史记·司马相如列传》："蜀人杨得意，为狗监，侍上。上读《子虚赋》而善之，曰：'朕独不得与此人同时哉！'得意曰：'臣邑人司马相如，自言为此赋。'上惊，乃召问相如。相如曰：'有是。然此乃诸侯之事，未足观也，请为天子游猎赋。'……奏之天子，天子大说，其辞曰：'……楚

卷三

193

则失矣，齐亦未为得也。……独不闻天子之上林乎？'"按：稼轩用司马相如子虚上林事，其意即以福州西湖方之临安西湖也。⑦草赋：即创作诗赋。语出宋陆游《晚秋野兴》诗："一生眼境常如此，草赋凭谁问大钧。"宋陆凝之《念奴娇》词："长记草赋梁园，凌云笔势，倒三江秋色。"⑧上林：即《上林赋》，是西汉辞赋家司马相如创作的一篇赋，是《子虚赋》的姐妹篇。此赋先写子虚、乌有二人之论不确来引出天子上林之事，再依次夸饰天子上林苑中的水势、水产、草木、走兽、台观、树木、猿类之胜，然后写天子猎余庆功，最后写天子悔过反思。全赋规模宏大，词汇丰富，描绘尽致，渲染淋漓。⑨鸡豚（tún）：鸡和猪。古时农家所养的禽畜。这里指不问世事，隐居山野过着"黄鸡白酒"一样的惬意生活。⑩先生：作者自指。带湖：在江西上饶，为辛弃疾曾经被罢职闲居之地。⑪琉璃三万顷：指福州西湖烟波浩渺。语出杜甫《渼陂行》："波涛万顷堆琉璃"。⑫"对玉塔"句：苏轼惠州作《江月五首》其一云："一更吐山月，玉塔卧微澜。正似西湖上，涌金门外看。"辛词此句即用苏诗意，谓福

州西湖亦似杭州西湖也。"玉塔"非实指某塔，乃指月在水中之倒影而言。⑬雁鹜（wù）：指鹅和鸭。这里借指府衙文吏，像鸭鹅一样聒噪又唯唯诺诺随声附和。⑭劲（qíng）者：强手，劲敌。⑮春草梦，也宜夏：《南史·谢惠连传》："谢惠连年十岁能属文，族兄灵运加赏之，云：'每有篇章，对惠连辄得佳句。'尝于永嘉西堂思诗，竟日不就，忽梦见惠连，即得'池塘生春草'，大以为功。常云：'此语有神功，非吾语也。'"

【译文】

我作词喜欢寻觅好词句，就像唐代诗人孟东野作诗那样反复推敲。遥想钱塘那些如林逋一样不趋荣利的风流处士，多少动人诗篇流传于杭州西湖的水仙祠下。不禁又想起，小孤山站在烟涛波浪里，那望眼欲穿想要嫁给彭郎矶的娇媚神情。这一色空濛的神色，实在是令人难以描画。试问还有谁能懂得西湖浩渺宏大，气吞云梦的胸怀，创作辞赋来夸赞西湖的事还得看司马相如，尝试着把他叫来吧。也只有像司马相如这样能写出《上林赋》的人，才能描绘出西湖的王者之气。

就像过去的日子里贤人隐士那样隐居山野，过着苏轼笔下"黄鸡白酒渔樵社"般的惬意生活。曾经有人问我：带湖遇到春水泛滥就会上涨，你逍遥在山水之乐的无穷无尽之中，什么时候归来呢？其实，我喜欢那琉璃一般鳞光闪闪三万里，烟波浩渺的西湖，此时我正醉卧在水亭烟谢中。面对玉塔而立，于深夜之中细细欣赏湖水的微澜。成群的鸭鹅浮游在水面之上，就像相互谈论着什么似的，请不要拿无味的杂事来劳烦我了。遭受诗词的困扰，在吟咏西湖的词句上碰上了强劲对手。我要像当年谢灵运那样，做一个"池塘生春草"的好梦，我想也很适宜这个盛夏。

小重山·三山与客泛西湖^①

【题解】

这首词作于宋光宗赵惇绍熙三年（1192），当时辛弃疾在福建提刑任上，并没有实现自己所追求的建功立业的志向，只能寄情山水。词中上片主要描写西湖的优美景致，透出自己无奈中的颓放与悲哀；词中下片赋写与客游西湖的快乐，同时也暗示出自己遭遇迎面顶头风的侵袭，索性酣醉于浪花的颠簸之中不再前行，显示自己不惧狂风巨浪的风骨。全词即景抒情，悠悠道出虽然风光无限，却人已衰老的伤感，以及对君恩凉薄的嘲讽。

【原文】

绿涨连云翠拂空。十分风月处，着衰翁^②。垂杨影断岸西东。君恩重，教且种芙蓉^③。

十里水晶宫^④。有时骑马去，笑儿童。殷勤却谢打头风^⑤。船儿住，且醉浪花中。

【注释】

①小重山：词牌名，又名《小重山令》。唐人例用以写"宫怨"，故其调悲。五十八字，前后片各四平韵。三山：福州旧称。②着衰翁：住着衰老的老翁。这里是作者的自称。③芙蓉：荷花的别名。教且：同"且教"，因协平仄而倒置。④十里水晶宫：语出《闽都记》："西湖周

围十数里，王延钧筑室其上，号水晶宫。时携后庭游宴，不出庄陌，乃由子城复道跨罗城而下，不数十步至其所。"⑤打头风：据欧阳修《归田录》及叶梦得《避暑录话》，俱谓"打"音，则当读若"顶"，同"顶头风"。此处用拟人手法，说自己既然遭遇到迎面而来的逆风，那么就不再往前行船，索性酣醉于这被风激起的浪花中。以"打头风"象征阻碍他的政治力量，但也含有不为风浪所吓倒的风骨。

【译文】

　　碧绿的湖水与天空的云连接在一起，一片苍翠拂拭着天空。西湖的风光十分美丽，在这风景宜人的地方，住着我这个日渐衰老的老翁。湖堤上的垂杨柳绿影婆娑，遮断了东西两岸。君王的恩情太深重了，照顾我这个衰老的老翁，暂且居住在这里栽种芙蓉。

在这个周围方圆数十里的西湖中，有闽王留下的水晶宫。我常去那里游览观赏，有时独自骑马去，儿童看见了都嘲笑我是个老顽童。在西湖泛舟游玩的时候，殷勤划桨也难免遭遇迎面而来的逆风，但我却真情实意感谢顶头风。此刻可以将船儿停住不再前行，那么姑且让我们在这荡漾的浪花中，痛痛快快地畅饮欢醉吧。

添字浣溪沙·三山戏作①

【题解】

此词作于宋光宗绍熙三年（1192），当时作者在福建任所，前一年被起用为福建提点刑狱，次年赴任。此词先回忆了自己在瓢泉耽酒吟诗的逍遥生活；接着写突然奉诏赴任，自我感觉前程吉凶难测；然后慨叹自己已经年迈力衰，并借鹧鸪啼鸣托意，隐寓壮志难酬之情；最后以杜鹃哀婉的啼鸣之声，表示与其报国无望，不如归隐山林。全词以流畅的词韵、暗蕴深意的禽鸟鸣声以及调侃的语气，抒发了自己面对重新赴任的彷徨忧郁之情。

【原文】

记得瓢泉快活时②，长年耽酒更吟诗。蓦地捉将来断送，老头皮③。
绕屋人扶行不得④，闲窗学得鹧鸪啼。却有杜鹃能劝道，不如归⑤！

【注释】

①添字浣溪沙：词牌名，即"摊破浣溪沙"，一名"山花子"。实

为"浣溪沙"之别体，不过上下片各增三字，移其韵于结句而已。双调，四十八字，上片四句三平韵，下片四句两平韵。三山：福建省福州市的别称。②瓢泉：在江西省铅山县稼轩乡期思村瓜山下。《铅山县志》卷五《古迹》载："瓢泉，在县东二十五里，泉为辛弃疾所得，因而名之。"③"长年耽酒"三句：典出《苕溪渔隐丛话》前集四十二："真宗既东封还，访天下隐者，得杞人杨朴，能诗。及召对，自言不能。上问：'临行有人作诗送卿否？'朴言：'惟臣妾有一首云：更休落魄耽杯酒，且莫猖狂爱咏诗。今日捉将官里去，这回断送老头皮。'上大笑，放还山。"耽（dān）酒：极好饮酒之意。④行不得：据《本草》记载，鹧鸪鸟的叫声就像是在说："行不得也，哥哥"。⑤却有杜鹃能劝道，不如归：《本草》谓杜宇鸣声若云："不如归去"。杜鹃，有一名称"杜宇"。

【译文】

曾记得居住在铅山瓢泉时的快乐时光，无比逍遥自在。那时可以长年累月都沉溺于美酒之中，更令人欢喜的是，可以尽情吟诗作词。突然接到圣命奉诏赴任，断送了我的赋闲时光，这一去前途难料，但愿像杞人杨朴一样保住这身老头皮，被放还山林。

如今，我这个只知道围绕房前屋后休闲而胸无大志之人，早已人老力衰，行走时都需要人来搀扶，时常闲倚轩窗，慢学鹧鸪鸟的啼叫："行不得也，哥哥。"但有时也有杜鹃劝我说："不如归去吧！"

水调歌头·壬子被召端仁相饯席上作①

【题解】

这首词作于宋光宗绍熙三年（1192）底，是一首感时抚事的答别之作。辛弃疾于当年冬被宋光宗召见赶赴临安赴任。当时陈岘（字端仁）为他设宴饯行，辛弃疾深知此行壮志难酬，却又无可奈何。全词以"恨"字为主线，发泄对当权者的愤恨。词中上片开头直写"长恨"，说明怨恨的心情长久无法消除，随之以"复长恨"表示对当朝黑暗势力的愤恨，然后接连用典故说明自己贞洁的情操好比兰蕙，刚毅正直好比秋菊；词中下片揭露了朝廷本末倒置的怪象，因此决心"归与白鸥盟"，表达了刚毅不屈的品德与愤世疾俗的风骨。

【原文】

长恨复长恨②，裁作短歌行。何人为我楚舞③，听我楚狂声④？余既滋兰九畹，又树蕙之百亩，秋菊更餐英⑤。门外沧浪水，可以濯吾缨⑥。

一杯酒，问何似，身后名？人间万事，毫发常重泰山轻⑦。悲莫悲生离别，乐莫乐新相识，儿女古今情⑧。富贵非吾事，归与白鸥盟⑨。

【注释】

①壬子：指绍熙三年（1192）。端仁：即陈岘，字端仁，闽县人。

状元陈诚之之子，绍兴二十七年（1157）王十朋榜进士。曾先后任平江守、两浙转运判官、福建市舶。淳熙九年（1198）在四川安抚使任上罢职回家。②长恨复长恨：原本悠长的愤恨，又加上一重《长恨歌》那样绵绵无期的愤恨。长恨：暗用白居易的《长恨歌》："天长地久有时尽，此恨绵绵无绝期。"短歌行：乐府平调曲名。《乐府解题》："魏武帝'对酒当歌，人生几何'、晋陆机'置酒高堂，悲来临觞'皆言当及时为乐。"③楚舞：《史记·留侯世家》："上目送之，召戚夫人指示四人者曰：'我欲易之，彼四人辅之，羽翼已成，难动矣。吕后真而主矣。'戚夫人泣，上曰：'为我楚舞，吾为若楚歌。'歌曰：'鸿鹄高飞，一举千里。羽翮已就，横绝四海。横绝四海，当可奈何！虽有矰缴，尚安所施！'歌数阕，戚夫人嘘唏流涕，上起去，罢酒。"④楚狂声：指楚国的狂人接舆（jiē yú）的《凤兮歌》。接舆曾路过孔子的门口，歌曰："凤兮！凤兮！何德之衰？往者不可谏，来者犹可追。已而！已而！今之从政者殆而！"（见《论语·微子篇》）当面讽刺孔子迷于从政，疲于奔走，《论语》因此称接舆为"楚狂"。⑤"余既滋兰九畹（wǎn）"三句：引用屈原诗句，以屈原的高尚情操和志节自况。典出《楚辞·离骚》："余既滋兰之九畹，又树蕙之百亩""朝饮木兰之堕露兮，夕餐秋菊之落英。"百亩：与"九畹"都属于数量词，形容广大。⑥"门外沧浪水"二句：语出《楚辞·渔父》："沧浪之水清兮，可以濯我缨，沧浪之水浊兮，可以濯我足。"缨：本义是系在脖子上的帽带。这两句的意思是：对清水、浊水态度要明确，不要然然可可，表示了他刚正清高的品德。⑦"人间"二句：语出《庄子·齐物论》："天下莫大于秋毫之末，而泰山为小。"毫发：毛发，喻极细小的事物。这句是说人世间的各种事都被颠倒了。⑧"悲莫悲生离别"三句：语出《楚辞·九歌·少司命》："悲莫悲兮生离别，乐莫乐兮新相识。"这里是对陈端仁说的，表示他对陈端仁有深厚的感情。⑨"富贵非吾事"二句：语出陶渊明《归去来辞》："富贵非吾愿，帝乡不可期。"这里以陶渊明自况，抒发了自己淡泊名利、洁身自好的高尚情怀。与白鸥盟：与白鸥结盟。

【译文】

心中原本悠长的愤恨，今又加上一重《长恨歌》那样绵绵无期的愤恨，我把它剪裁以后写成一曲短歌行。不知会有谁前来安慰我，肯为我跳起轻盈楚舞，我放声高歌楚狂人接舆的狂歌，又会有谁来听？我种植的九畹兰花已经枝叶茂盛，又种植了百亩蕙草，也已经香气云蒸，秋菊更是花香四溢，摇曳着可以用来佐餐的菊花。门外沧浪之水清澈，可以用来洗涤我的帽缨。

举起一杯美酒，试问你怎能比得上这身后名？人间常有万般怪事，常把毛发看得很重，却说泰山很轻，甚至于黑白混淆、是非颠倒，理难评。悲哀之中没有什么比生离死别更伤情的了，快乐之中没有什么能比结识一位新朋友更能快乐几层，这是古往今来的儿女本性。追逐富贵并不是我的志愿行径，我要一心归隐山林，与白鸥结友为盟。

鹧鸪天·三山道中

【题解】

　　这是作者在离别三山、赴临安道上所写的词作。它十分真实地反映出作者因前景不测而后悔出仕的复杂心情。上片起韵以"抛却"和"却来"相对照，明显地表现出对闲居带湖与瓢泉那种惬意的诗酒安乐生活的留恋，以及对官场仕途的了无兴趣；下片转眼展望未来，反而心情压抑，巧妙地以"新剑戟"与"旧风波"对举，使词意自然转入对现实里"剑戟"一样的官场争斗的厌恶与担心，突出了一个认清时局之人处于两难之地的矛盾与痛恨。

【原文】

　　抛却山中诗酒窠①，却来官府听笙歌②。闲愁做弄天来大③，白发栽埋日许多④。

　　新剑戟⑤，旧风波。天生予懒奈予何⑥。此身已觉浑无事，却教儿童莫恁么⑦。

【注释】

　　①抛却：意思是丢掉、放弃。诗酒窠（kē）：指诗人和酒徒安居或聚会的处所。此指在上饶家中饮酒赋诗词。窠：鸟兽昆虫的窝。②听笙歌：语出苏轼《浣溪沙·荷花》："且来花里听笙歌。"笙歌：指合笙之歌。也可指吹笙唱歌或奏乐唱歌。③闲愁：无端无谓的忧愁。此指

为国事忧愁。④白发栽埋日许多：语出王安石《偶成》二首："年光断送朱颜老，世事栽培白发生。"⑤剑戟：古时的两种武器。此暗喻官场斗争。⑥予：我。⑦恁（nèn）么：这么，这样；那么，那样。

【译文】

我放弃了隐居山林期间尽情饮酒赋词的安乐窝，却来到官府里听那些令人沉溺奢靡的笙歌。为了国家前途，总有一些无端无谓的忧愁袭来，被它捉弄得事态严重比天还大，忧愁在我的头上栽埋的白发，一天一天地多了起来。

朝廷里那些主张征战与求和的两派斗争很激烈，形同战场之上的挥剑舞戟，他们掀起的旧风波还没有平息，却又酝酿出了新的害人花招。可是上天生养了我，却又赐予我如此懒散，又能把我怎么样呢？我现在已经觉得完全没有什么事可做了，但却没有忘记教育孩子们，不要学我这么懒散无为的样子。

西江月·癸丑正月四日自三山被召经从建安席上和陈安行舍人韵^①

【题解】

这首词是绍熙四年（1193）的正月初四，辛弃疾被召赴京城，在建安陈安行设宴迎接宴上所作。此词很明显表现了他对这次被召的冷淡态度。"玉殿何须侬去"，说出了他的内心话。他知道南宋王朝不信任他，也不重用他，不过是为了拿他当作"抗金"的招牌罢了，所以他才有"趁取西湖春会"之句，表示出自己退隐山林的思想，同时也是一种抗议。全词言语真挚强烈，再次将自己始终如一的满腔爱国之情袒露出来。

【原文】

风月亭危致爽^②，管弦声脆休催。主人只是旧情怀，锦瑟旁边须醉^③。

玉殿何须侬去^④，沙堤正要公来。看看红药又翻阶^⑤，趁取西湖春会^⑥。

【注释】

①陈安行：楼钥《攻愧集》卷八十九《华文阁直学士奉政大夫致仕赠金紫光禄大夫陈公行状》："本贯兴化军莆田县，陈公居仁字安行，绍兴二十一年登进士科。隆兴二年，寿春魏公使金，公尝掌事之，辟

公为书状官。卒遂成礼减岁币而还，公之赞画为多。……除户部右曹郎官，特旨转行朝议大夫，且语丞相曰：'治行方为天下第一，一官不足道。'……会枢属阙员，上曰：'岂有人才如陈居仁而可久为郎乎。'即除枢密院检详诸房文字。……兼直学士院。王言俱出公手，应之不繁。上曰：'向来中书或用三人，今内外制独陈居仁一人当之，略不见其难。'绍熙三年进焕章阁待制，移建宁府。建去行在所不远，朝家益知公为详。改知镇江府。少以文受知于魏丞相、汪端明应辰，进学不倦，文亦愈工。尚书韩公元吉称之曰：'文词温润，有制诰体，异时必以名世。'周益公尤爱公之文，时以佳句诵于百僚上，又荐之孝宗，曰：'某交游多矣，耐岁寒者，惟公一人。'此相知之最深者也。"②风月亭危：在很高的亭上欣赏风景。③锦瑟句：杜甫《曲江对雨》："何时诏此金钱会，暂醉佳人锦瑟旁。"锦瑟：乐器名，是指绘文如锦缎一样的瑟。④侬（nóng）：人称代词。在古吴语和现代吴语中有四种意思：你、我、他、人。沙堤：唐代专为宰相通行车马所铺筑的沙面大路。《唐国史补》：宰相初拜，京兆使人载沙填路，自私第至于城东街，名沙堤。⑤红药翻阶：语出谢朓《直中书省诗》："红药当阶翻，苍苔依砌上。"看看：查看，细看；转眼之间，即将。红药：红芍药花。⑥趁取：犹趁着。取，助词。

【译文】

站在这高高的亭子上，欣赏眼前美丽的风光，能给人带来清爽舒适又快意的感觉，耳边传来轻快清脆的管弦乐声，但也不要再去催促他们演奏了。主人是我的老朋友，但是对我仍然还是满怀热情。今天我们一起游览美景，可以抛却所有束缚，一定要醉倒在锦瑟旁边才罢休。

金玉之殿何必非要我去呢？沙堤之上只需要有你这样的同路人就已经足够了。仔细查看，转眼之间红芍药又要翻越台阶，即将开满在台阶前。我要赶快回到三山西湖，趁着那里正在举办春天的盛会。

206

行香子·三山作

【题解】

宋光宗绍熙五年（1194）春，作者正在福州知州兼福建安抚使任上。从去年冬天至现在，因为心情郁闷和壮志难酬，他曾屡次上书求归都未如愿。他揣测朝廷变化，对于君威难测更是深有感受。于是在清明节春雨未晴、风云不定的气候中，他在三山的小窗内，写下了这首明志与抒愤的词。全词以比兴为主，抒情婉转曲折，意在言外，并以阴晴难测的初春天气比喻当时的政治形势和自己的矛盾心境，表达了自己倦游思归的愿望。

【原文】

好雨当春，要趁归耕。况而今、已是清明①。小窗坐地，侧听檐声。恨夜来风②，夜来月，夜来云。

花絮飘零、莺燕丁宁。怕妨侬、湖上闲行③。天心肯后，费甚心情④。放霎时阴，霎时雨，霎时晴⑤。

【注释】

①"好雨"三句：表达归耕退隐心情急迫。以当春好时节，清明过了即暮迟的递进方式抒发。好雨当春：用杜甫《春夜喜雨》"好雨知时节，当春乃发生"诗意。趁：指趁"好雨当春"时节。②"恨夜"三句：谓春夜风云变幻，阴晴无定，可恨之意在夜景外诸情事。③"花絮"三

句：春暮风雨，担心雨后路泥泞，有碍去湖边漫步。侬：你，指词人。④"天心"两句：谓天意如何实已定，人们何必多费心思去猜测。天心：上天之心，此喻朝廷意向。⑤"放霎"三句：谓忽儿阴雨忽儿放晴，天意难测。霎时：形容极短的时间。忽然之间；一会儿。李清照《行香子》词："甚霎儿晴，霎儿雨，霎儿风。"

【译文】

春雨之所以被称为好雨，就是因为它能正在春生万物的时候降临，所以我要趁着这时令赶紧回家躬耕。更何况现在，已经到了清明。我独自坐在小窗边的地面上，侧耳倾听檐间滴落的雨水声。可恨的是，这漆黑的夜晚，一会儿刮来狂风，一会儿是夜空里升起了明月，一会儿又是黑夜里飘来铺天盖地的乌云。

落花飞絮在风雨中飘零。黄莺和燕雀忍不住对我再三殷切叮咛。恐怕会妨碍我今后在湖畔悠闲畅行。我想，只要今后，天意肯允许我在湖畔漫

步，那又何必熬费苦心地荒废掉这么多美好心情。但我的确非常担心老天爷放任天气肆意变换，忽然之间变得阴沉，忽然之间下起大雨，忽然之间又变得晴朗无云。

最高楼·吾衰矣①

【题解】

绍熙五年（1194），词人任福建安抚使，因其壮志难酬，打算辞官归隐，却遭到儿子的阻挠，因此作者写下这首词来训斥儿子。而事实上，辛弃疾却是在通过暗喻的表现手法，痛骂迫害他的当权派和追求利禄的庸俗之人，通过给儿子讲述道理，把自己正直不阿、洁身自好的形象体现出来，借此表明了自己因政治失意而打算归隐山野、躬耕田园的志趣。

【原文】

吾拟乞归②，犬子以田产未置止我③，赋此骂之。

吾衰矣④，须富贵何时⑤？富贵是危机。暂忘设醴抽身去⑥，未曾得米弃官归⑦。穆先生⑧，陶县令，是吾师。

待葺个、园儿名"佚老"⑨，更作个、亭儿名"亦好"⑩，闲饮酒，醉吟诗。千年田换八百主，一人口插几张匙⑪？便休休，更说甚⑫，是和非！

【注释】

①最高楼：词牌名，又名"最高春""醉亭楼""醉高楼"。以辛弃疾《最高楼·客有败棋者代赋梅》为正体，双调八十一字，前段八句四平韵，后段八句两仄韵、三平韵。另有双调八十二字，前段九句四平韵，后段九句两仄韵、三平韵；双调八十二字，前段八句四仄韵，后段八句五仄韵等变体。②拟：起草；拟定；打算。乞（qǐ）归：请求告老归田退隐。③犬子：对自己儿子的谦称。田产未置：还没有置备好田地产业。止：劝阻。④衰（shuāi）：衰老，年老。⑤须：等待。富贵：富裕显贵，指有钱又有地位。⑥醴（lǐ）：甜酒。抽身：指退出仕途，转身离去。⑦得米弃官归：陶渊明当彭泽县令时，曾有上司派督邮来县，吏请以官带拜见。渊明叹曰："我不能为五斗米折腰向乡里小人。"于是解印去职，并赋《归去来兮辞》，以明弃官归隐之志。⑧穆先生：即穆生，是楚元王刘交的宾客，不善饮酒。典出《汉书·楚元王刘交传》："楚元王交敬礼穆

生，常为设醴，后交孙戊嗣立，忘设醴，穆生知其意怠，遂去。"⑨葺（qì）：修缮。佚（yì）老：安乐闲适地度过晚年。⑩亦（yì）好：意思是将来退隐归耕，虽然贫穷也很好。⑪匙（chí）：匙子，小汤勺。⑫休休：罢了，此处含退隐之意。甚（shèn）：什么。

【译文】

我打算请求辞官告老还乡归隐山林，但我儿子却以田产还没置办齐全为由，不让辞官，于是我便写了这首词责骂他。

我已经渐渐衰老，力尽筋疲了，可是对于求取功名与获得富贵的实现还要等到什么时候呢？更何况，求取富贵功名处处隐伏着危机。古时穆生不善饮酒，楚元王敬重他便设甜酒相待，因不久后新楚王继位而忘记为他设置醴酒，他深知受到慢待所隐伏的危机，便毅然抽身离去，而陶潜不为五斗米折腰，所以尚未得享俸禄就弃官而归。穆先生、陶县令如此刚正明达的人，都是我所崇敬的老师。

归隐田园以后，等我修缮好一个园子就取名为"佚老"，再建个亭儿取名为"亦好"，然后就在休闲的时候在此饮酒，喝醉了就即兴吟诗作赋。一块田地千年之中或许要换八百个主人，一个人的嘴张得再大，又能同时插上几个饭匙？还是就此辞官好，退隐之后便一切作罢，更无须再费口舌去说什么恼人的是非与得失！

瑞鹤仙·赋梅

【题解】

这是一首咏物抒情之作，是借咏叹梅花而抒怀的寄托词。词中上片运用想象、比拟手法，正面描写梅花如美人一样的神态，起韵先为梅花营造出一个寒意袭人的夜，如何面对严霜透寒，层冰未消，云清月冷，梅花却依然如美人一般倚东风嫣然而笑；词中下片除了运用想象外，还兼用了比兴手法，以此来渲染梅花值得痛心的多舛命运。全词从梅花未开写到将落，通过对梅的描述，暗示了自己伤世之感以及担忧国家前景之痛，运用传神之笔抒发了心中愤世嫉俗的不平之气。

【原文】

雁霜寒透幕①。正护月云轻，嫩冰犹薄②。溪奁照梳掠。想含香弄粉，艳妆难学③。玉肌瘦弱④，更重重、龙绡衬着。倚东风、一笑嫣然，转盼万花羞落⑤。

寂寞。家山何在⑥？雪后园林，水边楼阁。瑶池旧约，鳞鸿更仗谁托⑦？粉蝶儿、只解寻桃觅柳，开遍南枝未觉⑧。但伤心、冷落黄昏，数声画角⑨。

【注释】

①雁霜寒透幕：指冬末春初月夜景象，征雁归来时节霜正浓，寒意透过帘幕。韩偓《半醉》诗："云护雁霜笼淡月，雨连莺晓落残梅。"

212

雁霜：浓霜，严霜。雁：候鸟。春天北翔，秋季南飞，万里长行，所以又称为征雁。②嫩冰：薄冰。③"溪奁照梳掠"三句：意思是梅花如美人一般，以溪水为镜在寒夜里梳妆打扮，极其美丽动人。然而有的人也想像梅花那样摇曳含香，可就算是涂脂抹粉也学不成半点娇艳动人之态。溪奁（lián）：以溪水为镜之意。奁：古代妇女梳妆用的镜匣，泛指精巧的小匣子。照：照镜。梳掠：梳妆打扮。艳妆：指美丽的妆扮。④玉肌：谓月下寒梅如笼纱佳人依然玉洁清瘦的本色。玉肌瘦弱：苏轼《洞仙歌》："冰肌玉骨，自清凉无汗。"此写瘦梅。更重重：写梅花瓣重重叠叠。赵佶《宴山亭》："裁剪冰绡，轻叠数重，淡著燕脂匀注。"龙绡（xiāo）：即鲛绡，传说里海中鲛人所织的一种细致名贵的薄纱。⑤"倚东风"二句：如美人般醉倚在春风中的梅花，眼波顾盼流转嫣然一笑，百花失色。嫣（yān）然：娇媚的笑态；美丽貌。转盼：眼波

顾盼流转之意。万花：形容花的种类、数量之多。万，虚数，言其多。羞落：因羞惭而自落。比喻梅花超凡脱俗，百花自叹不如。⑥家山：家乡的山水。言有归隐之心。⑦瑶池旧约：语出李商隐《瑶池》："瑶池阿母绮窗开，《黄竹》歌声动地哀。八骏日行三万里，穆王何事不重来？"瑶池：传说为西王母的居住处。鳞鸿：鱼雁。古诗词常以鱼雁代指书信。鱼：典出自汉乐府《饮马长城窟行》"客从远方来，遗我双鲤鱼，呼童烹鲤鱼，中有尺素书"。雁：典出与《汉书·苏武传》。汉昭帝时遣使匈奴，云汉天子在上林苑得雁，足系有帛书，言武所在，匈奴王不得已，将苏武放归。仗：依仗。⑧"粉蝶儿"二句：粉蝶只懂亲近桃柳，哪管梅花开遍南枝？暗喻自己怀才不遇，英雄埋没。只解：只知，只会。⑨"但伤心"二句：意思是梅花于寒冷寂寞的黄昏画角声中，暗自伤怀，无奈地发出哀叹。画角：古代乐器名，相传创自黄帝，或曰传自羌族。形如竹筒，以竹木或皮革制成，外加彩绘，故称"画角"。一般在黎明和黄昏之时吹奏，相当于出操和休息的信号，发音哀厉高亢，古代军中常用来警报。

【译文】

征雁归来时节霜正浓，寒意透过帘幕。现在正是云轻月冷，寒冰未消尚有很薄一层的时候。摇曳风中的梅花临水照镜，极其美丽动人。然而有的人也想像梅花那样摇曳含香，可就算是涂脂抹粉也学不成半点娇艳动人之态。在朦胧的月色笼罩下，寒梅依然是玉洁清瘦的本色，更有那绽开的花朵重重叠叠，暮色里仿佛衬着一层薄薄的细致名贵的薄纱。如美人般醉倚在春风中的梅花，眼波顾盼流转，嫣然一笑，竟使百花失去了鲜艳的颜色。

寂寞啊，真是无比寂寞。故乡的山水在哪里呢？想念那雪后的园林，还有那水边傲然挺立的亭榭楼阁。虽然还记得瑶池前，我们过去曾许下的约定，可现在，这相思的书信还能依仗谁捎去，又托付给谁呢？那翩翩飞舞的粉蝶儿，只知道追寻桃花的芬芳，与柳絮共舞，就连梅花开满了南枝竟然都没有觉察。只留下梅花，在黄昏吹奏起的几声画角哀婉与高亢中，独自伤怀。

水龙吟·过南剑双溪①

【题解】

辛弃疾在绍熙五年（1194）前曾任福建安抚使。从这首词的内容及所流露的思想感情看，可能是受到主和派馋害诬陷而落职时的作品，作者途经南剑州，登览历史上有名的双溪楼，有感而作此词。词中上片开篇远望西北，点染了国土沦丧、战云密布这一时代特征，然而爱国抗敌的理想反而受到重重阻挠而不能得以发挥；词中下片描绘出因为遭受排挤打压，所以才产生消极退隐思想，最后紧密照应开篇，以眼前所见"片帆沙岸"的悲凉结束全篇。全词脉络清晰，以小见大，耐人寻味。

【原文】

举头西北浮云②，倚天万里须长剑。人言此地，夜深长见，斗牛光焰③。我觉山高，潭空水冷，月明星淡。待燃犀下看④，凭栏却怕，风雷怒，鱼龙惨⑤。

峡束苍江对起，过危楼⑥，欲飞还敛⑦。元龙老矣⑧！不妨高卧，冰壶凉簟⑨。千古兴亡，百年悲笑，一时登览。问何人又卸⑩，片帆沙岸，系斜阳缆⑪？

【注释】

①水龙吟：词牌名。又名"小楼连苑""龙吟曲"等。双调一百零

二字，仄韵。同时也是曲牌名。南剑：即南剑州，宋代州名。双溪楼：在南剑州府城东。②西北浮云：西北的天空被浮云遮蔽，这里隐喻中原河山沦陷于金人之手。③斗牛：星名，二十八星宿中的斗宿与牛宿。④待：打算，想要；等待。⑤鱼龙：指水中怪物，暗喻朝中阻挠抗战的奸佞小人。惨：凶恶；狠毒。⑥"峡束苍江对起"二句：形容主张抗战的阻力就像峡束苍江过危楼一样艰难，暗喻自己壮志难酬。束：夹峙。⑦欲飞还敛：形容水流奔涌直前，因受高山的阻挡而回旋激荡，渐趋平缓。⑧元龙：陈登，字元龙，是东汉末年将领，为人爽朗，智谋过人，少年时有扶世济民之志，建安初奉使赴许，向曹操献灭吕布之策，立下大功。⑨冰壶凉簟（diàn）：喝清凉的泉水，睡凉席，形容隐居自适的生活。凉簟：凉席。⑩卸：解落，卸下。⑪缆：系船用的绳子。

【译文】

抬头观看西北方向的浮云滚滚，但是要驱走浮云驾驭万里长空，就需要倚靠锋利的长剑。人们说这个地

方，在深夜的时候，常常能看见斗、牛两个星宿之间有火焰一样的光芒和剑气闪现。可我却觉得这里的山高而阻隔了一切，剑潭空旷无剑而潭水冰冷，月亮明亮却星光惨淡。根本找不到万里长剑，于是就想要点燃犀牛角，下到水中看看，可是刚靠近栏杆却又害怕起来，害怕空中风雷忽然震怒，水中的鱼龙飞跃而变得更加狠毒凶残。

两边的高山夹峙着苍江之水，致使东溪与西溪奔涌的浪花相互碰撞，激起的浪花越过高楼，想飞过山去，但最终还是回漩激荡过后平缓收敛而作罢。我有心像三国时期的陈元龙那样扶世济民，但是身体和精神都已经衰老了，不妨高卧家园，喝着清凉的泉水，睡卧凉爽的席子。如今偶然登上双溪楼观览，忽然就想到了千古兴亡的事情，北方被金人占领，但朝廷又不主张用兵，不知何时才能收复失地，而人生只不过是一场百年的悲喜感叹而已。登楼低头往下看，是什么人又一次卸下了张开的船帆，在斜阳夕照中抛锚停船，将缆绳紧紧系在沙岸的木桩之上？

柳梢青·三山归途代白鸥见嘲

【题解】

此词作于辛弃疾由带湖出仕闽中而被再度罢职重回带湖之时。词中写出了他遭遇罢职之后的惭愧与悔悟、无奈与愤慨的复杂心理，揭示了当时朝廷的昏庸与黑暗。词中上片主要是通过归来时只有白鸟相迎，使自己此时的潦倒形迹一呼而出，一个满面尘埃、一事无成的老翁，怎能不受到白鸟的相怜与相笑呢？从而暗示自己此番"苍颜而归"的无奈。继而明写白鸟责问、奚落他的言辞，实则悔不当初没有认清时局昏聩，既然改变不了什么，就应该早些退身归隐；词中下片以"而今"一词保持在语气上与上片的承接，接下来自我解嘲回归的原因，既表达了词人无端被罢职的愤慨，也表达了自己无奈的选择与惭愧，此刻也只能反复诵读前人讽刺假隐士的《北山移文》来进行深刻的自我反省了。

【原文】

白鸟相迎①，相怜相笑，满面尘埃。华发苍颜，去时曾劝，闻早归来②。

而今岂是高怀。为千里、莼羹计哉③。好把移文④，从今日日，读取千回。

【注释】

①白鸟：即白鸥。②闻早：趁早；赶早。③千里莼（chún）羹：千里之外家乡的莼菜做的汤，味道鲜美，不必用盐豉作调味品。泛指有地方风味的土特产。莼羹：莼菜做的羹。此处用张翰因为思乡而弃官南归事。见《晋书·张翰传》。④移文：指南朝齐孔稚珪的《北山移文》。文章借北山山灵的口吻，嘲讽了当时的名士周颙故作高蹈而又醉心利禄。文章写得尖刻泼辣，通过对山川草木拟人化的描写，嘻笑调侃，因而历来为人传诵。

【译文】

我走在回归带湖的路上，我的老朋友白鸥前来迎接我。我们好久不见，格外的欢喜，看到我满面疲惫挂满尘埃，免不了互相怜惜，又难免相嘲笑。白鸟说：看如今的你满面灰尘，头发花白，容颜也苍老了。你走的时候，我就曾劝你不要出山入仕，就算是出去了，也要趁早回归。

我对白鸟说：而今我回来，又岂是因为我的心怀高尚，自动请求退隐的呢？那么是为了像张翰那样，虽然身在千里以外，却只因思念家乡的莼羹美味而弃官回家的吗？完全不是，我只是想从今天起舍弃功名利禄，回归田园，也好把嘲讽"假隐士"的《北山移文》天天都读上一千遍。

鹧鸪天·送人

【题解】

　　这是一首送人离别的词作。全词运用景物烘托、比拟和对照等手法，生动地写出了依依惜别的深情，并抒发了自己对于时局混乱、人生壮志难酬的深沉感慨。这首词是作者中年时的作品。那时候，辛弃疾在仕途上已经历了不少挫折，始终不被朝廷重用，甚至被求和派排挤打压而屡次被贬谪闲居，所以此词虽为送友人的惜别之作，但是所表达的却是世路艰难险恶之怨，读来令人心酸。

【原文】

　　唱彻《阳关》泪未干①，功名余事且加餐②。浮天水送无穷树③，带雨云埋一半山。

　　今古恨，几千般④，只应离合是悲欢⑤？江头未是风波恶⑥，别有人间行路难⑦！

【注释】

　　①唱彻《阳关》：唱完送别的歌曲《阳关》。 彻：完。《阳关》：琴歌《阳关三叠》。唐王维《送元二使安西》："渭城朝雨浥轻尘，客舍青青柳色新。劝君更尽一杯酒，西出阳关无故人。"后入乐府，名《渭城曲》，别名《阳关曲》《阳关》，为送别之曲。②余：多余。加餐：慰劝之辞。谓多进饮食，保重身体。《后汉书·桓荣传》："愿君慎疾加

餐，重爱玉体。"唐杜甫《垂老别》诗："此去必不归，还闻劝加餐。"
③无穷：无尽，无边无际。④般：种；样。⑤只应：只应该；只以
为，此处意为"岂只"。⑥未是：还不是。风波恶：唐刘禹锡《竹
枝词》："瞿塘嘈嘈十二滩，人言道路古来难。长恨人心不如水，等
闲平地起波澜。"⑦别有：另有；更有。行路难：语出白居易《太行
路》："行路难，不在水，不在山，只在人情反复间。"

【译文】

唱完了送别的《阳关》曲，惜别的泪还没有擦干，我暂且先劝你
放下功名这些多余之事（因志不在功名），姑且要多进饮食而保重身
体。你看，此刻浮云满天，水天相连，仿佛要将两岸的树木送向无穷
无尽的远方，那滚滚而来的乌云挟带着雨水，将重重叠叠的高山掩埋
了一大半。

古往今来有多少令人愤恨的事，何止于千种万般，难道只应该是
离别使人悲伤，聚会才会使人欢颜？江头虽然风高浪急，但还不算是
十分险恶，而只有那人间行路，却是格外的艰难！

卷四

沁园春·再到期思卜筑①

【题解】

　　宋光宗绍熙五年（1194），辛弃疾在福建安抚使任上，再次被弹劾而罢官，于次年回到上饶闲居之时写了这首词。辛弃疾被罢官闲居带湖时，曾在期思买下了瓢泉，此后便时常往返于带湖、瓢泉之间。这次再到期思，辛弃疾想在这里占卜一块好地方营建新居。词的上片描绘期思秀美的山水风光，表明了想要在此选地造屋的意向；词的下片以拟人手法，叙写了乐于寄情山水的情趣。全词风格旷放而豪迈，融情入景，意象灵动而笔力遒劲，既描绘了自己见到秀美田园风光时的欣喜之情，也于其中隐含了仕途受挫的万分感慨。

【原文】

　　一水西来，千丈晴虹，十里翠屏。喜草堂经岁②，重来杜老；斜川好景③，不负渊明。老鹤高飞，一枝投宿，长笑蜗牛戴屋行④。平章了⑤，待十分佳处，着个茅亭。

　　青山意气峥嵘⑥，似为我、归来妩媚生⑦。解频教花鸟⑧，前歌后舞；更催云水，暮送朝迎。酒圣诗豪⑨，可能无势，我乃而今驾驭卿⑩。清溪上，被山灵却笑⑪，白发归耕。

【注释】

　　①卜筑：以占卜选地盖房。卜：占卜。古人盖新居有请卜者看地

形、相风水以定宅地的习俗，也称卜宅、卜居。②经岁：经历一年后。也泛指若干年后。③斜川：在今江西省都昌县，为风景优美之地。陶渊明居浔阳柴桑时，曾作《斜川诗》。诗前有小序略记其与邻居同游斜川的情景。辛弃疾以斜川比为期思。不负：不辜负。④蜗牛戴屋行：蜗牛是一种很小的软体动物，背有硬壳，呈螺旋形，似圆形之屋，爬动时如戴屋而行。⑤平章：评处，商酌；筹划，品评。平：是辨别之义，古时"平、便、辨"三字互为通假字。⑥峥嵘（zhēng róng）：形容山的高峻突兀或建筑物的高大耸立，也指高峻的山峰，高峻不凡貌。⑦妩媚：此处形容青山秀丽美好。⑧解：领会、理解。频：屡屡不断。⑨酒圣诗豪：指酷爱诗酒的人。酒圣：豪饮的人。⑩"可能无势"两句：语出陶渊明《晋故征西大将军长史孟府君传》。东晋孟嘉为桓温都下长史，好游山水，至暮方归。桓温曾对他说："人不可无势，我乃能驾驭卿！"。乃：却。驾驭：主宰，统率。卿："你"的美称，此指大自然。⑪山灵：指山神。

【译文】

一条溪水从西面奔流而来，雨过天晴时，万里长空映射出千丈彩虹，十里之广的青山逶迤蜿蜒，就像翠绿的屏风。令人欢喜的是，草堂经过一年的修建已经完工了，我像那为了躲避战乱的杜甫去往浣花溪畔卜居一样，二次来到这里建造草堂，这里的风光像斜川那么美丽，总算没有辜负热爱山水的陶渊明。我像老鹤高飞天空，有一条可以栖息的树枝就足够了，我不禁长笑一声，那些像蜗牛似的戴着一生不舍得丢弃的屋子到处爬行的人。对于期思这个地方，我已经分析评处并筹划过了，等我找到一个十分美好的地方，就着手建造一个茅屋草亭。

抬眼望去，挺拔险峻的青山，气势磅礴，一片生机。它们仿佛是为了欢迎我的归来而欣然表现出妩媚可爱的姿态。为解除我的忧愁，屡屡不断地调教花鸟在我的身前身后唱歌跳舞，甚至不惜催促云朵和山水，一起在这里傍晚相送，清晨相迎。我尚且还称得上是一个喜好豪饮美酒的圣人，是一个吟诗作赋的豪杰，却不再是一名官员，我或许已经失去了地位权势，但我告诉花、鸟、云、水，如今我仍然可以统率你们。我站在清清的溪水岸上，却被山神看见了，他嘲笑我，说我的头发白了，不过是一个罢职回家种田的人罢了。

祝英台近·水纵横①

【题解】

　　这首词大约作于庆元元年（1195）辛弃疾再次罢官闲居于信州带湖之时。这一年瓢泉新居落成，但尚未迁居到此地。此词前的小序，以梁代诗人王藉的诗句引出主题，与词的内容互相补充、互相衬托。词的上片写水中青山的倒影，水动则倒影随动，用水动山摇来比喻自己身世飘摇的处境；下片写客主之间问答。从泉水喧响中提出了如何动中求静的问题，但作者没有正面回答，而是让客人从佛经天女散花的故事中去领会。全词犹如一篇艺术小品，抒发了山水之乐，动静之趣，既有哲理的韵味，又暗寓了宦海浮沉，难逃飘摇不定的遭际，从而寄托了作者的诸多感慨，引人深思。

【原文】

　　与客饮瓢泉②，客以泉声喧静为问③。余醉，未及答。或者以"蝉噪林逾静"代对，意甚美矣。翌日为赋此词以褒之也④。

水纵横，山远近，拄杖占千顷⑤。老眼羞明⑥，水底看山影。试教水动山摇，吾生堪笑，似此个、青山无定⑦。

一瓢饮⑧，人问"翁爱飞泉，来寻个中静；绕屋声喧，怎做静中境⑨"？"我眠君且归休⑩，维摩方丈，待天女、散花时问⑪。"

【注释】

①祝英台近：词牌名，又名"祝英台""祝英台令""怜薄命""月底修箫谱"等。正体双调七十七字，前段八句三仄韵，后段八句四仄韵。②饮瓢泉：在瓢泉饮酒。③客以泉声喧静为问：客人以此处泉水如此喧闹，怎能算得上是能够寻求幽静而向我发问。蝉噪林逾静：梁代诗人王籍《入若耶溪》诗有"蝉噪林逾静，鸟鸣山更幽"，有以动衬静之意。④翌日：第二天。褒：夸赞、表扬。⑤千顷：百亩为顷。千顷，极言其广阔。⑥老眼羞明：老眼昏花，害怕阳光明亮刺眼。⑦"试教"三句：水面摇动，山影也随之荡漾，回想我这一生真是可笑，竟然像这水中的青山倒映，如此飘摇不定。堪笑：可笑。此个：这样，指代水中的山影。⑧一瓢饮：语出《论语·雍也》："子曰：'一箪食，一瓢饮，在陋巷，人不堪其忧，回也不改其乐。'"这是孔子赞扬弟子颜回安贫乐道的语句。一瓢饮：原指一瓢清水，此处借指一瓢酒，即题序之"饮瓢泉"。⑨"人问"

四句：意思是您来瓢泉是为了得到安静，但是泉水绕屋流淌，声音喧哗，你又怎么能得到安静呢？个中：这里，其中。⑩我眠君且归休：引用陶潜故事。相传陶潜隐居时，无论谁来相访，只要有酒，就取出与之共饮。他若先醉，就对客说："我醉欲眠卿可去。"表现了陶潜率真的性格。⑪"维摩"二句：用维摩讲经、天女散花的佛经故事来回答。据《维摩诘经》载：有一天维摩宣讲佛经时，仙女向听讲的众人抛洒天花。花洒到诸菩萨身上都不沾自落，而落到大弟子身上时则沾而不落，这就说明大弟子的凡心未除。维摩：即维摩诘，佛教人物，与释迦牟尼（俗称如来佛）同时，善讲大乘教义。方丈：寺庙长老及住持说法的地方，因一丈见方，故称。后即用作对寺院长老及住持的代称。

【译文】

我与朋友在瓢泉新居饮酒，客人以此处泉声喧闹，如何寻求幽静而向我发问。我醉了来不及回答。有人以"一片幽静的山林里，倘若有几许聒噪的蝉鸣声，不但不能使整个山林喧嚣热闹，反而会使山林显得别有一番幽静"替我应对，我觉得他的回答真是太妙了。第二天特地写下这词，以此来褒奖他。

河流溪水纵横交错，青山由远及近巍然挺立，我们可以挂着手杖游遍这广阔的重山叠水。只可惜现在已经老眼昏花，害怕被强烈的阳光刺伤眼睛，只能俯视水底看山影。姑且让水波荡漾而山影摇晃，回想我这一生真是可笑，竟然像这水中的青山倒影，如此飘摇不定。

我独爱古人颜回的那种"一箪食，一瓢饮"安贫乐道的生活，如今在瓢泉与朋友饮酒，有人问我说："你喜爱飞泻而下的清泉，继而到瓢泉建屋是为了寻得幽静之地；但是如今这泉水绕屋流淌，声音喧哗，你又怎么能得到安静舒适的环境呢？"我回答说："我现在酒醉有些乏困想睡觉了，你也回去休息吧，这个问题，等你听了维摩讲经以后，待到天女散花时，你的问题就有答案了。"

水龙吟·听兮清佩琼瑶些

【题解】

光宗绍熙五年（公元1194）辛弃疾被罢官免职后，便来到瓢泉"新葺茅檐"，准备移居退隐，此词大约是他闲居此地时所作。本词仿照《楚辞·招魂》用"些"字为韵而作，读来十分新颖，别有一番悠远的音调之美。词中上阕劝说瓢泉不要流出山外到江海中去，体现了他对尘世污浊、险恶、横暴的憎恶，告诫泉水不要与之同流合污，助纣为虐；下阕是劝慰瓢泉为了"我"要留在山中相依为伴，也一样会得到古人颜回那样安贫乐道的情趣。全词借泉抒怀，寓情于泉，表达了自己清高自守，绝不与恶毒污浊之辈同流合污的高尚情怀。

【原文】

用"些语"再题瓢泉①，歌以饮客，声韵甚谐，客皆为之釂②。

听兮清佩琼瑶些③。明兮镜秋毫些。君无去此，流昏涨腻④，生蓬蒿些。虎豹甘人⑤，渴而饮汝，宁猿猱些⑥。大而流江海，覆舟如芥⑦，君无助、狂涛些。

路险兮山高些。块予独处无聊些⑧。冬槽春盎⑨，归来为我，制松醪些。其外芳芬，团龙片凤⑩，煮云膏些⑪。古人兮既往，嗟予之乐，乐箪瓢些⑫。

【注释】

①些（suò）：《楚辞》中楚巫禁咒句末所用的特殊语气助词。瓢泉：位于江西省铅山县期思村瓜山下。据《铅山县志》载："瓢泉在县东二十五里，辛弃疾得而名之。其一规圆如臼，其一规直如瓢。周围皆石径，广四尺许，水从半山喷下，流入臼中，而后入瓢。其水澄渟可鉴。"②釂（jiào）：指饮尽杯中酒。③琼瑶：指美玉。兮：语气助词，相当于"啊"。④流昏涨腻：杜牧《阿房宫赋》有"渭流涨腻，弃脂水也"。此为同流合污之意。⑤甘人：《招魂》有"此皆甘人"句，注谓："言此物食人以为甘美。"⑥猱（náo）：古书上说的一种长臂猿。⑦覆舟如芥：语出《庄子·逍遥游》："水之积也不厚，则其负大舟也无力。覆杯水于坳堂之上，则芥为之舟，置杯焉则胶，水浅而舟大也。"芥：本意是小草的意思，用来比喻轻微纤细的事物。⑧块：孤独，孑然；麻木呆滞的样子。《汉书·杨王孙传》："块然独处。"⑨槽、盎（àng）：酿酒的器皿。春盎：意思是酒盎。亦指代酒。松醪（láo）：用松膏或松花酿制的酒。《酒史》谓苏轼守定州时，于曲阳得松膏酿酒，

作《中山松醪赋》。（按：此数句是指以水酿酒。）⑩团龙、片凤：都属于茶名，是指团片状之茶饼，饮用时则碾碎之。⑪云膏：指茶。形容茶之软滑温氲。⑫乐箪（dān）瓢：典出《论语·雍也》：子曰："贤哉，回也！一箪食，一瓢饮，在陋巷，人不堪其忧，回也不改其乐，贤哉回也。"箪：指盛饭所用的圆竹筒。

【译文】

我现在用《楚辞》中的"些语"再一次题写瓢泉，以此歌赋献给欢饮的客人，声调与韵脚都很和谐，客人们听了都为此快乐地饮尽了杯中酒。

多么动听啊，你淙淙的流水声像玉佩碰击般清脆；多么明净啊，你宝镜般明亮的水面可以明鉴秋毫。请你不要离开这儿啊，别让外边肆意流动的、那些混浊油腻的脏水把你污染了，小心滋生蔓延的蓬蒿一类的杂草阻挡了你的去路。与其让吃人的虎豹喝下你来解渴，我看你还是宁可只留给专吃野果的猿猴饮用为好。就算你终于有一天变得强大，势不可挡地奔流而汇入浩渺无际的江海，到那时，你掀翻舟船就像覆没小小的芥子一样，我希望你到时不要推波助澜，随意残害生灵。

道路艰险啊，山岭高峻，我独自一人在这里麻木地生活多么无聊啊。到了冬春酿酒的季节，你可别忘了回来，为我酿制松醪酒啊。另外软滑可口的香茶我也很喜欢，因此还要请你常常为我煮上一壶软滑温氲的"团龙"和"片凤"茶才好。颜回这位安贫乐道的古人已经永远逝去了，可叹啊！如今我也像他那样，一箪食，一瓢饮，自得其乐吧！

兰陵王·赋一丘一壑①

【题解】

此词约作于庆元元年（1195）秋，当时辛弃疾二度被罢官闲居上饶。这一年瓢泉新居刚建成，但尚未迁移居住。全词通过对即将归隐之处各种美景的描写，以及作者乐观看待生活的洒脱，表达了他对之前入仕以后仕途不畅的悔思与落职的怨愤，以及回归现实以后的笑傲泉林，不以穷达为怀的快意人生风采。本词语言豪放，采用拟人、用典等手法，借物抒情，体现了作者旷远豁达，淡泊人生的志趣以及退隐之乐。

【原文】

一丘壑，老子风流占却②。茅檐上，松月桂云，脉脉石泉逗山脚。寻思前事错，恼杀晨猿夜鹤③。终须是、邓禹辈人④，锦绣麻霞坐黄阁。

长歌自深酌。看天阔鸢飞，渊静鱼跃⑤。西风黄菊香喷薄。怅日暮云合，佳人何处⑥，纫兰结佩带杜若⑦。入江海曾约。

遇合⑧。事难托。莫击磬门前，荷蒉人过⑨，仰天大笑冠簪落⑩。待说与穷达⑪，不须疑着。古来贤者，进亦乐，退亦乐。

【注释】

①一丘一壑：一般泛指适于隐居之处。班固《汉书·自叙传》："渔

钓于一壑，则万物不奸其志；栖迟于一丘，则天下不易其乐。"班固是东汉史学家班彪之子，字孟坚，自幼聪慧，9岁能属文诵诗赋，13岁时得到当时学者王充的赏识，16岁入太学就读，所学无长师，不死守章句，只求通晓大义。及长，贯通群书，诸子百家之言无不穷究。在父亲的影响下研究史学。此当借指带湖或瓢泉居所的山水。②风流：有才学而不拘礼法的风度。洒脱放逸；风雅潇洒。占却：是指占有、拥有的意思。③晨猿夜鹤：语出《北山移文》。④邓禹：字仲华，今河南南阳新野人，东汉初年军事家，"云台二十八将"第一位。辅佐刘秀称帝，24岁即拜为大司徒。麻霞：色彩斑斓。黄阁：指丞相府。⑤"看天阔鸢飞"两句：喻心境之舒展自在如鹰飞蓝天。语出《诗经·大雅·旱麓》："鸢飞戾天，鱼跃于渊。"鸢（yuān）：鹰。⑥怅：怅然，惆怅之意。佳人：美好的人。指君子贤人。⑦纫（rèn）兰：语出《楚辞·离骚》："扈江离与辟芷兮，纫秋兰以为佩。"后以此比喻人品高洁。杜若：香草名。《楚辞·九歌·湘君》："采芳洲兮杜若。"⑧遇

合：遇见；碰到。此指得到君主的赏识。⑨"莫击"两句：勿效孔子击磬于卫，惟恐不为人知。典出《论语·宪问》："子击磬于卫，有荷蒉而过孔氏之门者，曰：'有心哉，击磬乎！'既而曰：'鄙哉，硁硁乎！莫己知也，斯己而已矣。深则厉，浅则揭。'子曰：'果哉！末之难矣。'"磬（qìng）：古时一种打击乐器。荷蒉（kuì）人：挑着草筐之人。蒉：草编的筐子。⑩"仰天"句：《史记·滑稽列传》："淳于髡仰天大笑，冠缨索绝。"此借喻笑傲林泉，不以仕进为怀。冠簪（guān zān）：使冠固定于发髻上的簪子。也可解释为仕宦。⑪穷达：指人生路上的困顿与显达。

【译文】

放眼瓢泉的一山一水，洒脱放逸的我有幸拥有了这里的流风余韵。茅屋檐上，松树和桂树间都有云月相伴，脉脉含情的山泉潺潺流淌，欢快地在山脚下逗留玩耍。此情此景不禁沉思，悔恨我当初身入仕途却是一场错。无形中惹恼了晨猿夜鹤。追求功名最终必定是东汉邓禹之辈的事情，只有他那样得到君王赏识的人，才能穿着色彩斑斓的锦衣绣服，稳稳坐在丞相府之上。

而我只能是独自豪饮，在山野里高声放歌。闲来坐看天空广阔，鸢鹰翱翔，欣赏深渊宁静，鱼儿跳跃。闻一闻西风中黄菊和香草随风飘来的香味。可有时也不禁令人惆

怅不已，眼见日近黄昏，云儿合拢，那些贤人君子却不知道身在何处，我只能像屈原一样以兰花结佩，带杜若芳草。不知瓢泉的清清之水，可否还记得，在你流入江河之前，我们曾经有过的约定。

得到君主赏识这是一种很难得的际遇。这种事也很难有凭托。不要效仿孔子击磬于卫那样，唯恐不为人知。就算是偶然有挑草筐之人路过，只不过是会招来一场仰天大笑，嘲笑你仕宦不畅，冠簪脱落。说起人生中的困顿与显达，不需要怀疑迷茫。自古以来，都是以古代的贤者为师，争取进身仕宦也要快乐，退隐田园也要快乐。

沁园春·灵山齐庵赋时筑偃湖未成①

【题解】

这首词大约作于公元 1196 年（宋宁宗庆元二年），辛弃疾被罢官落职闲居带湖之时，写的是上饶西部的灵山风景。词中上片写灵山的山水、桥月、松林风雨的环境清幽，恰好与作者的小茅庐构成了幽静之美；下片写自己处于千峰奇秀的大自然之中的切身感受。全词着笔写景，但又不同于一般描写山水之作，它极少实写山水的具体形态，而是用虚笔传神写意，以此来表达作者对山水的热爱之情。

【原文】

叠嶂西驰，万马回旋，众山欲东。正惊湍直下②，跳珠倒溅③；小桥横截，缺月初弓④。老合投闲⑤，天教多事，检校长身十万松⑥。吾庐小，在龙蛇影外^⑦，风雨声中。

争先见面重重，看爽气、朝来三数峰^⑧。似谢家子弟，衣冠磊落^⑨；相如庭户，车骑雍容。我觉其间，雄深雅健^⑩，如对文章太史公^⑪。新堤路，问偃湖何日，烟水濛濛？

【注释】

①灵山：位于江西上饶境内。古人有"九华五老虚揽胜，不及灵山秀色多"之说，足见其雄伟秀美之姿。齐庵：当在灵山，疑即词中之"吾庐"，为稼轩游山小憩之处。偃湖：新筑之湖，时未竣工。②惊湍（tuān）：急流，此指山上的飞泉瀑布。③跳珠：飞泉直泻时溅起的水珠。④缺月初弓：形容横截水面的小桥像一弯弓形的新月。⑤投闲：指离开官场，过闲散的生活。⑥检校：巡查、管理。长身：身材高大。此指松树高大的样子。⑦龙蛇影：此指如龙蛇般弯曲的松树影。⑧爽气朝来：迎着朝霞来到这里，会感到群峰送爽，沁人心脾。⑨磊落：仪态俊伟而落落大方。形容胸怀坦荡。⑩雄深雅健：指雄放、深邃、高雅、刚健的文章风格。⑪太史公：司马迁，字子长，西汉著名的史学家和文学家，曾继父职，任太史令，自称太史公。

【译文】

重峦叠嶂的山峰向西奔驰而去，就像千万匹战马回旋一般，忽然之间，众多的山峦又要掉头向东而去。奔驰间正巧有湍急的水流飞泄直下，惊得蹦跳的水珠杂乱地四处飞溅；一座小桥凌空横架，阻截在急流经过的地方，看上去像一轮残缺的月亮，又像一弯刚刚拉开的弓。人老了，最合宜的应该是，就此过过闲散的日子，可老天偏偏叫我多多管事，来掌管这满山十万之多高大的青松。我的茅庐很小，坐落在枝干盘曲如龙蛇的松树影子之外，却难逃在风雨交错的呼啸声中。

云雾消散，重峦叠嶂争着露出面容与人相见，此刻能看到朝霞如轻纱笼罩一般，清新凉爽的空气从一座座山峰扑面而来。座座山峰好似谢家子弟，衣着得体，仪态俊伟而落落大方；又像是司马相如的庭院府邸，以及所乘的车骑座驾一般雍容华贵。我忽然觉得身在其中，有如面对太史公司马迁的文章一样，无比的雄浑深邃，典雅刚健。我独自行走在刚刚修好的湖堤路上，试问偃湖，什么时候才能展现出烟水朦胧的美好景象呢？

南歌子·新开池戏作

【题解】

这首词是辛弃疾被罢官闲居带湖之时的作品，是他为带湖新居新开凿的小池塘所作的"纪念词"，可谓词句轻浅自然，妙趣横生，同时又充满了小品式的谐趣。词的上片主要写他夏夜池边纳凉的闲适之情；下片主要写池塘中的各种唯美的倒影，无不凸显出空灵优美。全词以夏夜纳凉为契机，通过池中红莲、画栋微波倒影的曼妙，以及幻化中的美人临池照影的美好画面，表达了他对这个新开小池的喜爱之情，以及对美好生活的憧憬。

【原文】

散发披襟处，浮瓜沉李杯①。涓涓流水细侵阶。凿个池儿，唤个月儿来。

画栋频摇动②，红蕖尽倒开③。斗匀红粉照香腮。有个人人④，把做镜儿猜。

【注释】

①浮瓜沉李：将瓜李等果品浸泡于池水之中冷却，以求入口凉爽。②画栋：画有彩绘装饰的房柱，也代指屋舍。③红蕖（qú）：红色的荷花。蕖：芙蕖。④有个人人：有一个心爱的人。语出《浪淘沙·有个人人》，这是北宋词人柳永描写舞女的一首词。词中对舞女及舞姿的描绘，寥寥几笔便勾勒出舞者优美的姿态，可见柳永对这位舞女是非常喜爱的，当时柳永目睹舞女翩翩起舞，被曼妙的舞姿所吸引而作下此词。人人：那人。常指所爱者。

【译文】

夏季里天气炎热，我散乱着头发，衣襟也披散开来，坐在新开挖的池塘旁边，杯盘里盛放着用冷水浸泡过的甜瓜桃李。山泉水缓缓地流淌过来，细细浸润着台阶。我在这里开凿个小池儿，是想呼唤月儿也到这小小的池塘里来。

有彩色绘画的栋梁那倒映在池塘里的影子，随着微风频频摇动。红色的芙蕖花，也都是在水里倒立着盛开。她们争先斗艳，均匀地将红粉涂抹，对着水面照看香腮。有个令人心爱的人儿，常把池中静水做为镜子，照着自己香腮上的红粉，大概是要和那盛开的红蕖比比看，到底谁的脸色更红艳。

贺新郎·和徐斯远下第谢诸公载酒相访韵

【题解】

徐斯远庆元二年 (1196) 参加礼部考试，不第而归。友人纷纷携带酒肴前往慰问，徐斯远作词道谢，这首词是用原韵与徐斯远相唱和的作品，时间当是同年的夏季，尚未移居瓢泉之时。这是一首劝慰词。词中主要表达词人对徐斯远落第遭遇的同情，对友人才华的肯定，以及对当朝主持考试官员遗弃贤才行为的斥责。全词虽然是述写考试失意之事，但句句惊奇开阔，尽显作者词赋的豪放之气。

【原文】

逸气轩眉宇①。似王良、轻车熟路②，骅骝欲舞③。我觉君非池中物④，恐尺蛟龙云雨。时与命、犹须天付。兰佩芳菲无人问，叹灵均、欲向重华诉⑤。空壹郁⑥，共谁语？

儿曹不料扬雄赋。怪当年、《甘泉》误说，青葱玉树。风引船回沧溟阔⑦，目断三山伊阻⑧。但笑指、吾庐何许。门外苍官千百辈⑨，尽堂堂、八尺须髯古⑩。谁载酒，带湖去。

【注释】

①逸气：超脱世俗的气概、气度。②王良：晋代善驭者，《淮南子》称他为造父之驭，号"驭良"，又名孙无政，曾为赵简子御者。③骅骝（huá liú）：良马名，指赤红色的骏马，相传为周穆王八骏之一。④非池中物：不是长期蛰居池塘中的小动物。比喻有远大抱负的人终究要做大事。⑤灵均：战国楚文学家屈原之字。后引申为词章之士。重华：舜的别号。⑥壹郁：沉郁不畅。多指情怀抑郁。⑦沧溟（míng）：沧海；高远幽深的天空。⑧三山：指传说中的蓬莱、方丈、瀛洲。⑨苍官：松柏的别称。⑩须髯（rán）：络腮胡子。

【译文】

徐斯远你那超脱世俗的气度，在眉宇间就已经显露出来。我想你赴试就应该像晋代王良驾驭马车一样轻车熟路，像周穆王八骏之一的骅骝马一样将要凌空腾跃，不会一试不中。我认为你本来就不是池中之物，应该像蛟龙得云雨一样能够大展宏图的日子就近在咫尺。但是时机和命运的造化，还必定是需要交付天意来决定。就好比兰佩虽然芳香艳丽却没有人前去过问，可叹那屈原的才华与人品就如同兰芷馨香，却同样感慨时运不济，只希望他纵身汨罗江以后能向舜帝申诉冤屈。像这样白白地沉郁不畅空悲切的事情，又能同谁去诉说呢？

他们那些主考官，就像是当年左思误评扬雄之《甘泉赋》一样，不识你徐斯远文章之妙，以致于使你考试落第。如此一来，你远大的报国理想难以实现，就像是大风牵引着舟船回归到辽阔无垠的沧海之中，两眼望尽前去三座仙山的航路，只因其虚无缥缈，所以总是阻隔你难以到达。此刻我只想笑指我的茅庐所在，质问它为何也会是这样。我的住所外生长着千百株挺拔苍劲的松柏，它们也都是隐居山林的堂堂八尺之躯，老得长满络腮胡须依然尚未得志。所以我奉劝友人，只要我还闲居在这里，谁都可以暂且载酒来到带湖，从此乐而忘忧。

西江月·粉面都成醉梦①

【题解】

这是一阕追忆过去的词作。词中上片开头二句叹惜妙龄女子的青春年华也都在如醉如梦的生活中过去了，如今我也是衰老得两鬓如霜，表达了作者叹老嗟衰的愁苦心态，后两句追忆从前相伴左右同喜同忧的情景；词中下片写粉面佳人才华出众诗书极好，既是知音又有内助之劳。整首词篇幅虽短，情意殷切，但用典过繁，以至于曾因此招人当面指评辛词为"新作微觉用事多耳"。

【原文】

粉面都成醉梦②，霜鬓能几春秋。来时诵我伴牢愁③，一见尊前似旧。

诗在阴何侧畔④，字居罗赵前头⑤。锦囊来往几时休⑥，已遣蛾眉等候。

【注释】

①西江月：唐教坊曲名，后用为词牌名，又名"白蘋香""步虚词""江月令"等。正体双调五十字，前后段各四句两平韵一叶韵。②粉面：粉嫩洁白之面，形容年轻貌美。陆畅《解内人嘲》诗："粉面仙郎选圣朝，偶逢秦女学吹箫。"③伴牢愁：楚辞篇名，汉扬雄著。《汉书·扬雄传》："又旁《离骚》作一篇，名曰《广骚》，又旁《惜诵》以

下至《怀沙》为一卷，名曰《畔牢愁》。"注："李奇曰：畔，离也。牢，聊也。与君相离，愁而无聊也。"④阴何：指六朝诗人阴铿和何逊。侧畔：指旁边。⑤"字居"句：引自《晋书·卫恒传》："恒作四体书势曰：罗叔景、赵元嗣者，与张伯英并时，见称于西州，故英自称上比崔、杜不足，下方罗、赵有余。"苏轼《次韵孙莘老见赠》诗："龚、黄侧畔难言政，罗、赵前头且眩书。"⑥锦囊来往几时休：出自《新唐书·李贺传》："每旦日出，骑弱马，从小奚奴，背古锦囊，遇所得，书投囊中，及暮归，足成之。"锦囊：用锦制成的袋子。古人多用以藏诗稿或机密文件；亦借指诗作。

【译文】

　　你娇媚的粉白面容都已成了我沉醉的梦，而我此时，也已经是鬓发如霜，须髯斑白，真不知还能度过几度春秋呢？当初你来到我身边时，喜欢吟诵我的抒怀之作，也愿意陪伴我一同诵读楚辞《畔牢愁》，如今与你永久相离别，空留我无限寂寥与哀愁。想当年，第一次见面时我们就在酒樽前约定终生，好像以前就是旧交一样。

　　你的诗词绝妙，可

与六朝诗人阴铿与何逊二人相论左右，你的书法字迹可以排在晋代罗叔景与赵元嗣的前头。收藏书信的锦囊来来往往，没有一刻停止。最难以忘怀的是我每次归来，你早已排遣心中思盼，舒展娥眉在门前迎候。

沁园春·将止酒戒酒杯使勿近①

【题解】

此词当作于宋宁宗庆元二年（1196）辛弃疾被罢官闲居瓢泉时。在此两年前，辛弃疾遭台臣弹劾，罢福建安抚使，再次被迫退居信州带湖，这期间他创作了诸多词赋，此为其中一首。本词中通过"我"与酒杯的问答，风趣而又委婉地表达了作者对南宋政权的失望、无奈以及积郁自己心中的苦闷与怨愤。全词以戒酒为题，这在盛行诗酒生活的古代，的确是一首新奇滑稽之作，同时又运用拟人手法，更是产生了滑稽幽默、妙趣横生的奇绝效果。

【原文】

杯汝来前②，老子今朝，点检形骸③。甚长年抱渴④，咽如焦釜⑤；于今喜睡，气似奔雷⑥。汝说"刘伶，古今达者，醉后何妨死便埋"⑦。浑如此⑧，叹汝于知己，真少恩哉！

更凭歌舞为媒⑨。算合作、人间鸩毒猜⑩。况怨无小大，生于所爱；物无美恶，过则为灾。与汝成言⑪，勿留亟退，吾力犹能肆汝

243

杯⑫。杯再拜，道"麾之即去，招亦须来。⑬"

【注释】

①沁园春：词牌名。又名"东仙""寿星明""洞庭春色"等。双调一百十四字，上片十三句四平韵，下片十二句五平韵。止酒：戒酒。②汝：你，此指酒杯。③点检形骸（hái）：指全面检查身体。点检：一个一个地查检。形骸：指人的形体。④抱渴：得了酒渴病，口渴即想饮酒。⑤焦釜（fǔ）：烧糊的锅。釜：古代的炊事用具，相当于现在的锅。⑥气似奔雷：形容呼吸时鼾声如雷。⑦"汝说"句：《晋书·刘伶传》载，刘伶纵酒放荡，经常乘一辆车，带一壶酒，令人带着铁锹跟随，并说"死便掘地以埋"。⑧浑如此：竟然如此不明事理。浑：竟然。⑨为媒：作为媒引，诱人饮酒。⑩算合作：统算起来应该看作。鸩（zhèn）毒：毒酒，毒害。古时用鸩鸟羽毛制成的剧毒，溶入酒中，饮之立死。古时常以鸩酒杀人。鸩：一种羽毛有毒的鸟。⑪成言：说定，约定。亟（jí）：急，快。⑫肆：原指处死后陈尸示众。这里指打碎酒杯。⑬麾（huī）：同"挥"。

【译文】

酒杯，你快到我近前来！老夫我今天，全面查检了身体以后，我要整饬自身，不想再受到你的伤害。特别是，为什么我经年累月只要口渴就想要不停喝酒，可是喉咙还是干得像焦糊的锅一样，好不自在；到如今我又患上了疏懒嗜睡的毛病，睡着了便会鼾声如雷。你却诱导我说："刘伶是古今最通达的人，他说醉死又何妨，让随从就地挖坑掩埋就是了。"想不到你竟然如此不明事理，可叹啊，你对于自己的知心朋友，竟然会说出这样的话来，真是薄情少恩又令人愤慨！

更可气的是，你竟然以歌舞作为饮酒的媒介。统算起来，应该把酒归于人们常说的鸩毒一样的毒性，这肯定是不用怀疑和猜测了。况且，怨恨不论是大还是小，都产生于人们心中的钟爱；事物无论美好与丑恶，但是喜爱过度就会变成灾害。现在我郑重地与你约定："请你不要再在此逗留，应当赶快离开，信不信我的力量，仍然可以肆无忌惮地将盛装你的杯子摔坏。"酒杯惶恐地拜了又拜，说："你挥赶我，我即刻就离开，倘若你招我来，我就一定会再回来。"

满江红·山居即事

【题解】

庆元二年或三年（1196 或 1197），辛弃疾此时已在江西上饶、铅山带湖一带，闲退隐居将近二十年之久。这首《满江红》就是他罢退闲居生涯中的作品之一。词中描写了年老的辛弃疾初夏时节，闲看溪水之岸鸥鸟翔集，修竹摇曳清泉飞溅，春耕与黄牛同眠，静等春蚕结茧，秋看云连麦垄，果熟入东园的闲居山野的生活情景，表现了他满足于这风景优美、人情淳朴的生活环境与安适情怀。本词的抒情风格轻扬闲适、情趣盎然，韵味恬淡而隽永，令人读来大有身临其境的闲适之感。

【原文】

几个轻鸥，来点破、一泓澄绿①。更何处、一双鸂鶒②，故来争浴。细读《离骚》还痛饮，饱看修竹何妨肉③。有飞泉、日日供明珠，五千斛④。

春雨满，秧新谷⑤。闲日永⑥，眠黄犊。看云连麦垄⑦，雪堆蚕簇⑧。

若要足时今足矣，以为未足何时足⑨。被野老、相扶入东园，枇杷熟⑩。

【注释】

①一泓（hóng）：清水一片。②"更何处"两句：言一对鸂鶒相逐水戏嬉。鸂（xī）鶒（chì）：水鸟。又名紫鸳鸯。故来：故意常来；特意而来。③"细读《离骚》"两句：意思是边读《离骚》边饮酒，赏竹又何碍于食肉。此前一句典出《世说新语·任诞篇》："王孝伯言：名士不必须奇才，但使常得无事，痛饮酒，熟读《离骚》，便可称名士。"饱看修竹何妨肉：语出苏轼《绿筠轩》诗："可使食无肉，不可居无竹；无肉令人瘦，无竹使人俗。"辛弃疾借用为赏竹和食肉两不相妨碍。修竹：意思是细长高大的竹子。④斛（hú）：称量单位。古代以十斗为一斛。后又改为五斗。⑤秧（yāng）新谷：稻子长出新的秧苗。⑥闲日永：因为没事可做，就觉得日子漫长。犊（dú）：小牛。⑦云连麦垄：田野成熟的麦子，像连天的黄云。⑧雪堆蚕簇（cù）：白花花的新茧簇拥着，好似一堆堆白雪。蚕簇：供蚕作茧的草蔟，即蚕山。⑨"若要"两句：谓如果感到知足，眼前的一切足以使人满足；如果不知足，则究竟何时方得满足。⑩野老：村野的老百姓，农夫。枇杷（pí pá）：一种水果。柔软多汁，风味甘甜，肉质细腻，每年三四月为盛产的季节，比其他水果都早。

【译文】

几只轻盈的鸥鸟飞来，轻点水面，把一片碧绿澄澈湖水的宁静打破了。还有不知哪里飞来的一对紫鸳鸯，也故意加进来，争相追逐洗浴嬉戏。此刻的我，一面细读《离骚》，一面举杯痛饮，在饱看细长高大的翠竹之余，也不妨碍进食鱼肉，其实原本就应该追求青竹的高雅，也不拒绝鱼肉的荤俗。闲来可以信步游赏，附近还有一道飞泻而下的清泉瀑布，每天犹如数不胜数的明珠飞溅，足有五千斛。

这里的春天，雨水丰足，新播下的谷种长出了碧绿的秧苗。进入农闲的时节，因为没事可做，就觉得日子漫长，就连健壮的小黄牛也卧在那里懒散地打着瞌睡。地里的麦子熟了，麦垄连着天际，有如连绵不断的黄云浮动，蚕房里白花花的新茧簇拥着，仿佛一堆堆纯净的白雪层叠。哎，若是想要追求人生的富足，眼前的生活状态就已经可以知足了，如果总是认为不满足，那么到什么时候也不会知足。春夏相交之际，我时常被村野里的老农邀请，相互搀扶着来到东园，因为那里种植的枇杷已经成熟。

永遇乐·投老空山^①

【题解】

这首词作于庆元三、四年（1197～1198）间。辛弃疾被弹劾罢免福建安抚使后，移居瓢泉新居，在附近山坡建有停云堂。在查检停云杉松时，不禁思亲念友，故而提笔写信作词，这也正反映了作者在迫害面前孤军奋战企求援助的心态。词中上片写词人临老之时遭人陷害，落职闲居，只得于深山之中隐居种杉树，凄凉中消磨时光；词中下片写他乐于寄情山水，从此万事不关心，暗用杜甫诗意，嘲讽"天心莫测"。全词将自然景物的呈现与内心情感融为一体，又相互映衬，在寻求超脱之中表现了作者内心的愤慨与无奈。

【原文】

检校停云新种杉松^②，戏作。时欲作亲旧报书^③，纸笔偶为大风吹去，末章因及之。

投老空山^④，万松手种，政尔堪叹。何日成阴^⑤，吾年有几，似见儿孙晚。古来池馆，云烟草棘，长使后人凄断^⑥。想当年、良辰已恨，夜阑酒空人散^⑦。

停云高处，谁知老子，万事不关心眼^⑧。梦觉东窗，聊复尔耳^⑨，起欲题书简。霎时风怒^⑩，倒翻笔砚，天也只教吾懒。又何事、催诗雨急^⑪，片云斗暗。

【注释】

①永遇乐：词牌名，又名"永遇乐慢""消息"。正体双调一百四字，前后段各十一句、四仄韵。②停云：停云堂，是作者在铅山居所附近山上修建的一处建筑。③报书：意思是回信。④投老：是指垂老，临老；告老。政尔：意思是正尔；正当。政：通"正"。⑤阴：同"荫"。何日成阴：指松树何时长大成材。⑥凄断：凄伤断肠。形容极其凄凉或伤心。⑦夜阑：夜将尽时；深夜。⑧万事不关心眼：不关心世间所有的事，不去看也不去想。语出王维《酬张少府》："晚年惟好静，万事不关心。"⑨聊复尔耳：聊且如此而已。典出《世说新语·任诞》载：阮仲容（阮咸）家贫居道南，诸阮家富居道北。七月七日，北阮晒衣，皆纱罗锦绮。仲容用竹杆挂出一件布制的短裤。人怪而问之，他答曰："未能免俗，聊复尔耳。"⑩霎时：形容极短的时间；忽然之间。⑪催诗雨：语出杜甫《陪诸贵公子丈八沟携妓纳凉晚际遇雨》诗："片云头上黑，应是催雨诗。"

【译文】

巡视查检在停云堂附近刚种下的杉树时，即兴游戏而作。当时本来还想给亲旧朋友回信的，然而纸笔被大风吹走，因而在这首词的末尾也提到这件事。

这真是多么可悲可叹啊！想不到我临老之时，竟然来到这空旷的深山被迫隐居，远望满山的松杉，都是由我亲手栽种的。真不知道，它们什么时候才能长得枝繁叶茂，绿树成荫，难料我还能有几年命数，这种焦急就好似盼着看见晚生的儿孙长大成人。自古以来，有多少水榭楼馆，都成了过眼云烟，而且长年被荒草荆棘覆盖，长久使后人极度凄凉伤怀，痛断心魂。遥想当年的良辰美景早已烟消云散，全都空成遗恨，好比深夜将尽时，酒杯空空如也，人影散尽。

如今我站在停云堂的最高处，有谁知道我老来，竟变得只求清净，

249

而从不过问世间万事，不去看也不去想。每日梦醒东窗，聊且如此而已，不禁思念起亲朋故友，于是起身提笔想给亲友写信报平安。忽然之间，狂风怒号，笔墨纸砚倒翻，看来老天也教我偷懒。可又因为什么事，突然间片片乌云直搅得天昏地暗，那分明又是急雨来催诗。

兰陵王·恨之极

【题解】

本词作于己未年（1199），当时辛弃疾闲居江西铅山瓢泉，已经遭受排挤多年，处于政治失意时期。庆元党禁以来，接连几年间对士大夫的迫害愈演愈烈，多人被迫害致死。辛弃疾虽然幸免一死只是被罢官免职，但他一直坚持反对党争，主张举国团结抗敌，在大是大非面前勇于坚持正义。所谓日有所思，夜有所梦，他便以这天夜间所梦为题材，写下了这篇有感而发的记梦词。词中开首两句总摄题旨，接着叙述五事，并化用四个历史典故，列举重要的相关人物深化主题，结韵借庄周梦中化蝶事，点醒一个"梦"字以自我开解：恨又如何？人生不过梦一场。

【原文】

己未八月二十日夜，梦有人以石研屏见饷者①。其色如玉，光润可爱。中有一牛，磨角作斗状。云："湘潭里中有张其姓者，多力善斗，号张难敌。一日，与人搏，偶败，忿赴河而死。居三日，其家人来视之^②，浮水上，则牛耳。自后并水之山往往有此石，或得之，里中辄不利。"梦中异之，为作诗数百言，大抵皆取古之怨愤变化异物等事，觉而忘其言。后三日，赋词以识其异。

恨之极，恨极销磨不得^③。苌弘事，人道后来，其血三年化为碧^④。郑人缓也泣。吾父攻儒助墨。十年梦，沉痛化余，秋柏之间既为实^⑤。

相思重相忆。被怨结中肠，潜动精魄。望夫江上岩岩立^⑥。嗟一念中变，后期长绝。君看启母愤所激，又俄顷为石^⑦。

难敌，最多力。甚一忿沉渊，精气为物^⑧，依然困斗牛磨角^⑨。便影入山骨^⑩，至今雕琢。寻思人世，只合化，梦中蝶^⑪。

【注释】

①石研屏：即石磨屏。饷：赠。②识（zhì）：记。③"恨之极"两句：千古以来，恨极之事难以销磨。销：消灭、消散。④"苌弘（cháng hóng）"三句：典出《庄子·外物篇》："苌弘死于蜀，藏其血，三年化而为碧。"苌弘：周之大夫，抱恨而死。苌弘化碧是传说，形容刚直忠正，为正义事业而蒙冤抱恨。极言其怨愤而忠贞精诚。⑤"郑人缓也泣"以下五句：典出《庄子·列御寇篇》："郑人有名缓者，于裘氏之地读书三年，成为一名儒家学者，他的乡里和家族均受益不浅。他又教育其弟成为墨家学者。但儒家和墨家辩论时，其父却攻儒助墨。十年后，缓自杀。缓父梦见缓对他说：使你儿成为墨家学者的是我，你何不看看我的坟，我已化作松柏并结出果实了。"辛词举此事，说明缓也怨愤而死，精诚所至，化为松柏之实。缓：此指人名。⑥"被怨结中肠"三句：典出《初学记》引《幽明录》："武昌北山上有望夫石，状若人立。古传云：昔有贞妇，其夫从役，远赴国难，携弱子饯送北山，立望夫而化为石。"⑦"君看启母愤所激"两句：相传夏禹娶涂山氏之女，生子夏启，而其母化为石。典出《汉书·武帝本纪》："朕用事华山，至于中岳，获驳鹿，见夏后启母石。"俄顷（é qǐng）：片刻；

一会儿。形容很短时间。⑧精气为物：古人认为宇宙万物由精气构成。⑨困斗：谓处绝境仍顽强搏斗；亦指围困而攻之。⑩山骨：谓山石。语出韩愈《石鼎联句》："巧匠斫山骨"。⑪"寻思"三句：谓是非难论，人生如梦。此引用庄周梦中化蝶事。《庄子·齐物论》："昔者庄周梦为蝴蝶，栩栩然蝴蝶也，自喻适志与！不知周也。俄然觉，则蘧蘧然周也。不知周之梦为蝴蝶与？蝴蝶之梦为周与？周与蝴蝶则必有分矣。此之谓物化。"寻思：不断思索。

【译文】

己未八月二十日夜，我睡梦中有人拿着石研屏赠送给我。这块石研屏色泽如玉，光润可爱。石研屏中有一头小牛，磨角呈现出斗状。这个人说："湘潭里中有一个姓张的人，力气巨大而且善于搏斗，号称'张难敌'。有一天，他与人搏斗，偶然被击败，于是就忿忿然跳入河中而被淹死。过了三天以后，他的家人来到河边找到他的尸体，发现已经浮在水面之上了，不过却变成一头牛了。自此之后，连同这水岸之上的山上到处都有这样的石头，如果有人把它拿回家，那么就会对里中不利。"我在梦中对此感到很奇怪，为此写下数百字的诗赋，大抵都是取用了古代曾经发生过的一些因为怨愤而变化异物等诸多事例，一觉醒来之后，却忘记了其中很多语言。又过了三天以后，才写下这首词以便记录其中的怪异。

怨恨真是到了极点，而怨恨到了极点就无法消散磨灭。周之大夫苌弘含恨屈死于蜀，人们常说，他的血三年以后化为了碧玉。郑国人缓也曾泣涕相告：我修学成为一名儒家学者，随后又教育我弟成为墨家学者。可是当两派争论时，我父亲却出面攻击儒家学说，而去协助墨家学说，造成了我抱恨而自杀的后果。十年之后，我托梦给父亲并且告诉他，满腔沉痛所化成的我，就是我那坟冢上的秋柏之间早已结出的累累果实。

相思又相忆到了极点，也容易转为怨恨。愁怨结于衷肠，会暗地里牵动精神魂魄，让人哀痛彻骨。你看那江岸边上傲然矗立的"望夫岩"，可谓比比皆是。可叹的是，还有只因一念之差而生出变故，以致于终身难以挽回的。你不信就请看，远古时期夏启的生母因为被怨愤所激，也是顷刻之间就化成了石头。

再看那湘潭里中的张难敌，最勇敢而力气超群。他甚至一气之下而沉入深渊，他的精气凝聚而化成神物，依然是身处绝境而顽强搏斗，将磨角斗牛困于砚池之中。最后他的身影化入山石里，致使山石至今都是难以雕琢。现在仔细想来，人世间，仅有的一次物、我交合的幻化，就是庄周梦中化为蝴蝶，亦幻亦真。

添字浣溪沙·赋清虚

【题解】

　　这是一首大病初愈后抒发感慨表明心志的词作。词的上片写病起后的心境依然很差，没有食欲，身心状况没有多大起色，所以想到了清净之地，想到了陪伴病僧，长期吃斋念经，托身佛门，从此万念皆空，犹如缭绕的香烟从心头飘过，一点香灰也不留下，表达出作者超尘脱俗的情思；词的下片写独坐停云观云，感悟云之出没的理趣。言外之意是在自我安慰，认为落职还乡，也是一种归宿，深化了一种淡泊明志的清高。全词通过对病起之后的一系列所想所思，表达了作者超凡脱俗、清高淡泊的情怀。

【原文】

　　强欲加餐竟未佳，只宜长伴病僧斋。心似风吹香篆过①，也无灰。山上朝来云出岫②，随风一去未曾回。次第前村行雨了③，合归来。

【注释】

　　①香篆：指焚香时所起的烟缕，点燃时烟雾上升缭绕如篆文，故称。②出岫（xiù）：出山，从山中出来。比喻出仕。③次第：指依次，按照顺序或以一定顺序，一个接一个地。

【译文】

　　我刚刚大病初愈，饮食索然无味，强迫自己多吃食物也不见好转。

我想此时调病最合宜的方法，就是长期住在寺院与僧人相伴，并且打坐念经长吃斋饭，使心中一片清净虚空，就像微风吹拂焚香时所起的烟缕，徐徐上缭绕如篆文飘过，同时也没有一点灰尘飘落。

仰望高山之上，早晨有浮云从山中出来，继而随风飘散，一去就再也不曾见它飘回。看来是依次飘浮到前村行雨去了，而风雨过后，又全都自己飘回来了。

念奴娇·重九席上

【题解】

此词作于庆元六年（1200）的秋天重阳节庆筵上，当时辛弃疾居于江西赋闲在家。这是他受邀参加重阳筵席，在席上所见所闻引发感慨而作。词中上片主要写看到眼前的宴会情景，不禁想起东晋风流名士在龙山高会上的风采，进而感慨人生难遇知音；词中下片承接上文，引出自己所崇拜的东篱采菊人陶渊明，抒发了对陶潜躬耕归隐的仰慕之情，也体现了作者对陶潜归隐田园生活的赞赏。

【原文】

龙山何处^①，记当年高会^②，重阳佳节。谁与老兵供一笑^③，落帽参军华发。莫倚忘怀^④，西风也解，点检尊前客^⑤。凄凉今古，眼中三两飞蝶^⑥。

须信采菊东篱^⑦，高情千载，只有陶彭泽^⑧。爱说琴中如得趣^⑨，弦上何劳声切。试把空杯⑩，翁还肯道，何必杯中物。临风一笑，请翁同醉今夕。

【注释】

①龙山：在湖北江陵府（今湖北沙市）城西北十五里，桓温九日登高，孟嘉落帽处。②记当年高会：即指盛大的龙山之会。典出陶潜《晋故征西大将军长史孟府君传》："君讳嘉，字万年，江夏鄂人也。……再为江州别驾、巴丘令、征西大将军谯国桓温参军。……九月九日，温游龙山，参佐毕集。……时佐吏并着戎服，有风吹君帽堕落，温目左右及宾客勿言，以观其举止。君初不自觉，良久如厕，温命取以还之。"③老兵：指桓温，谢奕称桓温为老兵。谁与老兵供一笑：这是问成为桓温笑料的是谁人。落帽参军：即孟嘉。华发：花白头发，这是在想象孟嘉落帽的形象。按：在盛大宴会之上，落帽本是失礼行为，而桓温戏弄孟嘉，显然是把他当作取笑的对象。所以作者有"供一笑"。④莫倚：不要寻找借口。倚：倚杖。忘怀：忘记了，指孟嘉"初不自觉"落帽事。⑤也解：也能。点检：指点，引伸为挑选，这里含有蔑视的意思。樽前客：指宴席上的客人。这两句是说，西风也能挑选席上客人，意思是让他当众出丑。按：《孟府君传》曾载桓温对孟嘉说的话："人不可无势，我乃能驾御卿。"孟嘉甘心受桓温的驾御，所以西风也要贬之。⑥凄凉今古，眼中三两飞蝶：令人感到凄凉的是，从古到今，不论是桓温还是孟嘉，都已不复存在，在后人眼中，眼前所见的只有三两只飞蝶而已。⑦须信：应知。采菊东篱：语出陶潜《饮酒》诗句。表现田居生活的怡然之乐、归隐的悠然自得之情。⑧陶彭泽：也就是陶渊明，因为陶渊明曾担任过彭泽县令。⑨爱说：口语，常说，喜欢说。⑩试把：试举。杯中物：指酒。陶潜《责子》诗："天运苟如此，且进杯中物。"以上三句是与陶渊明开玩笑。因为陶渊明说过琴中如果得趣，何必一定要在弦上发出声音，所以比照推理：那么

杯中无酒的时候，陶翁是否还肯说，举杯得趣，何必一定要斟满呢？

翁：指陶渊明，也就是陶彭泽，下句的翁也是指陶渊明。

【译文】

不知龙山在哪里，但依然记得当年重阳佳节时的盛大聚会。当时是谁成为了桓温的笑料？那人就是宴席上落帽的白发参军孟嘉。不要寻找借口解释说自己"西风吹帽，初不自觉"，其实西风也会挑选对象，逐个查点酒杯前的酒客，不会随意让你席间出丑。所谓沧海桑田，人事变迁。令人感到凄凉的是，从古到今，不论是桓温还是孟嘉，都已不复存在，而在后人眼中所见的只有三两只飞蝶而已。

你应该确信，具有高风亮节，乐于在东篱下采摘菊花酿酒这种归隐田园生活的人，千载之中，只有陶渊明一人而已。陶渊明喜欢开玩笑说，倘若领会了琴中的乐趣，又何必非要劳烦琴弦弹奏出美妙的音乐呢？既然这

样，那么现在，如果我举起空杯向您祝酒，您是否还肯说："得到酒趣就好，何必一定要杯中有酒呢？"哈哈，还是让我们斟满酒杯高高举起，然后迎风傲然一笑，今夜就请您与我一同酣然大醉吧！

归朝欢·题赵晋臣敷文积翠岩^①

【题解】

此词当作于宋宁宗庆元六年（1200），辛弃疾时已老年。五年前他遭人诬陷，从福建提刑任上落职，闲居江西上饶铅山。当时赵不迁仕途失意，于庆元五年（1199）从江西漕兼知南昌罢职回归家乡铅山，他曾与辛弃疾过从甚密，彼此多有唱和。这次辛弃疾对他的遭遇深为惋叹，写下此词。全词托物寄意，既富有浪漫色彩，又不偏离现实，并借神话传说，叹息友人虽具擎天之材，却终无补天之用。但随后笔锋一转，激励他终会为时人赏识。结句妙语双关：既叹惋古今怀才不遇之人，又暗示友人不遇终有际遇之时，同时又自叹今生未必有时遇。

【原文】

我笑共工缘底怒，触断峨峨天一柱^②。补天又笑女娲忙，却将此石投闲处^③。野烟荒草路。先生拄杖来看汝^④。倚苍苔，摩挲试问，千古几风雨^⑤。

长被儿童敲火苦，时有牛羊磨角去^⑥。霍然千丈翠岩屏，锵然一滴甘泉乳^⑦。结亭三四五。会相暖热携歌舞^⑧。细思量，古来寒士，不遇有时遇⑨。

【注释】

①归朝欢：词牌名。双调一百四字，前后段各九句、六仄韵。赵晋臣敷文：即赵不迁，字晋臣，江西铅山人。曾为敷文阁学士，故称以"敷文"。积翠岩：当在上饶。"题"字有可能是"和"字之误。②我笑共工缘底怒：我讥笑共工，到底为什么会如此发怒。共工：为氏族名，又称共工氏。传说为中国古代神话中的水神，掌控洪水。缘底：到底为什么。天一柱：即天柱，俗称擎天柱。③"补天又笑女娲忙"两句：笑女娲补天奔忙，却将这一块补天的五彩石投放在闲处。典出女娲（wā）补天，据《淮南子》记载，上古时，共工和祝融交战，不胜，怒而触不周之山，使西北塌了下去，女娲炼就五色彩石以补天。此石：女娲补天之石，即指积翠岩。④"野烟"两句：词人拄杖来到荒郊野外探视积翠岩。汝：你，指积翠岩。⑤"倚苍苔"三句：问积翠岩千百年来，历经几多风雨侵蚀？倚苍苔：靠在长满苍苔的积翠岩上。摩挲：抚摸。⑥"长被"两句：语出韩愈《石鼓歌》："牧儿敲火牛砺角，谁复着手为摩挲。"辛词借用其意，谓牧童敲火（击石取火），牛羊磨角，积翠岩不胜骚扰之苦。⑦"霍然"两句：忽然积翠岩以其千丈翠屏的雄姿出现在人们眼前，并有甘泉滴响其间。霍然：忽然，突然。锵（qiāng）然：一般形容金属撞击声，此状甘泉滴水时清脆悦耳的响声。⑧结亭：建造几个小亭子。携歌舞：指游赏者带来歌儿舞女。⑨"细思量"三句：言古来寒士不遇者有时也能得到际遇。寒士：指出身低微的读书人，泛指天下贫穷的百姓、士兵等。不遇：指怀才不遇。古人多有怀才不遇之叹，如董仲舒作《士不遇赋》，司马迁有《悲士不遇赋》，陶潜也有《感士不遇赋》。赵晋臣，名不迁（一说"不遇"），故词人有此语，一语双关之效。

【译文】

我感到共工十分可笑，到底为什么会如此发怒，竟然撞断了那一根巍巍挺立的擎天柱。我觉得女娲也很可笑，只是去办补天这一件事，怎么会匆忙得将如此玄妙的补天五彩石投放在了荒闲之处呢？补天石啊补天石，先生我正拄着拐杖，步履蹒跚地来到这偏僻荒凉枯草遍野的地方来看望你。我倚靠在长满苍苔的积翠岩上，轻轻抚摸并悄悄探问：千百年来，你看过了几番沉浮，又经历了多少风雨？

你在这里常常忍受被儿童敲击取火的痛苦。时常还有放肆的牛羊在你的身上打磨它们那可恶的长角，然后若无其事地离去。忽然我重新凝神注目，好一个积翠岩，以其千丈翠屏的雄姿巍然而立，石岩中有一股甘泉流出，泉水澄澈，滴落的声音悦耳清脆。如果在这里建造三五座小亭子，待到春暖花开时，彼此相约，各自携带舞伎歌女来到这里聚会，一定会乐不思归。可是仔细想想，自古以来出身低微的寒士们，总是难免有怀才不遇又求告无门的时候，有时也有得到赏识而能够大展宏图的美好际遇。

喜迁莺·暑风凉月^①

【题解】

这是一首咏物抒情词。词中上片起句点明时令，用"爱"字领起正面吟咏的文字，赞颂荷花姿态之美，接着利用反衬的手法突出荷花品第的高贵，优雅之美，犹如佳人玉立；词中下片思古抒情。词中化用屈原的事迹，赞颂《离骚》流传千古，叹惜当年屈原忠而被谤，抱恨投江的悲惨遭遇，借以寄托自己一腔赤诚满怀壮志投身抗金复国大业，却连遭打击诽谤而被迫罢免官职的惨痛经历和愤懑不平之情。如此，无奈之中只能归隐田园借千杯痛饮，抚平心中的抑郁。

【原文】

谢赵晋臣敷文赋芙蓉词见寿^②，用韵为谢。

暑风凉月。爱亭亭无数^③，绿衣持节^④。掩冉如羞，参差似妒^⑤，拥出芙蓉花发。步衬潘娘堪恨^⑥，貌比六郎谁洁^⑦？添白鹭，晚晴时，公子佳人并列。

休说，搴木末^⑧。当日灵均^⑨，恨与君王别。心阻媒劳，交疏怨极，恩不甚兮轻绝^⑩。千古《离骚》文字，芳至今犹未歇。都休问，但千杯快饮^⑪，露荷翻叶^⑫。

【注释】

①喜迁莺：词牌名。有小令与长调两体。此词为长调，双调一百

零三字，仄韵。②赵晋臣：据《上饶县志》记载："赵不迂（不遇），字晋臣。"敷文：《铅山县志》："赵不迂，士劢四子，绍兴二十四年进士，中奉大夫，直敷文阁学士。"芙蓉：荷花的别名。见寿：为我祝寿。③亭亭：耸立挺拔而美好的样子。宋周敦颐《爱莲说》："中通外直，不蔓不枝，香远益清，亭亭净植。"④持节：带着传达命令的符节。节，古代使臣用以证明身份的信物。⑤掩冉：掩映，彼此遮掩，互相衬托。参差：长短、高低不齐的样子。⑥步衬潘娘堪恨：潘娘系指南齐东昏侯宠妃潘妃。典出《南史》："凿金为莲花，以帖地，令潘妃行其上，曰：'此步步生莲华也。'"⑦貌比六郎：六郎系指唐代张昌宗。张昌宗、张易之都以姿容见幸于武后，贵震天下，时人号张易之为"五郎"，张昌宗为"六郎"。《新唐书·杨再思传》："再思每曰：'人言六郎似莲华，非也；正谓莲华似六郎耳。'其巧谀无耻类如此。"⑧搴（qiān）：拔取。木末：树梢。屈原《九歌·湘君》："采薜荔兮水中，搴芙蓉兮木末。"⑨灵均：是屈原的字。《离骚》："名余曰正则兮，字余曰灵均。"⑩"心阻"三句：语出《九歌·湘君》："心不同兮媒劳，恩不甚兮轻绝。"⑪千杯：此处以荷叶比喻酒杯。⑫露荷翻叶：谓倾杯一饮。此处以叶上露珠喻为酒。

【译文】

暑天里刮来阵阵热风，只有到了夜晚才能感到凉月洒辉。那无数荷叶亭亭玉立，非常可爱，看上去好似绿衣使者手持符节躬敬站立。荷叶如少女含羞，躲闪着掩映低回，大小不一，参差错落，恰似正在心怀妒意而争美赛艳，直到纷纷簇拥出粉嫩的荷花。羞与潘妃脚下步步生莲的"金莲花"为伍，容貌远胜于唐宫里那位凭借姿容见幸于武后的六郎，不难看出，相比之下谁会更为高洁？忽然，一群白鹭飞来加入其中，晚晴时刻，恰似公子与佳人并肩而立。

不要说什么，跳入水中就能摘取水中荷，攀援到树梢就能折取到芙蓉。想当年屈原抱恨痛与君王绝别。双方心中有万般阻隔，媒人不论怎样撮合也是徒劳无功。如果交情疏远，积怨就会加深，即便勉强结合，也会因情浅而轻易决裂。屈原流传千古的《离骚》，堪称是流芳持久的文字，其芳香流传至今也依然从未停歇。这一切都无须有什么疑问，只需举杯畅饮千杯为快，如同荷叶上的露珠翻落荷叶。

贺新郎·甚矣吾衰矣

【题解】

据考证此词约作于宋宁宗庆元四年（1198）左右。这是辛弃疾落职闲居信州铅山（今属江西）时的作品，是为瓢泉新居的"停云堂"题写的。当时，辛弃疾"独坐停云"，触景生情，回想自己坎坷多难的仕途之路，不禁感慨万千，感叹岁月飞逝、人生短暂而壮志难酬，于是落寞之中便提笔而作。全词化用一个个历史典故，借此抒发了自己昂扬激越的豪放情怀，表达了自己罢职闲居时的寂寞与苦闷的心情，以及对时局的深切怨恨与无奈。

【原文】

邑中园亭①，仆皆为赋此词②。一日，独坐停云③，水声山色，竞来相娱。意溪山欲援例者，遂作数语，庶几仿佛渊明思亲友之意云。

甚矣吾衰矣④。怅平生、交游零落，只今余几！白发空垂三千丈，一笑人间万事⑤。问何物、能令公喜⑥？我见青山多妩媚，料青山、见我应如是。情与貌，略相似。

一尊搔首东窗里。想渊明、《停云》诗就，此时风味。江左沉酣求名者⑦，岂识浊醪妙理⑧。回首叫、云飞风起⑨。不恨古人吾不见，恨古人、不见吾狂耳⑩。知我者，二三子⑪。

【注释】

①邑：指铅山县。辛弃疾在江西铅山期思渡建有别墅，带湖居所失火后举家迁之。②仆：我，此为作者自称。③停云：即停云堂，在瓢泉附近所建，当时以陶渊明《停云》诗意而命名。④甚矣吾衰矣：源于《论语·述而》之句"甚矣吾衰也！久矣吾不复梦见周公"。这是孔子慨叹自己"道不行"的话（梦见周公，欲行其道）。作者借此感叹自己的壮志难酬。⑤白发空垂三千丈，一笑人间万事：这两句出自李白的《秋浦歌》："白发三千丈，缘愁似个长"。⑥问何物、能令公喜：试问还有什么东西能让我感到快乐。引《世说新语·宠礼篇》记郗超、王恂"能令公（指晋大司马桓温）喜"等典故。⑦江左：即江东一带。在历代的史书中则多称呼东晋政权为"江左"。⑧浊醪（láo）：浊酒。⑨云飞风起：化用刘邦《大风歌》之句"大风起兮云飞扬"。⑩不恨古人吾不见，恨古人、不见吾狂耳：引《南史·张融传》的典故："不恨我不见古人，所恨古人、又不见我"。⑪知我者，二三子：引用《论语》的典故："二三子以我为隐乎"。

【译文】

在铅山邑中建造了园林亭阁，我都为它们作了《贺新郎》的词。这一天，我独自坐在停云亭，忽听得泉水潺潺声传来，眼前山色清新，仿佛争抢着跑来与我一起欢声娱乐。我料想溪山想要比照前例让我为它们作词，于是就写下了这首词，差不多仿照陶渊明"停云诗"中思亲友的意思。

我现在已经很衰老了。回望平生，不禁令人惆怅，曾经一同出游

的朋友都已零落四方，如今还
能剩下几个啊！这么多年，
三千丈的青丝早已变成了白发，
却只是白白老去而已，至今功名
未竟，一笑人间万事皆空，心
也就慢慢淡泊了。试问还有什
么能真正让我感到快乐呢？我
看那青山绿水妩媚多姿，想必
青山看我也应该是一样的。不
论情怀还是外貌，大概都非常
相似。

举起酒一樽，站在东窗
前搔首吟诗作赋，很是怡然
自得。想必当年陶渊明写成
《停云》之时，也应该是这样
惬意的风情与况味。江左"东
晋政权"中那些酣醉时都不忘
渴求功名利禄的人，又怎能
体会到饮酒的真谛？在酒酣之
际，潇洒地像当年刘邦一样，
回头朗吟长啸"大风起兮云
飞扬"。此时我不恨不能见到
疏狂的古人，只恨古人不能
见到我的疏狂而已。可怜啊，
如今能够真正懂我心的人，
只有那为数不多的二三个。

永遇乐·戏赋辛字送茂嘉十二弟赴调

【题解】

辛茂嘉是辛弃疾的族弟，排行十二，曾随辛弃疾南渡，是其得力助手。此时，辛茂嘉即将出发去南宋京都临安赴任，辛弃疾祝愿族弟赴京将大有可为，故作词勉之。全词语句妙趣横生且又意味深长，着重于描写本门家世以及个人对于本门姓氏的分析，借以表白心志。上阕起笔八字，总括辛氏家族世代忠烈，并以此贯穿全篇，将"辛"字内涵和外延巧做文章，既自然贴切又紧扣主题；下阕对比而谈，以别人家的锦衣玉食，权位威重，来反衬自家的清白俭朴、仕途坎坷。通篇诙谐风趣，像是戏说，实则语重心长，耐人寻味。

【原文】

烈日秋霜①，忠肝义胆②，千载家谱。得姓何年，细参辛字③，一笑君听取：艰辛做就，悲辛滋味，总是辛酸辛苦。更十分、向人辛辣，椒桂捣残堪吐④。

世间应有，芳甘浓美，不到吾家门户。比着儿曹⑤，累累却有⑥，金印光垂组⑦。付君此事，从今直上，休忆对床风雨⑧。但赢得、靴纹绉面⑨，记余戏语⑩。

【注释】

①烈日秋霜：比喻为人刚毅正直，像烈日秋霜让人可畏。②忠肝

义胆：意思是忠心耿耿，仗义行事，十分忠诚。③细参：细细参详，仔细分析。此句意为不知辛氏得姓于何年，且听我分析辛字的意思。④椒桂：胡椒、肉桂。捣残：捣碎。⑤儿曹：儿辈，孩子们。⑥累累：连接不断；连续成串。⑦组：古代佩印用的绶。⑧对床风雨：指亲友或兄弟久别重逢，在一起亲切交谈。同"对床夜雨"。⑨靴纹绉面（xuē wén zhòu miàn）：面容褶皱就像靴子的纹络一样。形容强颜欢笑。⑩余：我。

【译文】

我们辛氏家族的先辈们都是具有忠肝义胆的人，而且他们个个禀性刚直严肃，像"烈日秋霜"一样，堪称令人可畏而又可敬，至今家谱传承已经有千年之久了。若问我们祖上从哪一年获得这个姓氏的，且听我仔细分析辛字的意思，这或许只能博取你的听后一笑了，但你还得听我细细讲解：我们辛家这个"辛"字，是由"艰辛"做成，含着"悲辛"滋味，而且总是背负"辛酸、辛苦"的命运。更加十分重要的是，辛者，辣也，这是我们辛家人的传统个性，而有些人不堪其辛辣，就像吃到捣碎的胡椒肉桂一样，忍不住立刻就要呕吐。

人世间纵然是有数不胜数的芳香甜美与荣华富贵，但轻易不会进到我们辛氏门户。比不得那些权贵人家的子弟们，无须辛苦，但是富贵荣华却总是连接不断拥有，腰间挂着金光灿烂的金印，悬垂的金丝绶带飞舞。我交待你这些家族姓氏的含义，同时也把为我们家族谋取高官显爵、光宗耀祖的事也交付给你了。从今以后，你青云直上的时候，可以不必回想今天咱们兄弟之间的这场对床夜语。但是你一定要记住，官场有官场的规则，取得官爵以后，要想步步高升就得扭曲辛家的刚直性格，但是那种逢人陪笑的日子也不好过，你要好自为之，希望你日后能够记起我今天所说的这些戏说之语。

西江月·示儿曹以家事付之①

【题解】

　　这是辛弃疾晚年写给儿孙们的一首词，作于晚年退居铅山时期，见于《稼轩长短句》卷十。辛弃疾一生为了南宋的统一大业屡建奇功，但也因为坚持抗战而被主和派排挤打压，以至于中年以后被罢官免职而长期闲居上饶、铅山等地。此词上阕写作者晚年的身体状况及闲适的心境；下阕表示自己将不再掌管家事，今后要寄情山水，感受自然。全词描绘了作者退居生活和心境，表面上显得自然恬淡、看破红尘、超然物外的达观思想和风度，而实际上激荡着一生壮志未酬的愤恨与不平之气。

【原文】

　　万事云烟忽过，百年蒲柳先衰②。而今何事最相宜，宜醉宜游宜睡。

　　早趁催科了纳，更量出入收支③。乃翁依旧管些儿④，管竹管山管水。

【注释】

　　①儿曹：指自家儿辈。以家事付之：把家务事交代给自家儿辈。②"万事云烟忽过"两句：言万事如云烟过眼，而自己也像入秋蒲柳渐见衰老。蒲柳：蒲与柳入秋落叶较早，以喻人之身体孱弱、早衰。

③"早趁催科了纳"两句：向儿曹交代家事，要及早催租纳税，妥善安排一家收入和支出。催科：官府催缴租税。了纳：向官府交纳完毕。

④乃翁：你的父亲，是作者自称。

【译文】

平生所经历的事情千头万绪，都像过眼云烟一般忽然之间就过去了，近来我的身体日渐羸弱，就像入秋的蒲柳一样过早地衰老了。如今，对于我来说，每一天当中做点儿什么事最为适宜呢？那就是适宜醉酒，适宜游览，适宜睡觉。

今后料理家事的重任就交由你们承担了，每年到了官府催缴赋税的日子，你们就及早交纳完毕，家中的一切财物出入与收支，你们也要做到心中有数，能够妥善安排。我这个老翁依旧还是要管一点儿事情的，那就是管竹园，管山林，管流水。

满江红·敲碎离愁

【题解】

这是一首"代言体"的闺怨词，述说闺中女子与情郎分别后的离愁别绪以及相思之苦，大致可归于庆元三年（1197）春所作，那时辛弃疾正隐居瓢泉。有的学者说，看语气此词为思念歌姬之作。其实那可能只是写作契机，词中人所思念的不是别人，正是她远行在外的夫君。而这篇抒写离情别绪的词作，恰是南宋国土南北分裂的反映，无数家庭在伤别离的痛苦中煎熬。辛弃疾本人也远离故乡，对这种现象深有体会，因此才借以抒写儿女情长，表达政治寄托，真实生动地反映当时社会生活。

【原文】

敲碎离愁，纱窗外、风摇翠竹①。人去后、吹箫声断②，倚楼人独③。满眼不堪三月暮④，举头已觉千山绿⑤。但试将、一纸寄来书，从头读。

相思字，空盈幅⑥；相思意，何时足⑦？滴罗襟点点⑧，泪珠盈掬⑨。芳草不迷行客路⑩，垂杨只碍离人目⑪。最苦是、立尽月黄昏⑫，栏干曲⑬。

【注释】

①"敲碎离愁"三句：意思是纱窗外传来春风摇动翠竹的响声，把饱含离愁的心都快要敲碎了。②吹箫声断：传说春秋时萧史善吹箫，作凤鸣。秦穆公以女弄玉妻之，筑凤台以居。此用该典，暗指夫婿远离。③倚（yǐ）楼人独：独自一人倚偻。④"满眼"句：所看到的都是暮春三月的景色，令人伤感得难以忍受。不堪：禁不住；不能忍

受。三月暮：晚春时节的景象。⑤千山绿：春花落去后一片翠绿，指夏天将到来。⑥"相思字"二句：意思是信上写满相思的话，也是徒然。盈幅：满篇。⑦"相思意"二句：意思是这种相思的感情，什么时候才能得到满足？⑧罗襟（jīn）：指丝绸衣襟。⑨盈掬（yíng jū）：满把。形容眼泪很多。掬：两手捧取。⑩行客：指女子所思念的人。⑪碍（ài）：遮避。离人：伤别离的人。⑫立尽月黄昏：意思是从清晨立到日没月出。⑬栏干：最早指一种竹子木头或者其他东西编织的一种遮挡物，古人常倚阑或凭栏远眺来望景抒怀。

【译文】

纱窗外，阵阵清冷的风把翠竹摇得簌簌作响，仿佛要把我满怀的离愁别绪敲碎似的。自从他离开家远行以后，悠扬的吹箫声再也听不到了，只留下孤独的我倚在高楼上苦苦思念着。满眼都是暮春三月里，到处飘零的落花飞絮，令人伤感得难以忍受，举头望去，远处的群山日渐呈现出一片碧绿，眼看炎热的夏天就要到来了，却依然不见郎君的踪影。此刻我，只能是默默将他寄来的书信轻轻拿起，从头到尾再一遍又一遍细细读下去。

倾诉相思的字句，写满了信纸也是徒然；这满腹的相思之情，何时才能得到满足？是什么东西一滴又一滴落罗衣襟上，原来是泪珠串串早已能接满双捧。但愿那漫山遍野的芳草，不至于让他迷失道路，但为何这一簇簇垂杨柳，却总是遮断伤离人眺望的视线。最凄苦的时刻，就是月亮在苍茫的暮色中升起又落尽，我还倚靠在栏杆曲折处寂寞地守候。

粉蝶儿·和赵晋臣敷文赋落梅^①

【题解】

此词约作于宋宁宗庆元六年（1200），此时罢职闲居瓢泉的辛弃疾与寓居上饶的友人赵不迁常相唱和，作品多达二十余首，这是其中之一。这是一首新巧别致的惜春之作。词的上片回忆"昨日"春光烂漫；下片抒写"而今"春光难留。题材虽然传统但不落窠臼，同时构思新颖别致，运用拟人、比兴的手法，通过"昨日"与"而今"的对比，抒发惜春之情。全词婉约细腻，即景寓情，虽有一些小伤感，但别具一格。

【原文】

昨日春如，十三女儿学绣。一枝枝、不教花瘦^②。甚无情，便下得，雨僝风僽^③。向园林^④，铺作地衣红绉^⑤。

而今春，似轻薄荡子难久^⑥。记前时、送春归后^⑦。把春波，都酿作，一江醇酎^⑧。约清愁，杨柳岸边相候^⑨。

【注释】

①粉蝶儿：词牌名，双调七十二字，上下片各四仄韵。晋臣：即赵不迁，字晋臣，官至敷文阁学士，是作者友人。②不教花瘦：将花绣得肥大，这里形容春光丰腴。③雨僝（chán）风僽（zhòu）：此指风雨交相摧折，形容风雨作恶。④向：往，去。⑤地衣红绉（zhòu）：带

皱纹的红地毯。绉：丝织物的一种。⑥轻薄荡子：轻薄浪荡子，指不重感情的轻薄男子。⑦前时：以前，这里指过去每年送春的时节。⑧春波：碧波荡漾的春水。醇酎（zhòu）：浓郁的美酒。⑨清愁：凄凉的愁闷情绪。相候：指等待春天归来。

【译文】

昨日的春光还是那样明媚烂漫，就如同十三岁的天真女孩儿学刺绣。绣出的一枝枝花朵都是那样丰满肥硕，似乎不舍得让花儿太过清瘦。转眼间老天变得极其无情，竟然忍心让狂风骤雨将花儿折磨摧残，落红无数，把园林铺成了皱纹层层的红色地毯了。

而今日的春光却似轻薄的浪荡子，欢愉之后无情地转身离去，实在是难以久留。记得以前的此时也曾送春归去，自己的愁情足够把碧波荡漾的一江春水都酿作一江醇厚浓郁的美酒，料想今年送别春光之后，凄凉的清愁便会如约而至，它们一定已在杨柳岸边静静等候。

感皇恩·读庄子闻朱晦庵即世①

【题解】

此词为悼念大哲学家朱熹而作。朱熹卒于公元 1200 年（庆元六年）旧历三月，此词作于初闻噩耗之时。通篇都渗透着悼赞之意，深情厚谊和痛惜之情自然流出，一气呵成。作者上片读庄子、老子，感悟人生哲学；下片悼念朱熹，叹雄才已逝。上下片看似貌离神合，但其内涵却丝丝相连。全词实为赞美朱熹博学多才，忽闻他离世的消息甚是惋惜，但并没有从正面直接运笔赞扬，而是借赞颂庄子、杨雄的才华与之媲美，从而表达了自己对故人的崇敬与思念之情。

【原文】

案上数编书，非庄即老。会说忘言始知道。万言千句，不自能忘堪笑。今朝梅雨霁②，青天好。

一壑一丘，轻衫短帽。白发多时故人少。子云何在③，应有玄经遗草④。江河流日夜，何时了。

【注释】

①感皇恩：唐教坊曲名，后用为词牌名。有不同格式，此为双调六十七字，仄韵格。朱晦庵：即南宋大儒朱熹，晦庵是他的号。南宋哲学家、教育家。即世：指去世。②霁（jì）：雨后或雪后天气转晴。③子云：扬雄，字子云，善辞赋，西汉官吏、学者、哲学家、文学家，曾撰《太玄》等，将源于老子之道的玄作为最高范畴，并在构筑宇宙生成图式、探索事物发展规律时，以玄为中心思想，是汉朝道家思想的继承和发展者。④玄经：指《太玄》，扬雄的哲学著作。

【译文】

书房的案几上摆放着几卷书，这些不是庄子编撰的就是老子的著作。读了这些书以后，也会说"忘言"通晓规律与哲学道理这样的话。可是说了千句万言，其实还是不能自主去真的忘掉，这是多么可笑啊。今天早晨，连续数日的梅雨天气刚刚停止，天空开始放晴了，如此青天朗日的清澈天气真好。

无奈之中选择了隐退山林丘壑，身穿轻衫，头戴短帽。白发变得越来越多了的时候，而故人却渐渐少了。西汉的雄才扬雄如今在哪里，而拥有西汉扬雄一样雄才哲思的晦庵先生如今也离世了，好在他应该像扬雄那样留下了《太玄》一样不朽的经典之作。就像江河日夜奔流，不论到何时，都会永不停息。

玉楼春·戏赋云山

【题解】

公元 1196 年，由于上饶（今属江西）带湖寓所毁于火，辛弃疾于是迁居到铅山（今属江西）东北的期思渡，此词就作于他居住期思的瓢泉寓所期间。这首词虽然题为"戏赋云山"，所描述的是一种自然现象的瞬息万端变化，但字里行间却暗示了他一生报效国家，却不料处处受阻，以致于壮志难酬。但他心中始终寄寓不变的信念：虽然坚持抗金北伐多次受到求和派的排斥与打压，但是，就像大雪压不垮青松一样，他的信念不仅不会消亡，反而会逐渐强大。

【原文】

何人半夜推山去①？四面浮云猜是汝②。常时相对两三峰③，走遍溪头无觅处④。

西风瞥起云横度⑤，忽见东南天一柱⑥。老僧拍手笑相夸，且喜青山依旧住。

【注释】

①推山去：把大山推走。此处暗喻浮云遮山。②汝（rǔ）：你。这

里指浮云，暗指朝中的黑暗势力。③常时：平时。④无觅处：没有什么地方能够找得到，遍寻不见之意。⑤瞥起：猛然吹起；骤然而起。瞥：本意是指目光向下歪斜地扫了一眼，引申义是突然，倏忽。云横度：浮云横飞。⑥天一柱：天柱一根，擎天柱，即指青山。

【译文】

是什么人在半夜时分把大山推走了？我抬头看天空，此刻四面都是浮云，我猜想那一定是你干的。平常相对而视的几座山峰，现在找遍溪流岸边的尽头，却依然找不到它们的去处。

西风猛然吹起，只见浮云横冲直撞，忽然看到东南方向有擎天柱一根。老僧见状拍手大笑，对着它连声夸赞，而且高声欢呼，原来擎天的青山依旧在这里居住。

卜算子·漫兴

【题解】

这首词作于辛弃疾正处在人生的低潮时期。当时因遭小人排挤而被罢官，只好赋闲在江西铅山县期思渡附近的瓢泉隐居，饮酒吟诗，作赋填词成了主事。本词的上片描写了虽然汉代李广与李蔡才干人品有别，然而遭遇却恰恰相反，借以痛斥南宋朝廷在人才使用方面的黑暗，暗喻误国是必然；下片借田园除草、灌溉方面的道理，隐喻必须除旧布新，才会有新的起色，表现了作者忧国忧民的爱国情怀。

【原文】

千古李将军，夺得胡儿马①。李蔡为人在下中，却是封侯者②。

芸草去陈根，笕竹添新瓦③。万一朝家举力田④，舍我其谁也⑤。

【注释】

①"千古李将军"两句：言汉将李广英勇善战，功勋卓著。据《史记·李将军列传》，广与匈奴战，敌众我寡，重伤被俘。匈奴人置广于绳网上，行于两马之间。广佯死，突然跃起夺得胡儿骏马，南驰以整残部。李将军：即李广。②"李蔡"两句：言李广虽功勋卓著，却终无封侯之赏。而李蔡人品不过下中，名声去李广甚远，却得以封侯赐邑，位至三公。事见《史记·李将军列传》。③芸草：除草。芸：古同"耘"。陈根：老根。笕（jiǎn）竹添新瓦：剖开竹子，使成瓦状，以作引水之具。笕：引水的长竹管，安在房檐下或田间。④朝家：朝廷。力田：选拔人才的科目。汉代设"力田"（努力耕作）、"孝悌"（孝顺父母、友爱兄弟）两科。中选者受赏，并免除徭役。⑤舍我其谁也：除了我，还能是谁呢？语出《孟子·公孙丑下》："如

欲平治天下，当今之世，舍我其谁也。"

【译文】

　　千古扬名的李广，不愧为飞将军，能够在敌众我寡而且重伤被俘的情况下，突然飞身跃起夺得匈奴的战马。李蔡的人品才干都在李广的下中等，却能被封侯拜相，而李广虽功勋卓著，却终无封侯之赏。

　　我现在隐居田园，懂得了很多耕作的道理。比如在田里锄草，就一定要除去老根，剖开竹筒，就可以刮制成新的竹瓦，安在房檐下或田间。有时我在想，万一某一天，朝廷颁发诏令举办"力田"科考，那么能榜上有名的，除了我，还能有谁呢？

鹧鸪天·晚岁躬耕不怨贫

【题解】

　　陶渊明是辛弃疾最喜爱的田园诗人之一，所以在他罢官闲居瓢泉时，反复拜读陶渊明作品，时常化用其作品诗句而作词以遣怀。词中上片赞美陶渊明人品高尚淳朴，而自己的生活境遇恰好与之相似，他敬佩陶渊明，以淳朴之心与乡民相交，对黑暗和凶险的政坛毫无留恋而急流勇退，自此安贫乐道；下片赞其诗清新纯真，能够流传千秋。全词采用夸张手法，多处化用陶渊明的诗句，表达了自己对陶渊明的无比崇拜与赞誉，同时借以排遣内心的郁愤之情。

【原文】

读渊明诗不能去手^①，戏作小词以送之。

晚岁躬耕不怨贫^②，只鸡斗酒聚比邻^③。都无晋宋之间事^④，自是羲皇以上人^⑤。

千载后^⑥，百篇存^⑦，更无一字不清真。若教王谢诸郎在，未抵柴桑陌上尘^⑧！

【注释】

①去手：离手。②晚岁：晚年。躬耕：亲身耕作。"晚岁"一句：陶渊明四十一岁以后，弃官归隐，躬耕田亩，无怨无悔。其《庚戌岁九月中于西田获早稻》诗有云："田家岂不苦，弗获辞此难。四体诚乃疲，庶无异患干。盥濯息檐下，斗酒散襟颜。遥遥沮溺心，千载乃相关。但愿长如此，躬耕非所叹。"又其《癸卯岁始春怀古田舍诗二首》之二云："先师有遗训，忧道不忧贫。"③"只鸡"句：参见陶渊明《归园田居》之五："漉我新熟酒，只鸡招近局。"又陶渊明《杂诗十二首》之一："落地为兄弟，何必骨肉亲。得欢当作乐，斗酒聚比邻。"比邻：近邻，邻居。④都无晋宋之间事：谓陶渊明作品中表面上很少涉及晋、宋之际时事。晋宋之间事：指陶渊明所生活的时代，即东晋末年、刘宋初年之间的事情。⑤"自是"句：谓陶渊明自是远古时代高人。语出陶渊明《与子俨等疏》："尝言五六月中，北窗下卧，遇凉风暂至，自谓是羲皇上人。"羲皇以上人：上古时代以前的人。羲皇：即上古时代伏羲氏。⑥千载后：陶渊明距辛弃疾此时约八百年，此处举成数，称千载。⑦百篇存：《陶渊明集》现存诗125篇。⑧"若教"二句：如果王、谢豪门子弟还在，那他们连陶渊明故乡柴桑路上的灰尘都不如。王谢：六朝时期的豪门望族。柴桑：古县名，陶渊明故乡，在今江西九江县一带。陶渊明中年以后归隐于此。陌上尘：路上的尘土。语出陶渊明《杂诗十二首》之一："人生无根蒂，飘如陌

上尘。"

【译文】

　　我这一段时间以来，拜读陶渊明的诗简直着了迷，竟不能离手，今天写了一阕游戏之作的小词，以此奉送给大家。

　　陶潜在临近晚暮之年，毅然弃官归隐躬耕田园，从来都是无怨无悔于清贫，偶尔还杀只鸡设酒宴，邀请邻居一起举杯开怀畅饮。在他心中完全没有了晋宋之间战乱不断、南北分裂的事，自比是上古时代以前的人。

　　历经千百年之后的今天，仍然有百余篇精妙的诗文留存于世，文中更是没有一个字不体现出清新纯真。倘若让东晋时期王、谢两大豪门望族的诸位子孙都站在这里，恐怕他们都不如陶渊明故乡柴桑路上的一粒灰尘。

鹧鸪天·欲上高楼去避愁

【题解】

　　这是辛弃疾中年以后的作品。在多年官场生涯中，他看透了官场尔虞我诈与仕途险恶，自己所追求的报国理想无法实现，反而被一次次卷入风波，因而对官场产生了一种极端厌倦的情绪。在仕宦与归隐的得失之间徘徊，这首词即是在这样的背景下创作的。词的上片写想到高楼之上躲避难以排遣的忧愁，却因江山易改、亲朋老去所致更多的愁苦，寄托了报国无路、知音难诉的悲愤；下片写自己意欲归耕，摆脱功名利禄所带来的愁苦，烘托了一种追求自由生活的理想。

【原文】

欲上高楼去避愁，愁还随我上高楼。经行几处江山改①，多少亲朋尽白头②。

归休去③，去归休。不成人总要封侯④？浮云出处元无定⑤，得似浮云也自由。

【注释】

①经行：经过。②尽：都，全部。③归休去：辞官退休；归隐。回家休息。语出《庄子·逍遥游》。去：语气助词。④不成：助词。用于句首，表示反诘。难不成，难道。⑤出处：暗指出仕与隐处，做官与退隐。元：同"原"。

【译文】

有心想要登上高楼去躲避忧愁，可是忧愁还是跟随着我，也登上了高楼。我走过大大小小好几个地方，所看到的江山美景，都已经改

变得面目全非，有多少亲戚好友也都已经白了头。

从此归隐退休吧，这样就可以回到家中去休息。难道像我这样没有什么成就的人，还总是妄想着要封侯吗？浮云飘来又飘去，原本就没有固定的居处，如果我能得以像浮云那样随心所欲来来去去，那么此生也算是得到了自由。

清平乐·博山道中即事

【题解】

这是一首描写博山沿途夜景的词作。上阕描写博山道上柳密露浓，行人飞马而过沾湿了衣裳。继而在行经河滩旁边时，发现夜宿沙滩的鸥鹭半眯着眼睛，微微摇晃像在做梦，仿佛把行人也带入了梦中；下阕描写了这样一个月朗星稀的夜晚，一位娉婷温婉的浣纱女，一阵儿稚子啼哭声，顿时让人联想到一幅更富有诗意与人间温情的暖人画面。此词的篇幅虽然很短，但是意境悠长，而且想象丰富，语言淡朴，别有一番幽情奇趣，可谓美不胜收。

【原文】

柳边飞鞚^①，露湿征衣重。宿鹭窥沙孤影动^②，应有鱼虾入梦。

一川明月疏星，浣纱人影娉婷^③。笑背行人归去，门前稚子啼声^④。

【注释】

①飞鞚（kòng）：是策马飞驰的意思。南朝宋鲍照《拟古》诗之三："兽肥春草短，飞鞚越平陆。"②鹭：鸟类，颈和腿细长，生长在水域附近，以尖锐的嘴捕食水生动物，通常成群营巢于林间。③浣纱（huàn shā）人：泛指洗涤衣服的人。浣：洗涤。纱：一种布料，也代指衣服。娉婷（pīng tíng）：用来形容女子姿态美好的样子。亦借指美人。④稚子：指的是幼子；小孩子。古代是指六七岁以下的小孩，也是长辈对小孩子的一种爱称。

【译文】

有一个行人骑着快马从柳树旁边飞驰而过，柳枝上的露水拂落在他的身上，衣衫被沾湿瞬间变得沉重。一只白鹭栖宿在沙滩上，半眯着眼睛向沙汀窥视，映衬在沙滩上的身影似有节

283

奏地微微摇动，此时，一定是有成群的鱼虾进入了它的梦中。

　　夜深人静，整个山川沐浴在疏星朗月的清光中，一个年轻的浣纱女在溪水边浣洗衣裳，在月光的映衬下，她那婀娜轻盈的身影越发美丽动人。忽然，宁静的村舍门前传来了一阵小孩子的啼哭声，正在溪边浣纱的女子立即起身往家赶，路上遇见陌生的行人，只羞怯地低头一笑，随即背转身，匆匆向自己的家中走去。

卷五

浣溪沙·常山道中即事①

【题解】

宋宁宗嘉泰三年（1203）五月，辛弃疾被重新起用，出任绍兴知府兼浙江东路安抚使，六月中旬到任。这是他由铅山寓所奔赴绍兴上任时，经过常山途中所写。词中上片通过捕捉江南农村独具特色的辛勤劳动场景，描绘出乡村生活的恬淡美好，表达了自己重新上任可以为国效力的喜悦；下片通过对夏天风雨不定的气候等描写，表现了作者宠辱不惊的淡定心态。通篇词句明丽，清新淳朴，而且生活气息浓厚，宛如一幅夏秋之交时的风景图。

【原文】

北陇田高踏水频②，西溪禾早已尝新③。隔墙沽酒煮纤鳞④。

忽有微凉何处雨，更无留影霎时云⑤。卖瓜声过竹边村。

【注释】

①常山：县名，今浙江省常山县。②踏水：用双脚踏动水车浇地种田。③禾早：早熟的稻米。尝新：指品尝新稻。④沽（gū）酒：买酒。纤鳞（lín）：小鱼。⑤更无：绝无。霎（shà）时：突然之间；形容极短的时间。

【译文】

北边高坡的田地上，有很多辛勤的农人，正在频繁快速地踏动水车浇地准备播种。西面溪水边上的早稻成熟比较早，人们早已尝到了新收割的稻米。农闲时，割下来一些青菜，隔着小墙呼唤一声店家就能买来一坛清酒，锅里烹煮几条细鳞鱼，然后就可以酣畅淋漓地对酒当歌。

忽然间，有微微凉风袭来，不知从哪里飘来了细雨，更有趣的是，突然之间飘来的雨云，倏忽间又没有留下一点踪影。远处传来卖瓜人抑扬顿挫的叫卖声，由远及近，转眼间便穿过竹林旁的小山村。

汉宫春·会稽蓬莱阁怀古①

【题解】

嘉泰三年〔1203〕秋，辛弃疾被重新起用，次年春改知镇江府。辛弃疾登上绍兴知府官署内的蓬莱阁，观乱云急雨，大兴思古幽情，慨然而有此作。词中上片描写了狂风暴雨的威猛，继而变得晴空万里，星夜月明的迷人景象，寓含了一个经过风雨的洗礼，定将会更加美好的人生哲理；下片引用吴越争霸的典故，抒发了对历史兴衰无常的感慨，暗示当朝不要耽于安乐，以免误国，表达了作者对抗金充满希望的爱国情怀。

【原文】

秦望山头②，看乱云急雨③，倒立江湖。不知云者为雨，雨者云乎？长空万里，被西风、变灭须臾④。回首听、月明天籁，人间万窍号呼⑤。

谁向若耶溪上⑥，倩美人西去，麋鹿姑苏⑦？至今故国人望，一舸归欤⑧。岁云暮矣，问何不、鼓瑟吹竽⑨？君不见、王亭谢馆⑩，冷烟寒树啼鸟。

【注释】

①汉宫春：词牌名，又名"汉宫春慢""庆千秋"。双调九十六字，前后段各九句、四平韵。另有双调九十六字，前段十句五平韵，后段八句五平韵；双调九十四字，前段九句五仄韵，后段十句六仄韵等变体。会稽：中国古地名。②秦望山：是会稽山脉的名山，因秦始皇南巡时，登临此地，远望南海而得名。③乱云：纷乱的云。④须臾（xū yú）：片刻之间；忽然之间。形容时间很短。⑤天籁：自然界的各种声音。如风声、水流声、鸟啼声等。万窍：指大地上大大小小的孔穴。指所有生灵。⑥若耶溪：河名，在会稽南。⑦倩：请（别人代替自己做事）。美人：此指西施。传说西施曾经在若耶溪上浣纱。越国被吴国打败后，越王为了报仇，使用美人计，把西施送给吴国，后吴国被越国所灭。麋鹿姑苏：据《史记·淮南王传》载："王坐东宫，召伍被与谋曰：'将军上。'被怅然曰：'上宽赦大

王，王复安得此亡国之语乎！臣闻子胥谏吴王，吴王不用，乃曰：臣今见麋鹿游姑苏之台也。今臣亦见宫中生荆棘，露沾衣也。'"后因此以"麋鹿游姑苏"比喻繁华之地变为荒凉之所，暗示国家沦亡。麋（mí）：鹿的一种，俗称四不像。姑苏：这里指姑苏台，吴王曾与西施在此游宴。⑧舸（gě）：大船。欤（yú）：表示感叹，跟"啊"相同。⑨暮：指（时间）将尽；晚。鼓瑟吹竽：弹瑟吹竽。⑩王亭谢馆：王、谢为东晋豪门贵族，子弟很多，多住在会稽。王亭谢馆泛指他们在会稽一带的游乐场所。

【译文】

秦望山头之上，你看那纷乱的云在狂舞，暴雨倾注，犹如倒立的江湖之水倾泻下来。此刻，不知道是云化为了雨，还是雨化作了云呢？万里长空，被西风吹得变了脸色，片刻之间，乌云就变幻消失了。回过头来，倾听明月星夜里的天籁之音氤氲缭

绕，人间万千孔穴在号呼。

是谁将目光投向若耶溪畔之上的浣纱女，又请美人西施去迷惑吴王，整日沉迷酒色游宴姑苏，最终导致吴国覆灭，只落得繁华的姑苏台荒凉得便成了麋鹿出没的地方？至今越国人仍盼望那位一雪会稽之耻，功成名就之后急流勇退，与美人泛舟西湖而消失踪迹的范蠡能重新乘着大船归来啊。岁月将尽了，试问何不弹瑟吹竽，如此欢快地演奏乐器以示欢乐？难道你没看见，古代王、谢望族的豪华亭台与楼阁，如今只剩下凋残的树木，甚至寒烟清冷，一树孤寂的乌鸦在啼呼！

南乡子·登京口北固亭有怀①

【题解】

辛弃疾在宋宁宗嘉泰三年（1203）被重新起用后不久，于第二年改派到镇江去做知府。每当他登临京口（即镇江）北固亭时，总是触景生情，感慨万千。这首即景抒情，借古讽今的词作就是在这一背景下写成的。本词通过引用典故，赞颂古代英雄人物，表达了自己渴望能为国效力的壮烈情怀，但也流露出报国无门的无限感慨，以及对主张求和派的朝廷政权的极度愤懑之情。

【原文】

何处望神州？满眼风光北固楼②。千古兴亡多少事③？悠悠，不尽长江滚滚流。

年少万兜鍪④，坐断东南战未休⑤。天下英雄谁敌手⑥？曹刘，生子当如孙仲谋⑦。

【注释】

①南乡子：词牌名。京口：今江苏省镇江市。北固亭：在今镇江市北固山上，下临长江，三面环水。②望：眺望。神州：这里指中原地区。北固楼：即北固亭。③兴亡：指国家兴衰，朝代更替。悠悠：众多；形容漫长、久远。④年少：年轻。指孙权十九岁继父兄之业统治江东。兜鍪（dōu móu）：指千军万马。原指古代作战时兵士所带的头盔，这里代指士兵。⑤坐断：坐镇，占据，割据。东南：指吴国在三国时地处东南方。休：停止。⑥敌手：能力相当的对手。曹刘：指曹操与刘备。⑦生子当如孙仲谋：曹操率领大军南下，见孙权的军队雄壮威武，喟然而叹："生子当如孙仲谋，刘景升儿子若豚犬耳。"

【译文】

站在哪里才能眺望到神州大地的全貌呢？要想满眼看到美好的风光，就请登上北固楼。从古到今，到底发生过多少关乎国家兴亡的大事？简直太多了。连绵不断的往事，如同流不尽的长江之水，滚滚奔流。

当年孙权在青年时代就接替父兄的职位，指挥千军万马坐镇江东，然而连年征战不尽不休，面对强大的敌手却从来没有屈服低头。天下之大，试问天下英雄谁是孙权的敌手？只有曹操和刘备而已。难怪，就连堪称天下奸雄的曹操都赞叹说："生养儿子，都应当像孙权孙仲谋！"

瑞鹧鸪·京口有怀山中故人①

【题解】

开禧元年（1205），辛弃疾任镇江知府时，依然想金戈铁马抗战救国，但现实总是一次次令他失望，又因自己年老体衰而禁不住思乡归隐，因此内心十分矛盾。辛弃疾站在京口之上，思归之情再一次涌起，写下了这首词。词中上片抒发当下思归之感，但不明言思归之情，而以自己晚年不再写短长词，只喜欢与陶渊明的诗相和，暗示了对陶渊明归隐生活的向往；下片点明自己所思念的山中故人正是猿鹤之辈，借故人曾张贴《北山移文》表明他对此番出山的悔意与热切的回归隐居之心。

【原文】

暮年不赋短长词②，和得渊明数首诗③。君自不归归甚易，今犹未足足何时？

偷闲定向山中老④，此意须教鹤辈知。闻道只今秋水上，故人曾榜北山移⑤。

【注释】

①瑞鹧鸪：词牌名，正体双调五十六字，前段四句三平韵，后段四句两平韵。京口：旧地名，宋代为镇江府，在今江苏镇江。②暮年：老年、晚年，通常含有衰迟之意，只是一个大概年龄段。③和得渊明数首诗：谓作了数首与陶渊明诗和韵的诗。陶渊明的诗歌对后世影响甚大，不少失意的士子往往与陶诗唱和，以平衡自己的情绪和心态。比如苏轼贬到岭南后，即以和陶诗为乐，北归后编成《和陶诗集》。④偷闲：挤出空闲的时间；偷懒；闲着。⑤北山移：南朝齐骈文家孔稚圭

《北山移文》的简称。文章借北山山灵的口吻，嘲讽了当时的名士周颙故作高蹈而又醉心利禄的行为。

【译文】

我现在已到了迟暮之年，不再去写那些慷慨激昂的词赋了，倒是和得了好几首陶渊明所写的田园诗。你自己不想归隐的时候，却因仕途不顺而被迫归隐山林，竟然变得很容易，而像现在这样衣食无忧还不知道知足，究竟要到什么时候才能知足呢？

人生难得偷闲的时候，我一定要回到故乡，甘愿终老山林，我这份心意一定要让山林中的猿鹤知道，因为我们早就有了盟约。听说，至今在秋水堂前的石壁上，依然贴着自己以前曾日日诵读以自警的《北山移文》，真希望能够早日回归隐居，而不被故人以《北山移文》所讥笑。

永遇乐·京口北固亭怀古

【题解】

此词写于宋宁宗开禧元年（1205），当时辛弃疾正受命担任镇江知府，戍守江防要地京口。从表面看，朝廷对他似乎很重视，但实际上只不过是利用他主战派元老的招牌作为号召而已。辛弃疾到任后，积极布置军事进攻。但同时他清楚地意识到政治斗争的险恶，自身处境孤危，抗战建议不被南宋当权者所重视，因此深感很难完成国家统一的愿望。他来到京口北固亭，登高眺望，怀想古代英雄事迹，不禁感慨万千，怀着深重忧虑和一腔悲愤写下这首词，借以抒发一种爱国情怀。

【原文】

千古江山，英雄无觅孙仲谋处①。舞榭歌台②，风流总被，雨打风吹去。斜阳草树，寻常巷陌，人道寄奴曾住③。想当年④，金戈铁马，气吞万里如虎。

元嘉草草，封狼居胥⑤，赢得仓皇北顾⑥。四十三年，望中犹记，烽火扬州路⑦。可堪回首，佛狸祠下⑧，一片神鸦社鼓⑨。凭谁问：廉颇老矣，尚能饭否⑩？

【注释】

①孙仲谋：孙权，字仲谋。吴郡富春县（今浙江富阳）人。长沙太守孙坚次子，东吴大帝，三国时期吴国的开国皇帝，曾建都京口。幼年跟随兄长吴侯孙策平定江东，汉献帝建安五年孙策早逝。孙权继位为江东之主。②舞榭（xiè）歌台：演出歌舞的台榭，这里代指孙权故宫。榭：建在台上的房屋。③寻常巷陌：极窄狭的街道。寻常：古代指长度，八尺为寻，倍寻为常，形容窄狭。引伸为普通、平常。巷、陌：这里都指街道。寄奴：南朝宋武帝刘裕小名。祖籍彭城郡彭城县绥舆里，生于晋陵郡丹徒县京口里，西汉楚元王刘交之后。东晋至南北朝时期杰出的政治家、改革家、军事家，南朝刘宋开国皇帝。④"想当年"三句：刘裕曾两次领兵北伐，收复洛阳、长安等地。金戈：用金属制成的长枪。铁马：披着铁甲的战马。指精良的军事装备。这里指代精锐的部队。⑤元嘉草草：刘裕子宋文帝刘义隆好大喜功，仓促北伐，反而让北魏太武帝拓跋焘抓住机会，以骑兵南下，兵抵长江北岸而返，遭到对手的重创。元嘉：刘义隆年号。草草：轻率。封

狼居胥：狼居胥山，在内蒙古自治区西北部。汉武帝元狩四年（前119）霍去病远征匈奴，歼敌七万余，于是"封狼居胥山，禅于姑衍"。积土为坛于山上，祭天曰封，祭地曰禅，古时用这个方法庆祝胜利。南朝宋文帝刘义隆命王玄谟北伐，玄谟陈说北伐的策略，文帝说："闻王玄谟陈说，使人有封狼居胥意"。词中用"元嘉北伐"失利事，以影射南宋"隆兴北伐"。⑥赢得仓皇北顾：即赢得仓皇与北顾。宋军北伐，为北魏军击败，北魏军趁机大举南侵，直抵扬州，吓得宋文帝亲自登上建康幕府山向北观望形势。赢得：剩得，落得。⑦四十三年：作者于宋高宗绍兴三十二年（1162），从北方抗金南归，至宋宁宗开禧元年（1205），任镇江知府登北固亭写这首词时，前后共四十三年。烽火扬州路：指当年扬州地区，到处都是抗击金兵南侵的战火烽烟。路：宋朝时的行政区划，扬州属淮南东路。⑧可堪：表面意为可以忍受得了，实则犹

"岂堪""哪堪"，即怎能忍受得了。堪：忍受。佛（bì）狸祠：北魏太武帝拓跋焘小名佛狸。元嘉二十七年，他曾反击刘宋，两个月的时间里，兵锋南下，五路远征军分道并进，从黄河北岸一路穿插到长江北岸。在长江北岸瓜步山建立行宫，即后来的佛狸祠。⑨神鸦：指在庙里吃祭品的乌鸦。社鼓：祭祀时的鼓声。整句话的意思是，到了南宋时期，当地老百姓只把佛狸祠当作供奉神祇的地方，而不知道它过去曾是一个皇帝的行宫。⑩"廉颇"二句：廉颇，战国时赵国名将。据《史记·廉颇蔺相如列传》记载，廉颇被免职后，跑到魏国，赵王想再用他，派人去看他的身体情况，廉颇的仇人郭开贿赂使者，使者看到廉颇，廉颇为之米饭一斗，肉十斤，被甲上马，以示尚可用。使者回来报告赵王说："廉颇将军虽老，尚善饭，然与臣坐，顷之三遗矢矣。"赵王以为廉颇已老，遂不用。

【译文】

江山流转千古依旧存在，坐镇江东的英雄孙仲谋，却已无处寻觅。无论繁华的舞榭歌台，还是英雄的流风余韵，总被无情的风雨吹打而去。那斜阳中摇曳的花草树木，那普通百姓出入的街巷，人们都说南朝刘宋开国皇帝寄奴曾经在这里居住。遥想当年，他指挥强劲精良的兵马，一鼓作气吞没万里骄虏，一如下山猛虎。

元嘉帝刘义隆是多么轻率鲁莽，想建立不朽战功，却不曾想，在封狼居胥山北伐失利，直落得是仓皇逃命，悔恨中北望追兵，忍不住痛泪无数。遥想四十三年前，回望中依然清楚记得，我曾英勇战斗在烽火硝烟弥漫的扬州路。真是不堪回首，佛狸祠，这座北魏太武帝拓跋焘的行宫下，如今当地百姓只把佛狸祠当作供奉神祇的地方，引来抢吃祭品的乌鸦，聒噪声声应和着嘈杂的社鼓喧哗。廉颇被免职后，还能依靠谁来过问，廉颇将军的确老了，但他的饭量如何，他的身体是否依然强健如故？

玉楼春·江头一带斜阳树①

【题解】

宋宁宗开禧元年（1205），辛弃疾重新被起用不久，朝廷以辛弃疾荐人不当为由，将他降职，之后朝廷又因谏官的弹劾撤回新令，授以"提举冲佑观"的空衔，命他"理作自陈"。这是他仕途上的第三次罢官，这首词是他离开镇江回瓢泉途中所写。词的上片写他对六朝兴亡的感慨，表明依然关心国家兴废；下片借景抒怀，表明面对多变的政治风雨，本想留下为国建功立业，但却留不住，只能回归田园过隐居生活。全词在景物描写中寓托着政治思想，感情曲折深沉，回味无穷。

【原文】

乙丑京口奉祠西归②，将至仙人矶③。

江头一带斜阳树④，总是六朝人住处。悠悠兴废不关心⑤，惟有沙洲双白鹭。

仙人矶下多风雨⑥，好卸征帆留不住⑦。直须抖擞尽尘埃⑧，却趁新凉秋水去⑨。

【注释】

①玉楼春：词牌名，又名"归朝欢令""呈纤手""春晓曲""惜春容""归朝欢令"等。双调五十六字，前后段各四句三仄韵。另有双

调五十六字，前段四句三仄韵，后段四句两仄韵等变体。②奉祠：即指提举福建冲佑观。宋代设宫观使、判官、都监、提举、提点、主管等职，以安置五品以上不能任事或年老退休的官员等。他们只领官俸而无职事。因宫观使等职原主祭祀，故亦称奉祠。③仙人矶（jī）：地名，具体位置不详。④江头：江边，江岸。六朝：吴、东晋、宋、齐、梁、陈相继建都建康，史称六朝。⑤悠悠兴废：古往今来王朝兴亡更替之事。⑥风雨：似暗喻仕宦风波。⑦征帆：指代宦海之舟。卸：卸下，放下。⑧直须：径须。直：径直地。抖擞（dǒu sǒu）：振作；奋发。尘埃：比喻抖尽世俗官场之牵累。⑨新凉：辛弃疾此次落职还乡正值初秋。秋水：双关语，既指眼前江水，也兼指瓢泉家园中的"秋水堂"。

【译文】

乙丑年，我从京口奉祠被罢职西归，只得退居瓢泉家中，现在即将到达仙人矶。

江岸之上，一道斜阳映照在江边树上，那荒弃的废墟七零八落，恐怕全都是六朝人留下的遗迹。千百年来的兴盛衰亡，已不足以让人去关心过问，只有那沙洲中的一双白鹭，不知道它们此刻是否感到孤独。

仙人矶下，素来都是多风又多雨，想把妥当卸掉了征帆的小船靠向岸边，可是却很难将它停留住，总是担心终被风雨吹跑。看来只能径直抖擞精神，用力甩尽全身的尘埃羁绊，要趁着刚刚凉爽起来的天气离开这里，直奔我瓢泉家中的"秋水堂"。

瑞鹧鸪·乙丑奉祠归舟次余干赋①

【题解】

宋宁宗开禧元年（1205），辛弃疾重新被起用不到一年时间，北伐准备工作才刚刚开始，就不幸以"举荐不当"连降两官，不久又被言官弹劾，诬陷他"好色、贪财、淫刑、聚敛"，将他罢免了。辛弃疾离开镇江、行舟到达余干时，江上风高浪急，险象环生，因此心情很差，神情更加憔悴不堪，心中感慨万分。词的上片用了三个典故，揭示了南宋朝廷官场黑暗，并不是真的爱惜人才而尽其所用；词的下片以梦见曹操自嘲，诉说英雄暮年失落的愤懑、感伤之情，表达了自己老年罢官、抗金之志落空之后极度伤心失望之情。

【原文】

江头日日打头风②，憔悴归来邴曼容③。郑贾正应求死鼠④，叶公岂是好真龙⑤？

孰居无事陪犀首⑥，未办求封遇万松。却笑千年曹孟德⑦，梦中相对也龙钟⑧。

【注释】

①瑞鹧鸪：词牌名，又名"舞春风""桃花落""鹧鸪词""拾菜娘""天下乐""太平乐""五拍""报师恩"等。双调五十六字，前段四句三平韵，后段四句两平韵。另有双调五十六字，前段四句三平韵，

后段四句两平韵；双调六十四字，前后段各五句、三平韵等变体。奉祠归：指作者自隆兴府知府任被授予宫观，离开府治回归上饶。余干：汉代名余汗，在信州南。刘宋时期改为"余干"。②打头风：迎面而来的风，相当于现在所说的"逆风而行"。③邴曼容：汉哀帝时人，一生养志自修，为官清廉，声望极高，很受他人尊敬。后为品格高尚的清官之典范。典出《汉书·两龚传》："（龚）胜（邴）汉遂归老于乡里。汉兄子曼容亦养志自修，为官不肯过六百石，辄自免去，其名过出于汉。"此处他自比邴曼容，取养志自修，言淡泊名利之意。④郑贾正应求死鼠：谓朝廷所需未必是真正的人才，而是以他们的标准框定的"人才"。典出《战国策·秦策三》："郑人谓玉未理者璞，周人谓鼠未腊者朴。周人怀璞过郑贾曰：'欲买朴乎?'郑贾曰：'欲之'出其朴，视之，乃鼠也。因谢不取。"⑤叶公岂是好真龙：谓朝廷并非真正爱惜人才。典出刘向《新序·杂

事》：“叶公子高好龙，钩以写龙，凿以写龙，屋室雕文以写龙，于是天龙闻而下之，窥头于牖，施尾于堂。叶公见之，弃而还走，失其魂魄，五色无主。是叶公非好龙也，好夫似龙而非龙者也。今臣闻君好士，不远千里之外以见君，七日不礼，君非好士也，好夫似士而非士者也。”⑥孰居无事陪犀首：是谁假借闲暇无事陪犀首交谈，然后推动而行使犀首在日后担任国家大事，且声名显赫的呢。语出《庄子·天运》：“天其运乎？地其处乎？日月其争于所乎？孰主张是？孰维纲是？孰居无事推而行是？”犀首：即公孙衍，战国时魏人，先后任秦国大良造，魏国相国、将军等重要官职，曾佩五国相印，声名显赫，于张仪同为战国时期著名的政治家、外交家、军事家。典出《史记·陈轸列传》：“陈轸使于秦，过梁，欲见犀首。犀首

者，魏之阴晋人也，与张仪不善。犀首谢弗见。轸曰：'吾为事来，公不见轸，轸将行，不得待异日。'犀首见之。陈轸曰：'公何好饮也？'犀首曰：'无事也。'曰：'吾请令公厌事，可乎？'曰：'奈何？'"

⑦曹孟德：曹操，字孟德，一名吉利，小字阿瞒，沛国谯县（今安徽亳州）人。东汉末年杰出的政治家、军事家、文学家、书法家，三国中曹魏政权的奠基人。曹操曾担任东汉丞相，后加封魏王，奠定了曹魏立国的基础。⑧龙钟：老态龙钟。形容身体衰老、行动不灵便的样子。

【译文】

我毅然离开镇江府衙，回归瓢泉家中，乘船到达余干一带时，这里的江上风高浪急，险象环生，而且每天都是逆风而行，因此我的心情极度郁闷，面容更加憔悴不堪，此番归来犹如古人郇曼容，一生不为多吃俸禄。东汉时期的郑贾就应当买到死老鼠（朴），而不是郑人所说的玉石（璞），而叶公看见真龙飞来竟然吓得失魂落魄而逃，又怎么能说他是真喜欢龙呢？

是谁假借闲暇无事而去陪犀首交谈，然后推动而行，致使犀首在日后担任国家大事而声名显赫了呢？直到今天，我还是没办到请求封侯封邑，就只能自行回归到山林与万顷青松做伴了。只笑那一生征战的曹孟德，即便是叱咤千年，此刻如果梦中相遇，恐怕也早已是老态龙钟了。

洞仙歌·丁卯八月病中作

【题解】

开禧二年（1206），宋王朝任命已归居铅山的辛弃疾再为绍兴府知府兼浙江东路安抚使，但辛弃疾想到多年来屡受打击，壮志难酬，就谢辞了此次任命。丁卯年（1207）八月重病在身，九月朝廷又诏命他为枢密院都承旨以及有兵权的职位，这次本以为能大刀阔斧统一国土。可是诏书到达铅山前，这位抗金将领、南宋词坛领军人物便含恨离开了人间。本词上片阐述贤愚、舜跖之分无非毫厘，不可不察；下片言小人之交与君子之交一定要分清楚，人到晚年惟求安乐半醺之境，字字耐人寻味。这也算是他的绝笔词，可谓人至晚年，回味人生，痛中思痛。

【原文】

贤愚相去，算其间能几。差以毫厘缪千里^①。细思量，义利舜跖之分^②，孳孳者，等是鸡鸣而起。

味甘终易坏，岁晚还知，君子之交淡如水^③。一饷聚飞蚊^④，其响如雷，深自觉、昨非今是。羡安乐窝中泰和汤^⑤，更剧饮无过，半醺而已^⑥。

【注释】

①缪（miù）：错误。②"舜跖之分"三句：语出《孟子·尽心

上》："鸡鸣而起，孳孳为善者，舜之徒也；鸡鸣而起，孳孳为利者，跖之徒也。欲知舜与跖之分，无他，利与善之间也。"舜跖：虞舜和盗跖的并称。指圣人和恶人。孳孳（zī zī）：同"孜孜"。勤勉；努力不懈。③君子之交淡如水：出自《庄子·山木》："且君子之交淡若水，小人之交甘若醴（lǐ）；君子淡以亲，小人甘以绝。"意思是：君子之间的交情，清淡如水；小人之间的交情，甘甜如酒。君子清淡却亲切长久，小人甜蜜反而容易绝交。④饷（xiǎng）：一会儿，不多久的时间。语出唐韩愈《醉赠张秘书》：虽有一饷乐，有如聚飞蚊。⑤安乐窝：指住宅。泰和汤：指酒。泰和：太平之意。⑥剧饮：痛饮；豪饮。半醺（xūn）：半醉。

【译文】

作为一个正常人，贤和愚之间应该相互有差别距离，计算起来，他们之间能相差多少呢？不要小看了这个区别，可以说，如果相差以毫厘计算，那么所出现的错误就会有千里

之远。仔细思索考量这义与利的区别，同时也要分清诸如虞舜和盗跖，他们到底谁是圣人，谁是恶人。可以说，他们都是听到鸡鸣就起身，孜孜不倦勤勉做事情的人。但是记住，与人为善的就是虞舜的弟子，唯利是图的就是盗跖的门下。

甜言蜜语与利益交织在一起的酒肉朋友，时间久了终究会因为利益不均而容易破坏；而清水虽然没有味道，但它就能长久保持本色不变，人到了老年还会知道，君子之间的交往，如山中涓涓流淌的清清泉水，有山之灵气，那是一种与天地共存的默契。仅仅是吃一餐饭的时间里，就能聚集一大批飞蚊，团团飞舞响声如雷，也只有到了如雷贯耳的时候，你才会深深觉得，昨天错了，而今天的做法才是对的。我很羡慕那些躺在安乐窝里，还能有"泰和汤"可喝的人，特别是，即便是痛饮也不会大醉，不过是喝得半醉半醒而已。

生查子·题京口郡治尘表亭①

【题解】

这是嘉泰四年（1204），辛弃疾奉旨出任镇江知府到任之初，为京口郡治尘表亭而题写的作品。词的上片写大禹当年风尘劳苦，疏浚河道，使人免遭水灾，鱼也获得深渊之水而得以畅游，堪称立下万事功劳；词的下片写日落西山、江水东流之时，到此不是为了眺望远景，而是心怀大禹治水对后世的贡献之功。全词满怀热情地颂扬了大禹治水的历史功绩，抒发了自己一心匡扶国家统一的伟大抱负。

【原文】

悠悠万世功，矻矻当年苦②。鱼自入深渊③，人自居平土。

红日又西沉，白浪长东去。不是望金山④，我自思量禹。

【注释】

①京口郡治尘表亭：宋代镇江府的官署设在京口，故称京口郡治。尘表亭：镇江亭名，今已不存在。②矻矻（kū kū）：勤劳不懈的样子；形容努力、勤劳。《史记·夏禹本纪》："禹伤先人父鲧功之不成受诛，乃劳神焦思，居外十三年，过家门不敢入。"③深渊：很深的水潭。比喻危险或困苦的境地。④金山：据《舆地纪胜》镇江府景物："金山，在江中，去城七里。旧名浮玉，唐李琦镇润州，表名金山。因裴头陀开山得金，故名。"

【译文】

大禹治水的功绩悠远流传，堪称为人类建立了千秋万世的功勋，他勤劳不懈，想当年他为此奔波劳碌多么辛苦。他带领大家疏浚河道畅通以后，使鱼类自行乖乖地游进深渊之水而得以畅游与繁衍，人们自然而然是安安稳稳地定居在高冈或平坦的土地上世代相传。

一轮红日每天都是从东方升起，又向西方沉沉下坠，江中的白浪翻腾，永不停息地向东滚滚而去。我来到京口尘表亭，并不是为了眺望镇江的金山，而是想静静地站在这里，满怀崇敬地缅怀大禹。

鹧鸪天·有客慨然谈功名因追念少年时事戏作①

【题解】

这首词是辛弃疾晚年被再度弹劾落职以后闲居瓢泉时，与客人相谈建立功名时所引发的追忆之作。他在二十二岁那年，因不满金人欺压，组织了二千多人的起义队伍抗金，归顺南宋为官以后，常被求和派排挤打压，甚至几度被弹劾罢官而壮志难酬。词的上片从自己拥万夫的豪气入笔，慷慨陈述抗金少年英雄驰骋沙场的勇武；词的下片写如今须发皆白却心伤透骨，沉郁苍凉。虽然作者自称戏作，但实际上感慨遥深，深刻地概括了一个抗金英雄报国无门、壮志难酬的人的凄苦命运。

【原文】

壮岁旌旗拥万夫②，锦襜突骑渡江初③。燕兵夜娖银胡䩮④，汉箭朝飞金仆姑⑤。

追往事，叹今吾，春风不染白髭须⑥。却将万字平戎策⑦，换得东家种树书⑧。

【注释】

①少年时事：年轻时期的事情。②壮岁旌旗拥万夫：指作者领导起义军抗金事，当时正二十岁出头。他在《美芹十论》里说："臣尝鸠众二千，隶耿京，为掌书记，与图恢复，共籍兵二十五万，纳款于朝。"壮岁：少壮之时。③锦襜（chān）突骑渡江初：指作者南归前统帅部队和敌人战斗之事。锦襜突骑：穿锦绣战袍的快马骑兵。襜：战袍。古时衣蔽前曰"襜"。④"燕兵"句：意谓金兵在夜晚枕着箭袋小心防备。燕兵：此处指金兵。娖（chuò）：整理的意思。银胡䩮（lù）：银色或镶银的箭袋。一说"娖"为谨慎貌；"胡䩮"是一种用皮制成的测听器，军士枕着它，可以测听三十里内外的人马声响，此解见《通典》。⑤"汉箭"句：意谓清晨宋军便万箭齐发，向金兵发起进攻。汉：汉人。此处代指宋。金仆姑：箭名。据《左传·庄公十一年》记载：乘邱之役，公以金仆姑射南宫长万。⑥髭（zī）须：胡子。唇上为"髭"，

唇下为"须"。⑦平戎策：平定当时入侵者的策略。此指作者南归后向朝廷提出的《美芹十论》《九议》等在政治上、军事上都很有价值的抗金意见书。⑧东家：东邻。种树书：有关种树的书。表示退休归耕山野去种田种树。

【译文】

在二十几岁的青壮年时期，我就开始挥举旗帜起义抗金，直到拥有上万名抗战的勇夫，后来投靠南宋朝廷，穿上锦绣战袍，第一次带领精锐的快马骑兵渡过长江。金人军营里的士兵，夜晚枕着箭袋还在小心防备，而我们汉人的军队一大早就开始万箭齐发，漫天的金仆姑箭向金人的军营飞去，直射得金兵哭天喊地。

追忆往事，总是心潮澎湃，回过头来，却又不禁感叹如今的自己，只可惜，春风再怎么催生万物，也不能焕发我这些已经变得花白的胡须。事到如今，也只能将那长达几万字平定金人的战策，拿去跟东边的人家换取一些有关种树的书籍。

参考书目

［1］刘扬忠.辛弃疾词选［M］.北京：人民文学出版社，2016.

［2］崔铭.辛弃疾词集［M］.上海：上海古籍出版社，2010.

［3］马纬.辛弃疾词赏析［M］.北京：商务印书馆，2017.

［4］辛更儒.辛弃疾词选［M］.北京：中华书局，2018.